THE RED LINE

ザ・レッド・ライン
第三次欧州大戦

ウォルト・グラッグ　北川由子＝訳

わが妻、わが友、わが愛、わが人生のジェリへ。
きみなしでは、不可能だっただろう。
きみなしでは、無意味だっただろう。

あらゆる戦争において、戦争へ行く正当な理由が一〇〇万とおりあったとしても、正しい理由はひとつたりともない。

ドイツ国内の重要地点
デンマーク
スウェーデン
北海
バルト海
N
W
E
S
0 100km
0 60mi
オランダ
ポーランド
ベルリン
ドイツ
ライン川
シェーンフェルト
フェルトベルク
シュパングダーレム
ハーン
フランクフルト
ビットブルク
ライン＝マイン
マルクトレドヴィッツ
E48
シルンディング
ドナースベルク
ゼンバッハ
ヴュルツブルク
チェコ
ラムシュタイン
カイザースラウテルン
ラントシュトゥール
ハイデルベルク
ニュルンベルク
ランガーコプフ
ハイルブロン
ツヴァイブリュッケン
レーゲンスブルク
シュトゥットガルト
フランス
ミュンヘン
ツークシュピッツェ
オーストリア
スイス

この小説で描かれる多くの土地は完全なる創作である。しかしながらそのほかは実在の市、町、道路、アメリカの地名、ドイツ、イギリス、アメリカ内の連合軍の部隊と軍事施設だ。実在の場所と軍の部隊が使用される箇所でも、ストーリーの流れと一致するよう、それらの場所と部隊を描写する許可を得た。軍の武器、車両、指揮統制システム能力の描写についても、主だった部分は許可を得ている。

本小説の目的は軍の技術教範や野戦教範を執筆することではなく、幅広い読者層に楽しんでもらえるストーリーを創造することにある。そのため、技術面と物語の筋が矛盾するところでは、物語が優先される。

ザ・レッド・ライン

第三次欧州大戦　上

第一章

一月二八日午後一〇時二七分
ドイツ-チェコ間の国境
第四機甲連隊 第一大隊デルタ中隊 第二小隊

殺風景な国境監視塔の下、吹きつける雪の中にたたずむ人影がひとつあった。兵士としての男の本能は違和感を察知する。実に長らく感じたことのないざわめきだ。何年も前、彼にとって初めての銃撃戦の直前に、初めて感じたものと同じ心もとなさ。

猛吹雪が彼を叩く。風に巻きあげられた雪が、年を重ねた剝き出しの頰を引っかく。だが、しばらくはこの容赦ない状況を耐えるしかなかった。ロバート・ジェンセン一等軍曹は暗視ゴーグルを持ちあげた。重厚なゴーグルが目もとを覆うと、彼の視界は闇と渦巻く雪から、非現実的な緑の色相へ変わる。

一八〇メートルほど先、開けた地形の向こうに、東西を分断する味気ないセメントと有刺鉄線のフェンスが立っている。国境の向こう側へ目を走らせて見えた光景は、ジェンセンが事前に得ていた情報と合致した。有刺鉄線の反対側、彼の位置から二キロも離れていないところで、数百の装甲車両が動いている。

小さな丘の頂上のほうからは、ソヴィエト軍の主力戦闘戦車の乗員が、ひとりたたずむアメリカ人を高まる興味とともに観察していた。

「ヨシフ、準備はできているか?」戦車長は尋ねた。

「あと少しであります、同志師団長」戦車の操縦士が返した。「厳寒のため、エンジンがなかなかかかりません」

「急げ。攻撃を開始する必要がある。あのアメリカ人はすぐに高機動多用途装輪車両《ハンヴィー》に乗り込み、去ってしまうぞ。戻ってくるのは一時間以上あとだ」

「お言葉ながら、同志師団長、その男がそれより早く戻ることはないと、なぜ断言できるのでしょうか?」

「なぜならあのアメリカ人は、われわれが観察していたこの二週間、パターンを変えておらんからだ。彼は二時間ごとに三つの監視塔の兵士を入れ替える。北の塔の警備兵はすでに交代済みだ。いま彼は最後のふたり組がそこに見える三番目の塔へのぼり、中にいる者たちと交代するのを待っている。そしてその間、われわれ師団の活動を眺めて、好奇心を満たしているところだ。それが終われば、車両に乗り込み、森に隠された司令部へ帰る。

ふたたび監視塔の兵士の交代に戻るのは、午前〇時近くだ」

T‐90戦車のエンジンが息を吹き返そうと奮闘する。だが、エンジンを起動しようと躍起になっても、セルスターターが空まわりするだけだ。

「いいか、ヨシフ、エンジンがかかり次第、アメリカ人がいる位置めがけて発進しろ」戦車長は言った。「全速力だ、いっさい躊躇するな」

「ですが、同志師団長、今朝方前進して監視塔の中間に配置された三台のブラッドレー戦闘車についてはどうなさるのですか？　あれを考慮に入れるべきでは？」

「きみは鉄条網まで迅速に突き進むことだけを考えたまえ。ドミトリとわたしはアメリカ人を監視している。いいな、ドミトリ？」

「はい、同志師団長」戦車の砲手は言った。


ジェンセンの惨めさは一分ごとに増していた。自然の猛威にさらされ、彼が置かれた苦境を緩和するすべは何もない。離れた場所に立つ監視塔すべての兵士を交代させるには四〇分かかり、その間ずっと猛吹雪の中にいるのだ。さすがに寒さが骨身に応えた。

機甲大隊からの報告では、雪嵐は夜明け前にはおさまるらしいが、体を麻痺させる寒さがやわらぐ気配はいまだない。ヨーロッパは過去三〇年で最悪の猛吹雪に見舞われている。雪嵐は七二時間やむことなく、ヨーロッパ大陸中央に強風と腰まで埋もれる雪をもたらしていた。

このひと月、ドイツ国境の南側半分を警備していたアメリカ陸軍第四機甲連隊の四五〇〇人の兵士は、その任を終えようとしていた。三日後には、交代の連隊が到着する。だが疲弊した兵士たちにとって、それはまだまだ先のことだ。

ジェンセンは遠くで続行するソヴィエトの軍事演習を一望した。中隊レベルのBMP歩兵用戦闘車両とT‐80戦車が、丘の端で交戦するのが目にとまる。フォスター三等軍曹とマルコーニ四等特技下士官が高さ一二メートルの監視塔からおりてくるのを待つあいだ、ジェンセンは装甲車両同士の激突に注意を注いだ。

パーカーのフードの下で唇に笑みがよぎる。敵の動きは小隊のベテラン軍曹であるジェンセンが予測したとおりだった。変わりばえしない交戦。ロシア人のやり方に巧妙さはかけらもない。技巧は忘れろ。敵が知っている戦い方はひとつきりだ――猪突猛進。狡智や策略に欠ける部分は、兵員と軍備の犠牲によって補われ、それをもって敵を圧倒する。

ラミレズとスティールの両二等兵に報告を終え、フォスターとマルコーニは監視塔の階段をおり始めた。

「おい、マイケル、足もとに気をつけろよ」フォスターが声をかける。「階段が全部氷で覆われていやがる」

ジェンセンは分厚いゴーグルを外し、フォスターの声がする方向へ顔を向けた。ふたたび笑みがよぎる。吹雪にさらされるのもじきに終わりだ。この悪天候でも、五分もすれば三人は安全な小隊兵舎のぬくもりの中にいる。そのあとは明日の朝八時に冬の太陽がのぼるまで、警備兵の交代を四回繰り返すだけだ。

ジェンセンは国境を振り返り、ゴーグルを目もとへ持ちあげた。

吹雪を切り裂き、地獄の底から暴走してきた除雪車のごとく、ソヴィエトの戦車が彼めがけて突進している。Ｔ‐90戦車は三〇〇メートルも離れておらず、急速に接近していた。フェンスぎりぎりのところで深い雪に幅の広い履帯を埋め、その下の凍土を削る。四六トンの鉄塊はフェンスから数センチのところで耳障りな音を立てて急停止した。

「見事だ、ヨシフ。実に見事だ」戦車長は褒めた。「さすがは中央軍一の戦車操縦士、見事な操縦を見せてもらった」

「恐れ入ります、同志師団長」

「次はどうしますか?」ドミトリが尋ねる。

「主砲を前へ向けて、あのアメリカ人を狙え」

「はっ、同志師団長」

戦車の砲塔がゆっくりと旋回し、巨大な滑腔砲の照準器がジェンセンの姿を完全にとらえる。二〇〇メートル足らずの距離では外すわけもなかった。

「命令をくだされば発射準備はできています、同志師団長」

「辛抱だ、ドミトリ」


ジェンセンは不動だった。筋肉ひとつ、ぴくりとも動かさない。敵の大胆な行動に肝を冷やしていたとしても、表には出ていない。自分の左側へ顔を向け、暗視ゴーグルで西側の国境を探った。ブラウン二等兵のブラッドレー戦闘車は、八〇〇メートル先で積もる一方の雪の中に止まっている。

ジェンセンは通信用ヘッドセットに向かって告げた。「デルタ・ツー・ワンへ、こちらデルタ・ツー・ファイヴ」

「はい、軍曹」ブラウンが応答した。

「ブラウニー、前方にいるT‐90戦車の主砲がおれの頭を狙っているようだが」

「ええ、軍曹。そいつがフェンスに向かって走り出した瞬間に、自分も気づきました」

「発射するとは思わないが、その読みが外れたときのために、おまえの砲手に敵の戦車を捕捉《ロックオン》させておいてくれないか」

「すでにロックオン済みです。ロシアのクソ野郎はＴＯＷ対戦車ミサイルの十字線《クロスヘア》上に座ってますよ。命令があれば吹き飛ばしてやる」

「おまえがミサイルを発射するときには、おれはもう死んでるぞ。早まったことはするな。だが、敵がおれのほうへ攻撃してきた場合は、命令を待つ必要はない。さっさと地獄へ送ってやれ。その後はブラッドレー戦闘車三両すべてと、監視塔にいるチームをここから速やかに撤退させろ。ソヴィエト軍が攻撃準備を整える前に、森の深部へ潜り込み、そこで防御態勢を取るんだ。それがおまえにとって唯一の勝機だ」

「了解しました、軍曹。任せてください」

「ブラウニー、敵の戦車長について妙なことに気づかないか？」

「戦車長についてですか？」

「よく見てみろ。おれが言っていることがわかったら答えろ」

ブラウンが戦闘車の最新式赤外線暗視装置越しに、停止しているソヴィエトの戦車を凝視する。ジェンセンが言わんとしていることに気づくのに、さして時間はかからなかった。

「こいつはたまげた。軍曹、無線アンテナに旗がいくつも並んでるじゃないですか」

「そのとおりだ、ブラウニー。おまえの照準器がとらえているのは師団長その人だ」

「ちくしょう、ソヴィエトの将軍か」ブラウンは言った。「どうかしてるぞ。あんなふうにフェンスに突進してくるなんて。いつこっちから吹き飛ばされてもおかしくないのはわかっているはずだ」

「いまこの瞬間、向こうもわれわれについて、まったく同じことを考えているだろうな」

「これで今朝の大隊情報説明《ブリーフィング》での話は裏づけられましたね」

「それは間違いないな、ブラウニー」

「ええ、軍曹」ブラウンが応える。

「国境に沿って約五キロにわたり、われわれ小隊はソヴィエトの機甲師団一個と対峙している。ＢＭＰ歩兵戦闘車三〇〇両、戦車三〇〇両、そして八〇〇〇を超える兵員。一方こっちはブラッドレー戦闘車八両とハンヴィー二両、兵員四三名だ」

「公正な戦いにはなりそうにない」ブラウンが言った。

「ああ。おれたち第二小隊とまともにやり合えば、さすがのソヴィエト軍でも勝ち目はない。違うか？」

「ええ。ひとたまりもありません、軍曹」

「いいか、ブラウニー。こうして話しているあいだに、フォスターとマルコーニが階段をおりてくる。Ｔ‐90戦車はしばらくあそこでじっとしているだけに見える。だがそれでも警戒を緩めるな。ミサイルは戦車に向けたままにしろ。敵が悪ふざけに飽きてフェンスから離れるまでは。おれは熱いコーヒーの入ったカップを握って凍りついた指を溶かしてくる。ロシア人たちはおまえの優秀な手に任せるぞ」

「心配無用です。軍曹がここを離れているあいだは、自分が悪たれどもに目を光らせています」

フォスター三等軍曹は最後の二メートルをジャンプした。積もった雪にブーツが触れた瞬間、首に下げた暗視ゴーグルをつかむ。

「ありゃなんですか、軍曹。おれは階段を半分おりたところで、あのくそったれがフェンスにまっすぐ突っ込んでくるのに気づいた。失神して足を滑らせるところでしたよ。いったい何が起きてるんです？」

マルコーニが地面にたどり着き、ふたりに加わる。

「さあな」ジェンセンは言った。「われわれはこの二週間、狂気の沙汰でしかない真冬の軍事演習と同志連中を監視してきた。ロシア人たちは一時間ごとに大胆になっていると、すべてのシフトから報告があった。だがここまで大胆なことは起きていなかった。師団長があんな行動に出るとは異常だ。何かがおかしい、違和感がある」

「ロシア人は攻撃してくる気だと思いますか？」マルコーニが尋ねた。

「マイケル、これが二日前なら、そんなことあるわけがないと一蹴しただろう。だが国境付近に暮らす在欧米軍の家族に退避命令が出され、監視塔の警備強化にブラッドレー戦闘車三両が配置されてからは、おれも疑念を覚え始めた。そこへもって、今度はロシア人の将軍がフェンスに突っ込んできた。もはやどう考えればいいのかわからん」

「あいつ、あそこからこっちをじろじろ眺めてやがる」フォスターが言った。「まるでここは自分の陣地だとでも言いたげじゃないですか」

「六〇〇両の装甲車両を背後に従えているんだ、そう思っても不思議ではない」

「ですが軍曹、ロシア人が攻撃しようと考えているなら、われわれは厳戒態勢に移行すべきではありませんか？」マルコーニが尋ねた。

「そう考えるのは当然だが……。いいか、T‐90戦車の砲口がこっちを向いているときには難しいだろうが、ふたりとも一度深く息を吸ってリラックスしろ。あれはロシア流の下手なジョークだろう。心配することはない、何ひとつな。さすがのロシア人も、ここで戦争のきっかけになるような、つまらんまねはしない。将軍はおれたちに冷や汗をかかせておもしろがっているだけだ」

「そんなところでしょうね、軍曹」フォスターが言った。「ですが……そうだとしても、次の二時間、ラミレズとスティールをふたりだけでここに置いていって大丈夫でしょうか？」

「ここだろうとどこだろうと、あいつらをふたりだけで置いていくのは、いつだって気が進まん。おれが戻ってくるまで二時間もあれば、あいつらは何かの拍子にひとりがもう片方を撃っちまいそうだ。とはいえ、監視塔任務のペアを兵士たち自身に決めさせたのはパワーズ少尉のご意向だ。少尉はそれが士気を高めると考えている」

「しかし、少尉がそう決定されたときは、見渡す限りソヴィエトの戦車で埋め尽くされているような状況ではありませんでした」

「たしかにな。ではあいつらの代わりに、おまえたちふたりがここに残ったらどうだ。あの階段をまたのぼる気力はあるか?」

「おれは遠慮します」マルコーニが答える。「こんなところであと二時間もケツを凍らせていたら、自分からフェンスまで行って、頼むからおれを撃ってくれとロシア人に泣きつきかねない」

「おれだってそうだ」フォスターが言った。「それで、もしおれが本当に撃たれたら、女房のベッキーが軍曹を許しませんよ」

「では変更なしだな」ジェンセンは確認した。「さっさと兵舎へ戻ってあたたまるぞ」

「賛成です。だがあれはどうします?」フォスターはソヴィエトの戦車のほうを身ぶりで示した。

「放っておけ」ジェンセンは言った。「ブラウンがTOWミサイルで狙いをつけている。連中がちょっとでもおかしなまねをすれば、T‐90戦車が確実に一両減る」

三人はハンヴィーに乗り込んだ。ジェンセンは監視塔の前から西へと発進し、約一八〇メートルある雪原を横切って、深い森の端へ向かう。

「連中が去っていきます、同志師団長」

「そのようだな、ドミトリ」

戦車内のロシア人乗員は、ハンヴィーが雪を蹴散らし、兵舎へ続く細い山道をめざすのをじっと目で追った。

「われわれにとって、敵の国境勢力を突破するのは、赤子の手をひねるようなものでしょう」戦車の砲手が言った。

「わたしもそう断言できればいいのだが……。あいにく、確信が持てなくてね。われわれが突進したときのあのアメリカ人の様子を見たかね？　あの男は顔色ひとつ変えなかった。彼の肝の太さは疑いようがない。それに、われわれが何をしているのかもわかっているのだろう。敵を侮ってはならないぞ。断言しておこう、ドミトリ。作戦終了前に、あの男は手強い敵であることを証明するだろう」

「同志師団長、自分ならこう断言します。次にわれわれが見るとき、あのアメリカ人の体は血まみれで雪の上に横たわっていると。そしてわれわれはドイツ制圧への道を切り開くのです」

「どうなるかはそのうちわかるだろう」

ハンヴィーは山道の細い入り口を見つけ、深い森へ消えた。

「これでじゅうぶんだ、ヨシフ。見るべきものは見た。ゆっくり後退し、ここを離れろ」

「はっ、同志師団長」戦車の操縦士が応じた。

第二章

一月二八日午後一〇時三二分
ドイツ‐チェコ間の国境
第四機甲連隊 第一大隊 デルタ中隊 第二小隊

やむことのない雪の重みに枝を垂らす森が、白いマントのようにハンヴィーに覆いかぶさろうとする。蛇行する山道を進む機甲部隊兵の頭上数メートルのところで、雪をまとった常緑樹の枝々がくっつき合い、冬の夜空を隠した。

平時であれば、コンクリート造りの兵舎までおよそ一・五キロのおなじみの道のりは、あっという間に終わる。しかしながら闇と雪のため、ジェンセンは慎重に車両を進めた。

「家族について、何か続報はありましたか?」フォスターが問いかけた。

「今朝の報告以後、まだ音沙汰なしだ。妻子たちはゆうベライン＝マインに到着し、そこでアメリカへ向けて飛行機に乗り込む」

「みんなアメリカへ帰っちまうのか……。家で待ってる家族がいないんじゃ、三日後、レーゲンスブルクに戻るのも張り合いがない。みんな寂しくなるでしょうね」

「ラミレズは別だ」ジェンセンは言った。「あいつが寂しがるものか。いま付き合ってるドイツ娘《フロイライン》は何人いるんだ?」

「日によって変動するんですよ」マルコーニが返した。「最後に耳にしたところじゃ六人だったから、それよりひとりふたり、多いか少ないかでしょう」

「ああ、ラミレズが寂しがるってことはないな」フォスターは言った。「一〇〇〇キロ以内に美人がひとりでもいれば、あいつは必ず見つけ出す」

「それは確実だ。ラミレズの女好きは、怒り狂った亭主に殺されるまで治らん」ジェンセンは言った。

「その前に監視塔から転げ落ちるかもしれませんがね。そうなったら、レーゲンスブルクのフロイラインたちが大泣きするだろう」とマルコーニ。

「うちの女房はもう帰国してるんじゃないですかね。暖炉に当たってぬくぬくとして、その脇で子どもたちはじいちゃん、ばあちゃんに甘やかされてたりしてね」フォスターが言った。「うちの実家はデモインなんですよ。おやじとおふくろはベッキーと子どもたちを空港まで迎えに行ったはずだ。下のチビの顔を見るのはこれが初めてで」

　短いドライブが終了する。ジェンセンは低い建物のそばへ車両を進め、パワーズ少尉のハンヴィーと、小隊にある残り五両のブラッドレー戦闘車のあいだに止めた。闇の中に連なった装甲車両の上には、新雪が三〇センチほど積もっている。

知識のない者には、戦闘車と戦車は見分けがつかないだろう。二五トン近くあるものの、戦闘車の重量は戦車の半分しかない。だが、スチール製の分厚い履帯に、戦車によく似た形、完全装甲と、ブラッドレー戦闘車はよく戦車と間違えられる。しかし、このふたつは主砲の大きさと形状で明確に見分けることができた。アメリカの主力戦車M1エイブラムスが持つ巨大な一二〇ミリ滑腔砲と比べると、ブラッドレー戦闘車の主力火器はごくささやかだ。

固定武装である二五ミリのチェーンガン、M242ブッシュマスターは、砲身が極めて細い。とはいえ、装甲を貫通するブッシュマスターと、TOW対戦車ミサイルの二連装発射機を装備するブラッドレー戦闘車は、敵軍最強の戦車とすら互角に戦えることが、ひとつ以上の戦場で証明されていた。

三人は頭から雪を払い、古い建物へ向かった。ふたつある部屋の小さなほうへ入るなり、湿った熱気に迎えられる。隙間風の入る建物は湿っぽく、独特のにおいがした。何年にもわたってここを仮の住まいと呼んできた、数千人にも及ぶ機甲部隊兵たちのにおいだ。古い兵舎の奥から賑やかな声が響いてくる。

フォスターとマルコーニは、小隊の作戦指揮所を兼ねる共同休憩室の中を通っていった。ジェンセンが足を止める。

グレゴリー・パワーズは奥の片隅で古びた金属製のデスクについていた。金髪碧眼の少尉は八週間前、小隊の指揮官についたときから持つようになったパイプをいじっている。パイプは威厳をまとうための小道具だ。どこにでもありそうなパイプに火がついていることはまれながら、少尉は常にそれを触っていた。ブラッドレー戦闘車三両の乗員交代という、ジェンセンより楽な仕事を終えて、少尉はこの二〇分ずっと座っている。

ドアの近くでは、小隊通信士のアーロン・ジュールスキー四等特技下士官が、壁にもたれてコミック・ブックを読んでいる。ジュールスキーの前にあるテーブルの上には、軍用無線が二台並んでいた。一台は大隊の運用周波数に合わせてあり、もう一台はブラッドレー戦闘車、ハンヴィー、それに監視塔と小隊の作戦指揮所を結んでいた。

ジェンセンが入ってくると、ジュールスキーは顔をあげた。

「何か動きはあるか?」ジェンセンは問いかけた。

「特にありません。大隊の無線じゃ、今夜はやけに同志連中が慌ただしくしてるって話が飛び交ってますが、数分前の軍曹とブラウニーの話に比べたら、どれも大したことはありませんよ」

「そうだな。ソヴィエトの将軍がフェンスめがけて突進してきたんだ、何かあるのは間違いないだろう。これだけははっきりしている——猛吹雪のまっただ中に師団レベルの軍事演習を決行するなど、自殺行為だ」

「同感ですね、軍曹。ですが、大隊の無線からの報告じゃ、演習に参加してるのはうちの前にいる師団だけじゃないようだ。第一大隊の駐留エリア八〇キロにわたり、ソヴィエト師団一〇個がフェンスの向こう側で、雪の中を狂ったように戦車で走りまわってるそうですよ。それに二五〇キロに及ぶアメリカ軍管轄区域に沿って、その二倍の数が出てきてる。ドイツ北部にいるイギリス軍も同様の活動を報告しています」

「ソヴィエトが何を企んでいるか、大隊からその後情報は入ってきたか?」

「この二週間聞かされてるものとまったく同じですね。まだ表向きには、ロシア人たちは冬期における東ヨーロッパの防衛能力を試すため、軍事演習を行ってることになってます。警戒を継続、しかし、いかなることがあろうと衝突を避けるように、とのことです」

「おれの頭に主砲を向けてきたあの将軍にも、誰かそう言ってやれ」

「誰かもう言ってますって、軍曹」ジュールスキーが請け合った。

「まあ、そうだろうな。ちょっと奥へ行ってくる。用があったら呼んでくれ」

ジェンセンは装備を外しながら、広い共同寝室へ入った。パーカーの重いフードをうしろへ押しやり、短く刈り込まれた髪をあらわにする。色は老いの兆しがうかがえる瞳とそっくり同じ灰色だ。

がやがやとうるさい室内では、終わりを知らないトランプゲームが続いている。

ジェンセンが入ったときには、小隊の数人が壁沿いに並ぶ二段ベッドの上にいた。しかし、ほとんどが三つのテーブルのまわりに集まり、ゲームに興じたり、プレイヤーたちのどんな小さな失策にでも飛びかからんと、そばをうろついたりしている。

注いだばかりの強いコーヒーを手に、ジェンセンは一番奥のテーブルへ近づいた。そこではクルスとオースティンの二等軍曹ふたり、それにルノワール三等軍曹と、国境警備中ではない分隊長三人に、分隊長補佐のリッチモンド三等軍曹を加えた顔ぶれが、ピノクルの熱い戦いを繰り広げていた。

「軍曹もどうです？」ウィンストン四等特技下士官がジェンセンの隣に立って尋ねた。

「おいおい、ウィンストン」クルスが声をあげる。「おれはあと一時間は尻をあげるつもりはないぞ。それにこの席は、おれと交代でシフトを終えるブラウンに譲ることになってる」

「ありがとう、ウィニー」ジェンセンは言った。「だがいまはいい。おれは向こうの部屋へ戻り、少尉を見張っておかなきゃならん。パイプをいじりすぎて、怪我でもされないようにな」

その言葉にどっと笑いが起きた。トランプゲームをする気がない本当の理由は、雪に埋もれた国境の反対側で起きていることが気になるからなのを、これで説明せずにすんだ。

クルスは持ち札をテーブルに放り投げ、にんまりとして見あげた。「また負けるのがいやなだけでしょうが」

「何を言ってるんだ。おれがおまえたち素人ふたりに負かされたことがあるか?」ジェンセンは言った。

「ありますよ。あれは今日の午後、三時半ぐらいじゃなかったか。なあ、ヘクター?」オースティンはクルスにうなずきかけた。

「ああ、それぐらいだったな、セス」

「あれはまぐれだ」

クルスとオースティンに無視され、ジェンセンは頭をかきながら作戦指揮所へ引き返した。ジュールスキーの隣で金属製の冷たい椅子にどさりと腰をおろし、腕時計に目をやる。一〇時四〇分。濡れた冬用装備にふたたび身を包み、吹き荒れる雪の中へ戻るまで、あと一時間と少しだ。


一時間は何もなく過ぎた。ジュールスキーは一〇時四五分に大隊本部、そして一一時に監視塔およびブラッドレー戦闘車に通信チェックを行った。ロシア人たちはドイツに接するチェコとポーランドの国境沿いで、猛吹雪の中、演習を続けた。クルスとオースティンは年下の相手をこてんぱんに負かした。そして少尉はパイプをもてあそんだ。

深夜、ジェンセンはシャツのポケットからコンピューターで作成されたカードを三枚取り出した。妻とティーンエージャーの娘ふたりの名前がそれぞれ印刷されている。カードは昨日手渡された。彼の妻子がレーゲンスブルクを出発したという通知だ。順調に行けば、数日後にはあちこち経由してテキサスに到着し、彼に新たなカードが三枚渡される。

彼自身、もうすぐ同じ旅路をなぞることになるだろう。ロバート・ジェンセンは五週間後、少年時代の懐かしい思い出が詰まったテキサス東部の小さな町で、自分の家族と合流することになっている。のびのびになっていた退役生活がそこで始まるのだ。

一一時四〇分。国境へ向かう次のシフトの準備をする時間だ。ジェンセンはカードをシャツのポケットに押し込むと、共同寝室に入った。

「次のシフトは用意しろ」大声でそう言いながら、ベッドにかけておいたパーカーと装備を取る。「監視塔とブラッドレーの第一グループ、五分以内だ」

いつものごとく〝もうひと勝負だけ〟と懇願する声と、〝父親みたいにうるさいな〟とベテラン軍曹をののしる声が返ってきたが、ジェンセンは年を重ねた顔に笑みを浮かべながら聞き流した。

M4カービンをつかみ、三〇発入りの弾倉を差し込む。ジェンセンは猛吹雪の中へ戻る支度を終え、共同寝室の真ん中に立ち、最北にある監視塔のシフト要員を待った。

別の部屋では少尉が立ちあがり、最端のブラッドレー戦闘車へ向かう三人の兵士と、もう一度出かける用意をし始めた。

国境沿いではアメリカ軍管轄下のおよそ二五〇キロにわたり、第四機甲連隊隷下の複数の小隊が同じことをやっている。

数時間おきに繰り返される一連の行動が不意に邪魔された。

「軍曹！　こっちへ来てください！」ジュールスキーの大声が飛んでくる。「国境で妙なことが起きてるみたいです」

無線通信士の声には、聞き間違えようのない緊迫感があった。

第三章

一月二八日午後一一時四三分
ドイツ-チェコ間の国境
第四機甲連隊第一大隊デルタ中隊第二小隊

「どうした？」ジェンセンは部屋に入るなり問いかけた。

「これを聞いてください」ジュールスキーは言った。

「……はっきりとはわからん、ブラウニー。戦車がいっせいにフェンスへ向かってきた。それも数えきれないほどだ、わかっているのはそれだけだ」北側のブラッドレー戦闘車を指揮するケリー三等軍曹の声だ。不安げな言葉のひとつひとつから、恐怖心がしたたり落ちるのが手に取るように感じられた。

小隊の作戦指揮所で、ジュールスキー、ジェンセン、パワーズは、若い兵士の切羽詰まった声音を耳にして凍りついた。ちょうどそのとき、ケリーの戦闘車の交代要員、ウィンストンとジョンソンの両特技下士官とリード三等軍曹が狭い部屋へ入ってきた。

「こっちも状況は同じだ、ケリー」ブラウンの声が聞こえた。「すぐそこのフェンスの向こう側に戦車が一〇両以上いやがる。ＢＭＰ歩兵戦闘車の支援付きだ。いくつもの車両から歩兵がぞろぞろおりてくる」

「どうする？」

「待機だ、デルタ・ツー・ツー」ブラウンが言った。「デルタ・ツー・スリー、いるか？」

「ああ、ブラウニー、ここにいるぞ」ブラウンの位置から二キロ近く南にいる第三分隊から、興奮した声が返ってくる。「こっちも戦車が大量に接近している」

「了解した、ツー・スリー……」ブラウンは沈黙し、完全に想定外のこの状況に対して、最終判断を下した。「みんなよく聞け。まずは落ち着いて考えてみよう。現時点では、ロシア人が何をやろうとしているのか、われわれにはまったくわからん。おそらくまたつまらんこけおどしだろう。国境の向こう側から二週間こっちをにらみ続けたもんだから、ソヴィエトの将軍は雪で目をやられたに違いない。いいかげん退屈して、おれたちをからかって遊ぶことにしたのかもしれない。いま現在は緊急事態に見えるが、こっちが冷静でいる限り、平常となんら変わりない。浮き足立つな。全員深呼吸して、静かにしてろ。おれが小隊の指示を確認するまで、ばかなまねはするなよ。デルタ・ツー、デルタ・ツー、こちらデルタ・ツー・ワン」

「報告をどうぞ、ツー・ワン」ジュールスキーが応答した。

「ジュールス、ジェンセン軍曹はそこにいるか?」一緒にいるであろう少尉を無視して、ブラウンは確認した。

ジェンセンはジュールスキーから無線のハンドセットを奪い取った。「いるぞ、ブラウニー。続けてくれ」

「軍曹、こちらは異様な事態が進行中です。ロシア人たちは正気を失ったとしか思えない」

「どういうことだ、ブラウニー?」

「自分には何がなんだかわかりません。三分前まで、何もかもまったくもって平常だったんですよ。ロシア人たちは朝からずっとやっているように軍事演習に励んでいた。雪の中を装甲車両で走りまわり、模擬攻撃を繰り返していた。自分は連中の戦いぶりをぼんやり眺め、シフトの残り時間を数えていたんです。異常事態が起きたのはそのときです」

「ブラウニー、いったい何があった?」

「地獄の釜の蓋が開いたんですよ、軍曹。ソヴィエトの戦車とBMP歩兵戦闘車が方向転換し、なんの前触れもなしに、全速力で雪原をこっちへ突っ切ってきた。フェンスに達するまで止まることなしにです。だが、最悪なのはそこじゃない。完全武装した歩兵が装甲車からわらわらと出てきています。自分が見ているものがまだ信じられませんよ。どこに目を向けても、ソヴィエトの戦車とBMPが続々と国境へ接近している。ほかの監視位置からも同様の報告を受けています。われわれはどうするべきでしょうか?」

「戦車はフェンスを突破してきそうなのか？」

「いいえ。現在のところ、フェンスの反対側でじっとしているだけです」

ごくわずかな一瞬、ジェンセンの頭は、この状況は敵であるアメリカ軍を試すソヴィエトの次なる策略でしかないと断じかけた。将軍は不敵にも、こちらの反応を観察しようとしているだけなのだと。

しかしそうではないことを、ベテランの小隊軍曹は知っていた。戦車とBMP歩兵戦闘車をフェンス際まで前進させたのは、肝試しとも解釈できるだろう。だが、歩兵を降車させ、車両の支援位置につかせたとなると、意味することはひとつしかない。いかに認めたくはなくとも、到達する結論はひとつだけだ――ロシア人たちは攻撃準備をしている。

ジェンセンの頭はめまぐるしく回転した。それでも、無理やり冷静そのものの声を出す。「了解、ツー・ワン。待機しろ」

ジェンセンは少尉に顔を向けた。探り合うような視線がふたりの間で交錯する。どちらもやるべきことはわかっていながら、相手がゴーサインを出すのを求めていた。パワーズ少尉がこの場を仕切ろうとしないのを見て、ジェンセンは国境に出ている小隊の兵士一五人に対し、戦闘準備をするよう命令した。

「第二小隊、臨戦態勢を取れ」

監視塔の中で、各員がM4カービンの薬室に銃弾を一発送り込み、安全装置を解除すると、ソヴィエトの歩兵の中から標的を選んだ。三両のブラッドレーの中では、車長がM240機関銃の操作パネルへ手をのばし、いつでも発射できるよう準備を整える。続いて、徹甲を貫く二五ミリ・ブッシュマスター・チェーンガンでも同じ手順を踏む。砲手の位置にいる兵士は二連装発射機に装填された改良型TOW対戦車ミサイルの発射準備をする。この強力なミサイルはいくつもの泥沼化した紛争で試され、ソヴィエト製の最も分厚い装甲であろうと、やすやすと貫通することをみなが知っていた。ブラッドレー戦闘車の操縦士はエンジンをかけると、寒さに備えて回転数をあげた。

一〇秒もかからずに、小隊の国境勢力の戦闘準備が整う。

「ジュールス、ここの状況を大隊に報告しろ」

返事を待つことなく、ジェンセンは三人の交代要員を押しのけて、共同寝室へ入った。部屋の中央に立ち、運命の言葉を吐いたとき、この小隊軍曹の声は、内側に湧きあがる恐怖とは裏腹にのんびりとさえしていた。「第二小隊、出動するぞ。フェンスの向こうにチンピラどもが集まってる。どうやら騒ぎを起こす気らしい」

卓上でトランプの札が舞った。さまざまな状態に軍服を着崩していた兵士たちは、戸惑いながらも、なんであれ待ち受けているものへ向けてばたばたと準備をした。

ジェンセンが共同寝室へ引っ込んだこの機に、パワーズ少尉は新たに得たばかりの指揮権を行使しようと決意した。

「行くぞ、みんな!」少尉は言った。ウィンストンにジョンソン、それにリードへついてくるよう身ぶりで示す。

三人の機甲部隊兵を従え、若々しい顔の少尉は勢いよく外へ出た。だが、ハンヴィーに搭載される機関銃からキャンバス地の分厚い防雪シートを取り外すその手は震えている。

「きみが操縦しろ」パワーズはジョンソンを指さして言った。

兵士たちは車両に乗り込んだ。少尉は後部座席によじのぼると、機関銃のうしろに落ち着いた。

「よし、無駄にする時間はないぞ。国境へ向かえ!」パワーズ少尉は声を張りあげた。

ジョンソンはすばやくエンジンをかけ、アクセルを踏み込んだ。タイヤが急回転して雪を四方に跳ね飛ばす。小型の戦闘車両は曲がりくねる山道へ猛スピードで入っていった。国境まではおよそ一キロ半。闇の中、時速六〇キロを超えるスピードで細い山道を突っ走り、兵士たちはスリルを楽しんだ。ハンヴィーの後部座席では、少尉は必死にしがみついていた。

小隊の残り二二名の指揮をクルスとオースティンに任せ、ジェンセンは作戦指揮所へ戻った。

「おい、少尉はどこへ行った？」彼は尋ねた。

「ハンヴィーで出発されました」ジュールスキーは答えた。

「いつ出発した？」

「数分前です。軍曹が共同寝室へ行かれてすぐ、リードのチームを連れて国境へ向かわれました」

小隊軍曹の目に憤りがひらめく。だが、罵倒の言葉が唇からあふれ出すよりも先に、無線でブラウンがわめき立てた。「デルタ・ツー、戦車隊がフェンスを突破！　くそっ、いたるところ敵だらけだ！　繰り返す。戦車隊がフェンスを突破！　至急指示を求める！　至急指示を求める！」

ロシア人たちが動いた。

ジェンセンは無線通信機のほうへ身を乗り出した。ブラウンとほかの兵士たちを国境から後退させなければならない。この事態を切り抜けるにはそれしかない。敵に最大の被害を与え、生きて明日の朝陽を拝みたいなら、自然の防護壁であるドイツの深い森の中へ、兵士たちを引きあげさせる必要がある。それもいますぐに。

ちょうどそのとき少尉のハンヴィーが森を抜けた。すでにヘッドセットに置かれていた指が、ジェンセンよりも一拍早くボタンを押す。

「攻撃開始！」パワーズ少尉は怒鳴った。「攻撃開始！」

みずからも機関銃の引き金を引き、国境めがけて闇雲に連射する。

「やめろ！」ジェンセンは小隊無線機に向かって叫んだ。「後退しろ！　後退だ！　ブラウニー、森まで全員を下がらせ、防衛態勢を取れ！」

だが遅すぎた。すべての方角で戦闘の火蓋が切られ、ジェンセンの声を耳にした者は皆無だった。

ブラウンの暗視照準器に映る光景は、どこもかしこも標的だらけだった。ちょうど停車して歩兵七人をおろしたＢＭＰ‐２に狙いをつけ、ブッシュマスター・チェーンガンを撃ち放つ。容赦ない攻撃を受けて、敵の装甲車両から煙が噴き出す。炎がＢＭＰ‐２の側面を舐めた。破壊された車両の後部からソヴィエトの歩兵が出てきたところで、ブラウンは機関銃に持ち替えた。二度の短い連射で白い人影四つがなぎ倒され、雪の上で動かなくなるのを見つめる。

ブラウンが指揮するブラッドレー戦闘車の砲手は、ソヴィエトのＴ‐80戦車を照準器にとらえた。一発目のＴＯＷ対戦車ミサイルを発射する。ミサイルは甲高い音を立てて夜空を飛翔し、巨大な標的に頭から突っ込んだ。大地が揺さぶられ、砲手すら恐怖に駆られる大爆発が、死した戦車の大きな破片を冬の空へ放り投げる。戦車が噴きあげた火柱は数キロ先からも視認できた。猛吹雪が吹き渡る戦場が、よく晴れた日のごとく明るくなった。

ブラウンから左へ八〇〇メートルの位置では、炎上する戦車が作り出した偽りの日光に、ソヴィエトの歩兵部隊が照らし出される。中央監視塔のアメリカ人ふたりは発砲を開始した。前進中の歩兵部隊が、続けざまに撃たれてばたばたと倒れる。監視塔からの発砲は、歩兵部隊が支援していたT‐80戦車隊の注意を引いた。先頭の戦車は一二五ミリ滑腔砲の砲口を上に向けると、M4カービンの銃口炎を見つけ、至近距離から発射。心臓が鼓動をひとつ打つ間もなく、巨大な砲弾は凍てつく塔に激突し、中にいた機甲部隊兵ごと建物を消し去った。この新たな戦争でアメリカは最初の犠牲者を出した。

パワーズ少尉のハンヴィーは、ブラウンの位置の手前に広がる開けた雪原を北へと横切った。戦闘が激化する中、ハンヴィーは吹雪を切り裂き、M2機関銃を連射する。BMPの機関銃PKTがハンヴィーに応射。曳光弾が死の飛跡を描いて交錯した。

敵戦車はあまりに強力で、ハンヴィーでは勝負にならない。もっとも、機関銃同士の死闘はすぐに終わりを迎える。ソヴィエト側の銃撃が疾駆するハンヴィーに徐々に迫る。BMPの砲手は敵の機関銃のうしろにいる人物に狙いを絞った。撃ってくれとばかりにキャビン上部の銃座に立つパワーズ少尉は、機関銃前面の装甲と防弾チョッキを突き破った二発の徹甲弾を被弾した。一発目は右腕に命中し、鍛えられた上腕二頭筋を大きくえぐる。二発目は広い胸に当たり、もろい命を奪おうとする。わずか二発の銃弾がハンヴィーの機関銃を永遠に黙らせたのだ。

続く連射がジョンソンの肩と喉をとらえる。隣の助手席に座っていた、より小柄なウィンストンはよけようのない弾を左顳骨に食らう。顔と頭部の大部分が吹き飛び、即死した。

ジョンソンの傷の激痛は脳の深部に突き刺さり、意識的な思考をすべて粉砕した。反射的にハンドルを鋭く左へ切り、BMPの銃撃を避けようとする。操縦士の無理なハンドルさばきに、車体はついていけない。ハンヴィーは雪にタイヤを取られて横転し、最後は吹きだまりにぶつかって停止した。後部座席で、リード三等軍曹は変形した車体の下敷きになった。首が折れている。

重傷を負ったパワーズ少尉は、横転したはずみで車両の外へ投げ出され、険しい大地に叩きつけられた。虫の息で雪上に横たわっている少尉のそばには、ポケットから落ちてふたつに折れたパイプが転がっていた。

ハンヴィーの横転により、ジョンソンはさらに左肩を骨折し、胸郭がつぶれた。悲鳴をあげようとするが、喉を裂いた敵の銃弾が喉頭を破壊している。ほとばしり出る血が雪に混じり、苦痛は一分もせずに終わった。

第二小隊の残りの国境勢力も状況はさして変わらない。小隊の右端に位置する第三分隊のブラッドレー戦闘車は、一発も撃たずに終わった。戦闘が始まった直後、T‐80戦車二両がほぼ同時に主砲を発射し、より小型の装甲車両とアメリカ人乗員三名を粉砕したのだ。

左端では、北側の監視塔にいた兵士たちが中央塔の者たちと同じ運命をたどった。ソヴィエトの主力戦車が放った一発の砲弾が彼らの命を速やかに終わらせたのだ。

ケリー三等軍曹のブラッドレー戦闘車では、乗員がTOWミサイル二発を発射した。一発目がBMPと、迷彩に塗られた装甲鋼板の中にいた一〇名を吹き飛ばす。二発目は外れ、標的のT‐80戦車が全速力で雪上を逃げきった。

砲手は空になった発射筒にミサイルを再装填する重労働に着手した。TOWミサイル二発の装填には少なくとも二分かかる。熾烈な戦場では永遠とも思える時間だ。砲手が作業を終えるのを待つあいだ、ケリーはブッシュマスターの砲弾を叩き込み、敵を退けた。ブラッドレー戦闘車の砲手が一発目のミサイルを装填し、二発目に手をのばしたところで、ソヴィエトの戦車が至近距離から発砲。死を運ぶ砲弾が夜を切り裂き、敵兵を発見して葬る。戦車の威力を顕示するがごとく、ケリーの戦闘車は火柱を噴きあげた。紅蓮の雪原にまたひとつ煉獄の炎が加わり、真昼のような明かりがいっそう強まる。

ソヴィエトの戦車三両が最後に残った監視塔へ移動した。

「とっとと逃げるぞ！」ラミレズは叫んだ。黒みがかった目には恐怖の色がありありと浮かんでいる。

スティールははね戸《トラップドア》を急いで開けた。凍てついた階段をふたりして死にものぐるいで駆けおりる。スティールの足が雪に触れ、あとに続くラミレズは地面まで残り三メートルというところで先頭の戦車が砲撃した。監視塔が崩壊する。尖ったセメントの破片がラミレズの頭部に当たり、皮膚が大きく裂けた。衝撃で足を踏み外し、残りの三メートルを落下する。

血まみれのラミレズがスティールに覆いかぶさる形で、ふたりは冷たい地面の上にぴくりともせずに横たわった。どちらも意識はあったが、衝突で肺が押されて息ができずにいる。四肢の感覚が戻って肺に空気が満ちるなり、ふたりは慌てて起きあがった。ふらつく脚で可能な限り速く、深い雪の中を走り出す。混乱のあまり、ラミレズは頰を流れ落ちる血のことも、薄い口ひげが赤く凝固していることも気づかずにひた走った。

忘れられたM4カービン二挺は、倒壊した監視塔の下で雪に埋もれていた。


激戦のさなか、ブラウンはふたたびブッシュマスター・チェーンガンに持ち替えた。銃の威力で劣るBMPがふたたび撃破される。狂いのない正確さで、ブラッドレー戦闘車の砲手は二発目のTOWミサイルを発射した。T‐80戦車が破壊され、雪が降りしきる天界へと新たな火柱が立ちあがる。

これで発射筒は空になった。だが戦闘経験豊かなブラウンはケリーの轍を踏むことはない。

「ホワイティング、いますぐ撤退しろ！」

ブラッドレー戦闘車の操縦士は分隊長の指示に即座に反応した。幅広の履帯が深い雪の中を回転し、車両が戦場からすばやく退く。

生きのびるには運が必要だ。森林までは距離がある。安全な山道に達するには、開けた雪原を八〇〇メートル横切らなければならない。そして一〇を超えるソヴィエトの装甲車両が彼らを追っていた。

実際には、ブラッドレー戦闘車の乗員に生きるチャンスを与えたのは、T-80戦車の射撃技術の未熟さだ。ソヴィエトの戦車の砲手は照準器に敵の車両をしかと捕捉していた。だが初めての戦闘に興奮し、発射のタイミングがごくわずかに早かった。うなりをあげる砲弾はアメリカの装甲車両の数センチ前をかすめ、森の中で爆発した。

しかしまだ、機甲部隊兵たちは安全ではない。

ブラウンが指揮するブラッドレー戦闘車は、山道の入り口五〇メートル以内に接近した。BMPの砲手が狙いを定め、発砲する。三発の三〇ミリ機関砲弾がブラッドレーの中でも薄い後部装甲を貫通し、後部座席を直撃した。通常どおり、五名の乗員全部が乗っていたら、そこにはアメリカ兵がふたりいただろう。だが操縦室にいる三人は隔壁のおかげで無傷だった。戦闘車は森の中へ走り去り、本部へ急いだ。

山道に入って一〇〇メートルほどのところで、重量三〇トンのブラッドレー戦闘車は、狭い道の真ん中をのろのろと走っていたスティールとラミレズを轢きかけた。操縦士は危ういところでふたりに気がつき、車両を横滑りさせて急停止した。ブラウンが車長用ハッチを慌てて開ける。

「ふざけるな！　こんなときに山道の真ん中を走るとはどういうつもりだ？　轢き殺すところだったぞ」ラミレズもスティールもうなだれて返答をしない。「くそったれめ！　おまえたちのために無駄にする時間はない。急げ！　全員殺される前にさっさと乗り込め。ロシア人たちがすぐうしろに迫ってる」

後部ハッチが開き、恐怖にとらわれたふたりの二等兵は先を争うように中に入った。

数分のあいだ、パワーズ少尉は凍てついた戦場に横たわっていた。下敷きになっている雪が、鮮やかな赤の色相にゆっくりと変わる。苦しげに目を開いたとき、視線の先にはカラシニコフ小銃ＡＫ‐47の銃口があった。グレッグ・パワーズ少尉はヨーロッパを舞台とした第三次大戦で初の捕虜となった。だが三〇分後には、初の死亡者の数に加わるだろう。ただちに治療を受けなければ、じきに出血死するのだから。

第四章

一月二八日午後一一時四九分
ドイツ-チェコ間の国境
第四機甲連隊第一大隊デルタ中隊第二小隊

新たな戦争における最初の戦闘はものの数分で終了した。最終的に、第二小隊の兵士のうち一四名が、死ぬか、死にかけるかして国境沿いの吹きだまりに倒れた。本来なら行うべきではない愚かな戦闘だ。人数でも装備でも劣る第二小隊が、圧倒的に優勢な敵を相手にこの窮地を切り抜けるには、こちらのやり方、こちらの陣地で戦うしかないことをジェンセンは理解していた。

それを実行に移す彼の計画はすでに進行している。

結果はともあれ、パワーズ少尉の軽率な攻撃は、小隊にとって強みになるものをひとつもたらした。部隊の残りの兵士を組織するのに、ジェンセンは丸々五分間与えられたのだ。

歴戦の軍曹は一秒たりとも無駄にしなかった。

最後にもう一度なんとか部隊を国境から退却させようと試みたあと、ジェンセンはジュールスキーに向き直った。

「大隊と連絡を取ってここでの状況を伝えろ」強靭さ、それに高まる自信が滲《にじ》む声でジェンセンは告げた。

「了解」ジュールスキーは大隊の無線通信用のハンドセットを取りあげた。「シエラ・シックス、シエラ・シックス、こちらデルタ・ツー」

「デルタ・ツー、こちらシエラ・シックス、どうぞ」

それは四等特技下士官アーロン・ジュールスキーが歴史を刻んだ瞬間だった。彼が次に発した言葉は世界に衝撃を与え、それから数日のあいだ繰り返し報道されることになる。

「シエラ・シックス、ソヴィエト軍がドイツ国境を突破、大挙して攻撃を開始。繰り返す、ソヴィエト軍がドイツ国境を突破、大挙して攻撃を開始」

「了解、デルタ・ツー。確認する。ソヴィエトがドイツ国境を突破、大挙して攻撃を開始」


共同寝室で兵士たちが命をかけた戦いへ慌ただしく身支度をするあいだ、ジェンセンはクルスとオースティンを脇へ連れていき、計画を説明した。

自分たちの役目は、強大なソヴィエト軍の装甲部隊の撃退ではないことをジェンセンは心得ていた。それは軽武装の機甲部隊にはどだい無理な任務だ。彼らの役目は敵を足止めし、ソヴィエト軍の奇襲に反撃する時間を稼ぐことにある。国境における機甲連隊の目的は単純だ――可能な限り時間稼ぎをせよ。第四機甲連隊の兵士がその任務を達成する手段はひとつのみだ。

それぞれの命をもって、貴重な一分一秒を稼ぐしかない。

自分たちの小隊の勤務地は、最初に突破された場所であることをジェンセンは確信していた。国境から二五キロ以内に南北に走る国道があるのはここだけだ。これほど小規模の部隊が、向かい来る六〇〇両の装甲車両に太刀打ちできるわけがないのはわかっている。それでも彼の計画であれば、足止めできる可能性があった。森を通り抜ける道は一本しかない。敵はその国道を占拠すべく、曲がりくねった細い山道を小隊の兵舎へ向けて進んでくるに違いなかった。

そしてあの道は戦車では一両ずつしか進めない。

二年近く前、国境警備についた最初の月に、ジェンセンは待ち伏せに最適な地点を選び出していた。山道は途中で、木々が密集しているほうへ右に大きく折れる。そのカーブは一メートルほど幅が広がっていた。そこにブラッドレー戦闘車三両を潜ませ、待機させるのだ。木々が車体を遮蔽してくれる。敵が左手の細い道からカーブに入ってくるところを狙えば、先頭の戦車を四、五両直接砲撃できる。曲がり角のはじめから終わりまでは二〇〇メートル強だ。その距離ならブラッドレーのミサイルとブッシュマスターが狙いを外すことはなかった。戦車隊の先頭を止められれば、おそらくソヴィエト軍の隊列の前進を阻止でき、貴重な時間を稼げる。

「これがわれわれの計画だ、セス」ジェンセンはオースティンを見据えて声を張りあげた。国境沿い全域で続々と始まる激しい衝突の音は高まる一方だ。「おまえとフォスターはブラッドレー戦闘車一両とともにここに残る。おまえのもとに兵士を八人置いていく。ジュールスキーを含めて、まだ準備ができていない者を選べ。おれはほかの者たちと残り三両のブラッドレーをもらう。われわれは国境までの道の途中にある広いカーブでソヴィエト軍を待ち伏せする。われわれが敵を食い止めるのに失敗、もしくはカーブで敵に撃破された場合、ソヴィエト軍を足止めするのはおまえたちの役目となる。任務に成功した場合は、われわれの撤退を掩護してくれ。ここから国道へ一〇〇メートルほど行ったところに待機しろ。何か質問は？」

「ありません。了解しました」

それからジェンセンは計画の細部をすばやく説明した。それが終わると、仲間の意見を穏やかに問いかける。

「失うものがあるわけじゃなし。さっさとやりましょう」クルスは言った。

ジェンセンが顔を向けると、オースティンは眉間に深いしわを刻んで首肯した。

国境で五分に及ぶ戦闘が繰り広げられるあいだ、第二小隊の残りの者たちはそれぞれの位置へ移動し出した。三両のブラッドレー戦闘車へと吹雪の中を走り抜け、四人ずつ乗り込む。ジェンセン自身はマルコーニとハンヴィーに飛び乗った。機甲部隊兵は国境へ向けて山道を突進する。全員が息を詰め、待ち伏せ地点までソヴィエト軍より先に着くよう祈った。遮蔽物のない狭い山道で敵に発見されれば、逃れるすべがないことは全員が知っている。一瞬で彼らは全滅するだろう。

ジェンセンの部隊が目的地に着くのと同時に、ブラウンのブラッドレー戦闘車が左手からカーブに突っ込んできた。未確認の装甲車両がいきなり出現し、恐怖で全員の心臓が縮みあがる。

ブラウンのブラッドレーは待ち伏せ位置で甲高い音を立てて止まり、車長用ハッチが開いた。

「小隊の残りの者はどこだ？」ジェンセンは尋ねた。

「わかりません、軍曹。おそらく生きてはいないでしょう。とにかく大混乱でしたから。正直、自分もどうやって助かったものやら。この車両の乗員、それにラミレズとスティール、戻ってこられたのはそれだけです。ほかは誰も見かけてない。敵は別としてですが。あいつらならいやというほど見ました」

「ソヴィエト軍の現在地はわかるか？」

「最後に振り返ったときには、すぐうしろを追いかけていました」

「ブラウニー、われわれはここでソヴィエト軍を待ち伏せする。オースティンとフォスターが兵舎から一〇〇メートルほど先で予備陣地を設けている。行って加勢しろ」

「わかりました、軍曹。すぐ向かいます」

ブラウンが車長用ハッチを閉めると、ブラッドレー戦闘車は雪煙を舞いあげて国道に向かって走り去った。

ジェンセンがいまいる位置からも、北と南の戦闘が激化しているのがわかる。ソヴィエトの侵攻は刻一刻と拡大しているのだ。しかしジェンセンの前方で、第二小隊の戦闘音は完全にやんでいる。

アメリカ人たちとの激しい衝突のあと、ソヴィエトの将軍は攻撃の次の段階に入る前に、自分の師団をまとめるのに数分を要した。それはジェンセンが死の罠を仕掛けるのにじゅうぶんな時間を与えた。

ルノワールのブラッドレー戦闘車は山道の右側、樹林の奥で砲撃位置についた。リッチモンド三等軍曹は戦闘車を左側の樹木の中へ進める。クルスのブラッドレーはリッチモンドの背後で待機。この車両は交戦開始と同時に横道から出て砲撃する。ジェンセンはハンヴィーを木々が生い茂った右手に移動させた。そこから小隊への指示を出すのだ。

残り四人の兵士は散開した。M４カービンを手に、ふたりは左手の暗い常緑樹の中へ消え、残りのふたりも右手へ去る。四人の任務は、ソヴィエトの歩兵が戦闘車の脆弱な側面から接近して、車両を包囲するのを防ぐことだ。

少しでも戦闘が長引いたら、全車両が取り囲まれて破壊されるだろう。迅速かつ強烈な打撃を与えなければ、彼らは生死をかけた戦いの敗者となる。何が起きようと、それだけは確かだ。

ソヴィエトの将軍は、今度はこちらのやり方で戦うことになる。自分たちの準備はこれでじゅうぶんなのだろうかと、つかの間、疑念がジェンセンの胸をかすめる。

答えはすぐに判明するはずだ。

敵の最初の戦車が山道に進入してきた。

第五章

一月二八日午後一一時四九分
ライン＝マイン空軍基地
航空機動軍団

列の先頭にたどり着き、リンダ・ジェンセンはうんざりとした顔の空軍技能軍曹に三枚のプラスチックカードを渡した。それから重厚なドアを押し開けると、雪が吹きつけるターマック舗装路へ向かった。娘ふたりと、夫の小隊に属する兵士たちの家族がすぐうしろに続く。前方にはボーイング７６７型機が駐機していた。

さえぎるもののない駐機場で、吹雪にもかかわらず、リンダは航空機を見あげた。機体全体に照明が当たっている。舗装路の灯火が投げかける人工の輝きが幻想的な光景を描き出していた。まぶしい照明が光沢のある機体に弾かれ、降りしきる雪と交わって、ひとつに溶けてゆく。

７６７の尾翼には大鷲のマークがあった。翼を上に広げて、見えない獲物をつかむかのように鉤爪を下へのばしている。大鷲の下には金色の文字でアーリー・イーグル・エアラインズと記されていた。

飛行機は二〇分前に到着したところだ。空軍の職員は一〇分以内の出発をめざし、準備を急いでいる。地上要員たちは古い機体に燃料を慌ただしく補給していた。別の地上要員たちは翼の除氷に当たっている。さらに別の職員たちは、雪嵐の中で荷物と食料を機体に運び込んだ。

リンダは手すりをつかみ、氷に覆われたタラップをあがった。最上段にたどり着き、古い機内に入る。客室乗務員二名の笑顔に迎えられたあと、狭い通路を進み、14A、B、Cを見つける。娘たちと一緒に手荷物をしまい、座席に座った。アマンダとスーザンも今度ばかりは疲れきり、窓側の席をめぐって争うことはさすがになかった。リンダは通路側に腰をおろし、体が沈み込むのを感じた。疲労感が波のように次々と押し寄せる。

四四歳になるリンダ・ジェンセンは、若い時分は魅力的な女性だった。二〇年前、彼女はノースカロライナ州フォートブラッグ陸軍基地のレクリエーションセンターで催されたダンス・パーティーで、ロバートと出会った。ひと目で恋をしたわけではない。それどころか、特に心惹かれなかった。けれども、彼のほうはリンダひと筋だった。そんな彼の粘り強さが、最後は彼女のハートを射止めたのだ。

リンダの両親は兵士との結婚に反対した。だが二四になっていた娘は、それで思いとどまることはなかった。結婚から二〇年が過ぎたいま、夫との関係には満足している。彼女たちの生活は娘ふたりの養育を中心にまわっていて、ふたりのあいだにあった情熱は遠い思い出となった。けれど情熱を失ってもなお、彼女は夫を愛していた。そしてロバートから愛されていることも確信していた。

リンダは窮屈な座席にさらに体を沈め、ほぼ丸二日寝ていないことに気がついた。

突然の退避命令に誰もが驚いた。厳寒の深夜、出発まで三時間の猶予を与えられ、彼女は自分と娘たちの荷物を大急ぎでまとめた。ほかの家族数百人とともに、朝六時にレーゲンスブルクを発った。その日は一日、そうやっていくつもの車両隊が出発することになっていた。夫の小隊の兵士たちに対して、なんら責任があるわけではないものの、彼女はライン＝マインまでの三〇〇キロを超える旅を自然と指揮する形になった。兵士たちの妻の多くは彼女の娘たちの年齢と大差ない。

普段であれば四時間の道のりだ。

けれども猛吹雪のまっただ中で、高速道路《アウトバーン》は雪と氷に覆われていた。新雪の下に厚さ五センチの氷が張っている。いつものことながら、ドイツ人たちは吹雪が到来しても除雪や除氷作業を行おうとはしない。彼らは凍結した路面はそのままにし、暖炉の前に集まって嵐がやむのを待つのだ。

アメリカ軍警察に先導されて、車両隊は一〇〇キロ先のニュルンベルクをめざして北へ進んだ。いつもは快適なドライブも、通常の三倍以上の時間がかかった。アウトバーンにはあまりに多くの坂道があり、すべての傾斜は全員にとって悪夢となった。娘たちもはじめのうちは、雪だまりで動けなくなった車をみんなでわいわい救出して楽しんでいたが、元気があり余っているティーンエージャーでさえ、すぐにその作業にうんざりした。

ライン＝マインまでの陸の旅と、彼らを母国へ運ぶ空の旅が、地元住民のせいでさらに困難になるのに長くはかからなかった。アメリカ軍の家族に退避命令が出たと聞いて、ドイツ人の一部はパニックに陥った。出発したばかりの時点ではそれほどでもなかったが、時間の経過とともに西へ向かうドイツ人の車両は着実に増加し、アウトバーンでの移動にさらに時間がかかった。

ニュルンベルクでは、北部、南部、東部のアメリカ兵家族が合流するまで二時間待たされた。膨れあがった車両隊は正午になって西をめざし、吹雪の牙の中へ入っていった。道路ではふたたび同じ問題に直面する。悪天候と恐怖に駆られたドイツ人たちが、彼らの旅路の障壁になった。

車両隊が向かったのは、ニュルンベルクから車で西へ一時間の都市、ヴュルツブルクだ。またも移動には長い、長い時間がかかった。三時三〇分、腹をすかせて疲弊したアメリカ人たちは町に到着した。陽は早々と暮れて、冬の長い夜が急速に迫っている。

ヴュルツブルクでもアメリカ軍家族がさらに集まり、停車時間はさらに引きのばされた。いまや長さ一〇キロ以上にのびた車両隊は闇夜をフランクフルトへ向けて出発した。アウトバーンのこの区間だけでも、三七台の車両を遺棄せねばならなかった。雪で動けなくなったり、故障したりした車両にかかずらわっている時間はもはやない。レーゲンスブルクを出発して一七時間後、リンダ・ジェンセンはライン＝マイン空軍基地の正面ゲートを車で通過した。くたくたに疲れ、衣服は雪で汚れ、この悪夢のような旅が一秒でも早く終わる瞬間を待ち望んでいた。

運転を代われる者はおらず、リンダは吹雪の中、ひとりで長時間ハンドルを握るしかなかった。天候に軍警察、興奮したドイツ人たち、いらいらと落ち着きを失う一方の娘たちを相手にして、悪戦苦闘を強いられる。空軍警備隊員の力強い右腕にうながされて空軍基地の主要ゲートをくぐったときは、心からほっとした。別の警備隊員がだだっ広い駐車場へ彼女を誘導する。凍てついた舗装道路の上に数百台の自動車が止まっていた。

リンダは離れた場所を見つけ、地味なファミリーカーを止めた。娘たちと一緒に荷物を引きずり、ぬくもりが招く乗客ターミナルへと広い駐車場を横切る。すぐに、三人は大きな厚板ガラスの窓に囲まれた狭いターミナルの中に入った。二階建てのビルの中は先に到着した数千人の男や女、子どもたちで立錐《りっすい》の余地もないありさまで、リンダは愕然とする。

動く気配のない列に並んで、搭乗手続きを終えるのに九〇分かかった。トイレの使用は一時間待ちだ。ジェンセン母子は冷たいフロアにわずかなスペースを発見すると、そこに座り込む。泣き叫ぶ赤ん坊に、ぐったりとした子どもたち、とうの昔に忍耐力をなくした大人たちに囲まれながら、三人は終わりのない夜と次の日中を過ごした。

二〇万超という例を見ない規模のアメリカ軍家族の退避は、すでに破綻の兆しを示している。

民間航空機が続々と到着して兵士たちがおりてくるのを、リンダは眺めた。八時間前、彼らは愛する者たちに別れのキスをしてアメリカ側の空軍基地を飛び立ったのだろう。機体はすぐに妻子たちで満席になって、大西洋を引き返すことになる。つらい二四時間のあいだ、リンダはターミナルの床にうずくまり、途切れることなく到着する避難家族が、出発便に乗り込むことのできた者たちの場所を埋めるのを見つめた。

ようやく彼女たちの番がまわってきた。三人の名前が呼ばれる。第二小隊の男たちの妻子は喜んで猛吹雪の中へ足を踏み出し、古い767型機へよろめきながら乗り込んだ。悪夢の終わりが見えてきた。数分後には、機体は闇へと飛び立ち、母国へ向かう。

機長席に座り、エヴァン・クーパーは最後の乗客が搭乗するのを待った。この二日間はクーパーにとっても悪夢だった。願ってもない悪夢だが。

元空軍戦闘機パイロットで戦闘経験を有するクーパーは、退役後一〇年はアメリカウエスト航空で民間機を飛ばし、その後ユナイテッド航空に移った。だが、自分が唯一心から愛することにまつわる面倒ごとに飽き飽きし、彼は賽を投げた。

自分の所有物をすべて売却し、所有権のないものまでいくつか売り払い、退職を数年前倒して、よく使い込まれたボーイング767型機を購入した。首まで借金に浸かったが、すべての夢には代価がある。この機体ひとつで彼はアーリー・イーグル・エアラインズを興した。

最初の二年は軍や旅行客のチャーター便を飛ばし、自分の生活を切り詰めて借金を返済した。だが在外アメリカ軍引きあげの流れは止まらず、長引く不況は旅行業を直撃し、クーパーの夢にも影が差し始める。

一三カ月前、クーパーは機体ひとつで運営している航空会社を倒産から守るため、連邦破産法第一一章による会社更生手続きを取るところまで追い込まれた。寝室ひとつのがらんとしたアパートメントを手放し、うるさくてひどいにおいのする格納庫の上の狭苦しいスペースに引っ越した。たまに食べるボローニャ・サンドイッチで生きながらえる。毎月、どうにかこうにか金をかき集めて借金を返した。別れた妻から子どもの養育費の支払いを怠った罪で刑務所にぶち込まれないだけの現金を、これまでのところはなんとか捻出してきた。こんな生活をいつまで続けられるのかは誰にもわからない。

二日前、思いがけず電話が鳴り、電話線の向こうから救済案を提示された。

「フライトスケジュールを変更して、ヨーロッパへ部隊を輸送する仕事を引き受けてもらえるだろうか？」航空機動軍団からの声が告げた。「フライト数はそちらが引き受けられるだけ割り当てる。約束できる期間は少なくとも一週間」

そのとき、それから七日間のあいだに予定されているクーパーのフライトは、木曜日にピッツバーグで老婦人グループを拾い、ビンゴ大会のためにネバダ州エルコ郡へ運ぶ仕事のみだった。

「ええ、どうにか変更できると思いますよ」クーパーは内心の興奮を押し隠して言った。

機体の運用能力ぎりぎりになるだろうが、航空機動軍団から一週間分のフライトを委託されれば、少なくとも今後三カ月は借金取りと元妻をおとなしくさせられる。

クーパーは補助要員を集めた。仕事にあぶれた客室乗務員を数名見つけ、副操縦士には給与が支払えるようになったと知らせる。そして四八時間前に部隊のドイツへの輸送を開始した。二日間で、彼の767型機はヨーロッパまで三往復を達成した。

次の目的地はチャールストンで、そこで乗客をおろすことになる。そのあとの短い空の旅は補助要員に任せ、サヴァナに着いたら第二四歩兵師団の兵士を乗り込ませて、ライン＝マインに戻る。ライン＝マインではアメリカ軍家族の次のグループが、搭乗の順番が来るのを、首を長くして待っているはずだ。

航空機動軍団が望む限り、クーパーはこの繰り返しを続ける覚悟でいる。

疲弊した機体は滑走路を走行し、リンダ・ジェンセンは客室の薄明かりの中で腕時計に目を落とした。時刻は深夜近い。娘たちはすでに寝入っている。リンダは客室を見まわし、夫の小隊に属する男たちの妻子を眺めた。あと八時間で、チャールストンに着陸する。まさにその瞬間、彼女の夫たちは吹雪の中、血に染まった国境で生きるか死ぬかの戦闘を繰り広げていることを、誰も知る由もなかった。

尾翼に鷲のマークをつけた機体はうなりをあげて滑走路を走った。767型機は荒れ狂う一月の夜へと飛び立ち、母国へ向かった。

第六章

一月二八日午後一一時四九分
ドイツ－チェコ間の国境
第四機甲連隊 第一大隊 デルタ中隊 第二小隊

道を探りながら、ソヴィエト軍の装甲部隊は曲がりくねった狭い山道を一両ずつ前進した。本来ならば警戒が必要な道だ。しかるべき手順としては、先に歩兵を送り出し、どこに敵が潜んでいるかわからない森の安全確保をしたのちに前進する。だが、師団長の命令は、南北に走る国道を遅滞なく確保せよというものだった。朝までに、この要となる道路を、イギリス軍とアメリカ軍の管轄区域の境目に当たる北一五キロの地点まで制圧しなければならないのだ。歩兵に安全確認などさせていたら、朝が来たとき師団の大部分はまだ国境付近にいるだろう。歩兵の支援なしでは装甲部隊は危険にさらされるが、命令は遵守せねばならない。

先頭部隊は南北に走る国道までの道のりの半ば近くまで進んでいた。あと一キロもせずに国道に達し、北へ折れる。国境で抵抗するアメリカ軍を破ったあとは、これまでのところ敵と遭遇していない。敵に関するドミトリの評価は正しかったのかもしれないと、師団長は考えた。あれほど屈辱的な敗北だったのだ、敵は陣地を捨て、全面撤退したのだろう。

　長い隊列の前方で、先頭を行くＴ‐80戦車の巨大な車体が低く垂れ下がる枝々をこすった。急カーブに差しかかり、戦車は車速を落として慎重に左へ折れた。別のＴ‐80戦車二両とＢＭＰ‐２一両がすぐうしろに続く。カーブを曲がりきったところで、四両すべてが視界から消える。

　ジェンセンは攻撃のタイミングを見計らった。心臓の音が鼓膜に響き、苦いものが唇まで込みあげる。ヘッドセットに向かって叫んだ。「攻撃開始！」

　カーブの左右から、ブラッドレー戦闘車の砲手はすぐさまＴＯＷミサイルを発射した。視察用潜望鏡《ペリスコープ》の照準器を使い、ミサイルの短い飛翔のあいだに微調整する。ミサイルは、またたく間に最初のＴ‐80戦車を燃えあがるねじれた鉄塊に変えた。その背後にぞろぞろと続く戦車にまで飢えた炎が舌をのばし、鋼鉄の履帯を舐めまわす。先頭部隊は大わらわで攻撃元を探した。四二トンもの火の玉に前進を阻まれ、後方を長蛇の隊列にふさがれた装甲部隊は身動きが取れない。敵の位置を特定し、速やかに排除できなければ万事休すだ。

　一発目のＴＯＷミサイルが発射筒から飛び出すなり、クルスは自分が指揮するブラッドレー戦闘車を道路へ出すよう命じた。戦闘車が森の隠れ蓑から姿を現し、山道の中央に陣取る。道の左右にいるルノワールとリッチモンドは、炎上する戦車の数両うしろにいるBMPをブッシュマスターで攻撃した。機関砲がソヴィエトの戦闘車の側面に大きな穴をうがつ。傷を負った車両から濃い煙がもうもうと噴き出した。ブラッドレーの弾幕のもと、BMPの乗員一〇名が即死する。

クルスの砲手は次のT‐80戦車を見つけると、壊滅的な威力を誇る丸っこいミサイルを細い筒から発射させる。戦車はたちどころに撃破された。耳をつんざく新たな爆発が夜を揺るがす。ふたつ目の火柱が悲しげに見える常緑樹の屋根を突き破る。

必死に探した甲斐あって、三つ目の戦車は攻撃元を発見した。T‐80戦車の機関銃がアメリカ軍めがけて火を噴く。鋼の怪物の砲塔が左へ旋回した。戦車の砲手は道路の中央に陣取るブラッドレー戦闘車を捕捉した。数秒のうちに、T‐80の主砲の恐るべき威力を解き放ち、装甲部隊の前に立ちはだかる愚かなアメリカ人たちを消滅させるだろう。ロシア人の砲手は滑腔砲を撃つ準備をした。さあいよいよだ。そのとき三発のTOWミサイルが、さらけ出されていた戦車の腹をいきなり引き裂いた。金属製の内部が雪上に吐き出される。三つ目の火だるまが荘厳な森を焼いた。

「退却しろ！　退却だ！」ジェンセンの大声が隊員たちの耳に響く。

小隊は一五秒で敵に打撃を与えた。これで前進を阻むのに成功した。ソヴィエトの装甲部隊の残りはカーブの奥に隠れており、分厚い木々に守られ、戦闘車の機関砲では届かない。ジェンセン側はひとりの死傷者も出していなかった。

しかしソヴィエトの指揮官はこのあとすぐに強力な歩兵部隊を下車させ、彼らを排除しようとするだろう。ジェンセンたちにはこれ以上できることがない。逃げるときが来た。

彼は小隊の右側を守っていた歩兵ふたりに合図した。兵士たちが倒れた木々のあいだを縫ってハンヴィーに駆け戻る。

リッチモンド三等軍曹は車長用ハッチを開け、左側を守る歩兵二名を手招きした。ふたりは大雪の中を急ぎ、乗降用ハッチをあがってブラッドレー戦闘車の後部座席に消えた。乗降用ハッチが閉じるのを合図に、小隊は脱出を開始した。クルスのブラッドレーが逃げる兵士たちの掩護に当たり、ルノワールのチームは待ち伏せ位置から道路に出て、曲がりくねった山道を大急ぎで引き返した。リッチモンドの戦闘車もすばやくそれに続く。数秒後、ジェンセンがハンドルを握り、ハンヴィーを森から飛び出させた。

車両を走らせながら、ヘッドセットのボタンを押す。前方で待ち伏せているオースティンのグループが味方の小隊を攻撃しないよう、連絡しておく必要がある。これに先立つ三つの戦争で、味方からの誤射に殺された兵士をあまりに多く見ていた。

「デルタ・ツー・フォー、こちらデルタ・ツー・ファイヴ。セス、そこにいるか？」

「はい、軍曹。ここに準備して待機してます」

「セス、われわれはそっちへ向かってる。攻撃するな。繰り返す。攻撃するな。山道からやってくるのはおれたちだ」

「了解。わかりました。安心して戻ってきてください」

クルスが指揮する最後のブラッドレー戦闘車は、リッチモンドがいた場所へバックしてから方向転換する。そしてハンヴィーにおよそ一〇〇メートル遅れて、山道を走り出した。


猛り狂う炎に包まれた先頭の戦車から数両うしろで、二両のＢＭＰは木々のあいだに小さな隙間を発見した。操縦士たちは森の地面を覆う障害物を避けて慎重に進む。すると炎に焼かれる同志たちを迂回して山道の先に出ることができた。

二両のＢＭＰの真うしろにいたＴ‐80戦車は人員輸送車のあとを追い、森に新たに切り開かれた狭い道を通ろうとした。ＢＭＰの二倍の大きさがある戦車が、炎上する仲間を迂回する途中で身動きが取れなくなる。密集する樹木のあいだに巨大な車体がはまり込んだのだ。抜け出そうとすればするほど、状況はさらに悪化した。ＢＭＰが見つけた迂回ルートはＴ‐80戦車が立ち往生したため、それ以上は使えない。燃える戦車を避けて前進する可能性は消えた。日光さえ通さないモミの原生林を通り抜けるすべはほかにない。

ジェンセンの計画は成功した。ソヴィエトの装甲師団を国境で足止めできた。

炎上する戦車の前に出た二両のＢＭＰは、最後のブラッドレー戦闘車が走り去る影をとらえた。先頭のＢＭＰの戦車長が危険を顧みずにあとを追う。次の車両も続き、不慣れな道でアメリカ軍を追跡した。

ＢＭＰ二両が燃える鉄塊のバリケードの突破に成功したことに、ジェンセンの小隊はまだ誰も気づいていない。だが、死のカーチェイスはすでに始まっていた。

ブラッドレー戦闘車はオースティンが掩護する安全な予備陣地へと急いだ。ルノワールとリッチモンドの車両が人けのない兵舎脇を通り過ぎ、減速することなくオースティンの側を走り抜ける。ハンヴィーも建物の暗い影を横目に飛ばし、オースティンのチームに近づいた。

クルスのブラッドレーは最後尾だ。

オースティンは急接近するＢＭＰに間一髪のところで気がついた。山道の最後のカーブから出てきたところを、すぐさまブッシュマスターで狙いをつける。彼の車両の砲手は先頭のＢＭＰになんとか照準を合わせようとした。ＴＯＷミサイルをぶち込んでやりたいところだが、クルスのブラッドレーが射線上にいる。

「ブラウニー、あのクソ野郎を仕留めろ！」オースティンはヘッドセットに叫んだ。

「ヘクターが邪魔だ！」

「フォスター、先頭のやつをやれるか？」

「だめだ、セス！　道が狭すぎる。クルスを避けて攻撃するのは無理だ」

「ヘクター、そこをどけ！ 急いで右へ！」

しかし限られた空間でクルスと彼のチームに行き場はない。

最後のブラッドレー戦闘車が兵舎に近づいたところで、先頭のＢＭＰからスパンドレルミサイルが発射された。対戦車ミサイルが筒から飛び出し、凍てつく夜を飛翔する。恐ろしい怒りのうなりとともに、ブラッドレーの薄い後部装甲に命中。ミサイルの衝撃で車両は鋭く右へ振れた。コントロールを失った戦闘車が、つい数分前まで小隊の兵舎だった地味な建物に頭から突っ込む。大破して火の手があがる車体の中で、クルスと彼のチームは絶命した。

二両のＢＭＰはアメリカ軍の機甲部隊を執拗に追った。一発しかないミサイルを使い果たした先頭車は、狭い空き地を見つけると左へ車体を寄せ、うしろの車両を前に行かせた。

次の手頃な標的、スピードをあげるハンヴィーは、燃えあがるブラッドレーの一〇〇メートルほど先を走っている。新たに先頭となったＢＭＰの中で、スパンドレルミサイルの砲手は狙いをつけた。アメリカの小ぶりの戦闘車両に照準を合わせる。発射準備が整うまであと数秒。

しかし、ロシア人がスパンドレルミサイルを放つことはなかった。彼の残りの命が数秒もなかったからだ。

オースティンとフォスターの掩護部隊のブラッドレーのほうがわずかにすばやかった。

照準線上にいたクルスの車両が姿を消し、どちらも敵の装甲車両を捕捉した。アメリカ兵たちは続けざまにTOWミサイルを発射。二発が戦闘車両に命中、三発目が後続車に当たる。どちらのBMPも地獄の業火を噴きあげて爆発し、低い空を焼いた。念には念をと、ブラッドレーの戦車長たちは生存者を残さないよう、ブッシュマスターを撃ち放った。

ゆえに生きのびた者はいない。

山道の数百メートル先で、ジェンセンはふたたびヘッドセットのボタンを押した。そのとき、兵舎近くで何が起きたかを把握していなかった。安全な予備陣地をめざして疾走するあいだ、無線での興奮したやりとりに気づいてはいた。すぐうしろであがった複数の爆発も耳にした。しかしクルスとそのチームの死はまだ知らずにいる。

「国道の手前に集合しろ」ジェンセンは命じた。

ルノワール三等軍曹のブラッドレー戦闘車は南北に走る国道の入り口から三〇メートルのところで横滑りして止まった。小隊の車両が彼の位置に到着し始める。若いルノワールは下車するや、偵察のため、猛吹雪に隠れた国道へ走る。路肩の雪だまりに体を突っ込み、暗視ゴーグルを顔へ持ちあげた。

雪に覆われたアスファルトの上は、どちらの方角も一・五キロ以上見渡すことができた。後方ではすさまじい爆発がいくつもあがり、国境全域に沿って閃光が途切れることなくひらめく。だがいま見る限り、道路上での動きは皆無だ。

　ルノワールが退避ルートに目を走らせているあいだに、オースティンたちの掩護部隊が集合場所に到着した。ジェンセンはマルコーニと数名の兵士を下車させ、後方を守らせた。再度、態勢を整える必要がある。ブラッドレー戦闘車が一両欠けていることに気がついたのはそのときだ。

「誰がいないんだ、セス?」ジェンセンは、戦闘車からおりてくるオースティンに尋ねた。

「クルスのチームがやられました。BMPが追ってくるのが見えましたが、クルスのブラッドレーに射界をふさがれ、敵にミサイルを撃ち込むことができませんでした」

　午前〇時。一五分間の戦闘で、小隊の損失は総勢一七名。だがそれでも、悼んでいる暇はない。残り二六名の命はジェンセンの肩にかかっている。

　雪を蹴散らし、ルノワールが集合場所に駆け戻った。

「どうだ?」ジェンセンは問いかけた。

「両方の方角を確認しましたが、道路のどこにも動くものはありません」

「たしかか?」

「たしかです、軍曹。道路には誰もいません」

「そうか、それも長くは続かんだろう」ジェンセンは言った。

「われわれはどうするんですか?」

「それがわかれば苦労はしないさ。ひとつだけはっきりしているのは、ここにとどまることはできないってことだけだ」

これまでのところ、小隊長であるジェンセンの直感は隊を救っている。しかしここで新たなジレンマに直面した。南北に走る国道に入ったら、早々に西へ向かう道路におりなければ、小隊は道路に侵攻してくるソヴィエト軍の挟み撃ちに遭うだろう。

選択肢はふたつある。北へ走ってもいい。その方向なら、国道は北東へ向かう。二〇キロの道のりは国境から徐々に離れ、小隊は三〇分強でゼルプの町にたどり着く。そこからは西へ行く道路が通っている。もしくは、南へ八キロ逃れることもできた。そこで南北に走る国道は、ドイツを東西に横断する主要幹線道路、E48号線に接続する。そこはエコー中隊の第四小隊が配置されている国境検問所から西へ五キロ、ドイツの小さな町シルンディングからは東へ数キロの位置だ。

どちらにしろ――北であれ南であれ、すでに遅すぎる可能性はある。敵は複数の地点でとうに南北に走る国道に侵入しているかもしれないのだ。そうなればどちらの方角を選択しても小隊に逃げ場はない。それに西へ通じる道路に運よくたどり着けたとしても、その頃にはソヴィエト軍はドイツ領内に二〇キロ近く侵攻してしまっているだろう。

ジェンセンはオースティンのブラッドレー戦闘車の後部座席に頭を突き入れた。ジュールスキーが無線機とともにそこにおさまっている。

「大隊の無線ではどんな話になってる?」

「大混乱ですよ」ジュールスキーは言った。「ただひとつ間違いないことは、敵は国境全域にいっせいに強襲をかけてきたってことです」

それは小隊の南北両方であがっている激戦の音からジェンセンもすでに察していた。

「これまでのところ、支離滅裂な会話が飛び交うばかりで」ジュールスキーは付け加えた。

「アメリカ軍の防衛戦がどこか破られたという話はあったか？」

「正直わかりません。報告をまったく入れてこない部隊もあるようです。それ以外は持ちこたえているようですが……。ソヴィエト軍はこっちの周波数をめちゃくちゃに妨害していて、大隊はひっきりなしに周波数を変更してる。ほとんど情報を得られない状態です。しかし、この天候のせいで、アパッチを飛ばすのは朝まで無理だと大隊が判断したのはわかりました。でも、戦車隊にブラッドレー小隊二個を随伴させ、こちらへ向かわせようと試みていると言っています」

「試みるだけじゃだめだと無線で言ってやれ」ジェンセンはこれからの数分で小隊全員の命を奪うかもしれない決断を下した。「大隊にこう報告しろ。敵の装甲部隊の前進を国境より二キロ以内で阻止した。だが、長くは維持できないため、これより後退し、第二拠点を構える。シルンディングのすぐ東、E48号線と交わる位置の地図座標を伝えておけ。そこまでたどり着ければ、そこがわれわれ小隊の次の陣地だ」

「了解」

ジェンセンは次の一手を選択した。いまはぬるい手を打っている場合ではない。東西に走る国道で最も近いものをめざし、ソヴィエト軍よりも先に到着することを祈るしかない。とにかく、急がねばならない。現在の位置はあまりに悪すぎる。しかしジェンセンは、首つり縄から逃れるチャンスをつかむ前に、二番目の、同じく重要な選択をしなければならなかった。

移動スピードは速くすべきか、遅くすべきか?

慎重に進んでいたら、東西を結ぶE48号線の入り口に、確実にソヴィエト軍のほうが先に着く。だが急ぎすぎて警戒を怠れば、数分前に自分たちがソヴィエト部隊にやったことのしっぺ返しを食らう恐れがあった。すでに敵の部隊が南北に走る国道に侵入していた場合、今度は第二小隊が敵に待ち伏せされる。どちらの選択肢もあまり魅力的ではない。

小隊長であるジェンセンは、自分にできる唯一のことをやろうと決めた。小隊は急いで移動を開始する。ただし狼が待ち構えているかもしれないので、先に生贄の子羊を一匹送り出そう。

自分がその子羊になる。

残った小隊の兵士をかき集め、ジェンセンは自分の計画を手短に説明した。兵士二名がハンヴィーで彼に同行する。ひとりは運転、ひとりは機関銃の操作に当たる。ハンヴィーは全速力で南下する。ブラッドレー戦闘車五両はあとに続くが、視界に入らないだけの距離を取る。万が一、ハンヴィーが敵の罠に遭遇したときは、後続の車両に気づかれる前に回避を試みる。それが小隊を救える可能性が最も高い計画だ。

小隊の衛生兵の手で頭に包帯を巻かれたラミレズ、それにスティールは、手持ちの武器がなかったため、しぶしぶながらジェンセンとともに行くことになった。スティールが機関銃のうしろに乗り込み、ラミレズがハンドルを握る。ジェンセンは助手席に座り、トラブルを発見し次第、無線に怒鳴る用意をした。

出発のときが来た。ハンヴィーの鼻先が森からゆっくり離れ、国道へ方向転換して走り出す。

無人の車道に入り、すぐに走行速度をあげる。深い雪の中を時速五〇キロで突き進んだ。これならブラッドレー戦闘車は容易についてこられるスピードだ。

肝が冷える最初の二キロを、ハンヴィーはほどなく走り通した。

ジェンセンはヘッドセットに向かって告げた。「デルタ・ツー、あとに続け」

「了解」オースティンが応じる。

ブラッドレーは数秒ごとに一両ずつ森をあとにし、がらんとした道路へと突進した。一分ほどで五両すべてが細い道に入り、南へと進路を取る。今度もジェンセンの作戦が功を奏し、部隊の陣地になることを祈りながら、兵たちは次の拠点を目指した。

安全な距離から、将軍は停滞した隊列前方の燃える鉄塊をじっと眺めた。雪の中、自分の隣にたたずむ長身の人影に顔を向ける。

「ドミトリ、われわれの敵について、いまのきみの意見はどうかね？」

「同志師団長の敵に対する評価は当たっておりました。なかなか機略に富んだ相手です」

「先頭の大隊長は森の中の安全を歩兵に確保させているのだろう。どれほどかかると言っている？」

「少なくとも三時間と。激しい妨害に遭った場合はそれ以上でしょう」

「あれはどうなんだ？」将軍は燃える鉄塊を身ぶりで示した。「前進を再開できるまでどれだけかかる？」

「不明です、同志師団長。燃えている戦車内の砲弾すべての爆発を確認するまで、撤去に取りかかることはできません。森からの脱出にはおそらく数時間を要するでしょう」

「ひとつ言っておこう、ドミトリ。朝までに森を脱出するすべを見つけることだ。陽がのぼり、アメリカ空軍に発見されたら、ここにいる者は全員おしまいだ」


ブラッドレー戦闘車の乗員は、これまでのところ自分たちの命を長らえさせている男に黙然と従った。吹雪く道路を進むのに、暗視装置は必要ない。左側では何十にものぼるソヴィエトとアメリカの車両が燃えあがり、東の空を偽の朝陽のごとく照らしていたからだ。

ジェンセンは危険が潜む車道に目を据えた。すべてうまくいけば小隊は一五分で次の拠点に着く。うまくいかなければ永遠に着くことはない。何事もなく三キロを過ぎると、用心深いジェンセンも自分が下した一か八かの決断は正しかったのだと考え始めた。ラミレズへ視線を向ける。二等兵の両手はハンドルを固く握りしめていた。その目には紛れもない恐怖が滲んでいる。

「しっかり前を見てろ……油断するな」ジェンセンはたしなめた。経験の浅い同乗者を。自分自身を。

E48号線まであと五キロ。ここまで続いた幸運にもうひと踏ん張りしてもらおう。それでも失敗する可能性は大いにある。ジェンセンのハンヴィーは敵の待ち伏せ攻撃を回避できないかもしれしれない。ハンヴィーが通過した直後にソヴィエト軍が国道に侵入し、後続のブラッドレー戦闘車と鉢合わせるかもしれない。あるいは、自分たちがたどり着いたときには、ソヴィエトの戦車がE48号線を進軍しているかもしれない。

「頼むぞ、エコー中隊第四小隊。おれたちを失望させないでくれ」ジェンセンは小さくつぶやいた。

彼の小隊とは異なり、エコー中隊第四小隊は敵に対して戦略的な強みを持ち合わせていない。ジェンセンには曲がりくねった山道があり、それを最大限利用する。

しかし、第四小隊に託されたのはドイツに出入りする四車線からなる主要道路だ。先頭戦車数両を破壊したぐらいでは、敵を食い止めることはできない。攻撃が開始されたのはジェンセンの部下たちが襲われた三分後であり、襲撃の直前に、小隊はジュールスキーが大隊無線を通じて発した警告を聞いている。それは助けになった。

しかし、それだけでは足りない。戦争の火蓋が切られて二〇分が経過したいま、小隊所属のブラッドレー戦闘車は八両すべてが国境で炎に包まれている。小隊の兵士四三人全員が死亡した。

彼らは文字どおり死力を尽くし、ソヴィエト軍の戦車一二両を道連れにした。だが激しい戦闘のあと、二〇〇〇両もの車両が連なるソヴィエト軍の長大な装甲車列は、阻まれることなく西へ前進した。

ソヴィエト軍は、ジェンセンの小隊がめざそうとするE48号線の入り口から東へ五キロの位置にいた。ブラッドレー戦闘車がいるのは北へ六キロの地点だ。

小隊の残された兵士たちとともに雪を巻きあげて夜を走り、ソヴィエト軍の巨大な装甲部隊との遭遇が待ち受ける地点へ向かいながら、ジェンセンは声に出していぶかった。

「いったいなぜ、こんなことになったんだ?」

第七章

第一次冷戦末期に起きた変化の受け入れを拒絶した者たちは、東西どちらにも常に二〇パーセントの割合で存在した。新たな国際秩序に従う新世界《ニューワールド》に加わる代わりに、彼らは恐怖と猜疑心による支配に賛同し続けた。東側では、ロシアが生み出した混乱に乗じた。新たに誕生した憎悪は、かつてないほど強力で揺るぎなかった。

彼らは一〇〇〇年もの歴史を持つ、誇り高き人々であった。二〇世紀後半、西側諸国によって最終的な敗北がもたらされたとき、現実世界および想像の中で味わった屈辱感はあまりに大きく、彼らの心に重くのしかかった。

これをかつてないほど顕著にしたのが、二〇一〇年代、ロシア大統領ウラジーミル・プーチンが取った好戦的かつ独裁的な行動である。自国の経済が低迷し、国民が苦しむあいだにプーチンが心血を注いだのは、最も強い隣国すらもおびやかせる、強大なロシア軍の再建だった。ロシアは国民の心をくすぐる民主主義社会建設の誓約から徐々に離れ、あの抑圧と恐怖の暗い時代へと退行した。

しかしながらプーチンは、自身の行動がこれほど早く身の破滅を招くとは思っていなかった。さらなる大きな不況の波が世界を襲うと、混迷したロシアはたちまち手に負えなくなる。子どもたちを食わせてやれなくなった左派はプーチンを締めあげ、東ヨーロッパの統治者たるロシアの正当な地位を取り戻さんとする極右派は、なおいっそうの強硬手段に出るよう彼に迫った。

政情不安は、あっという間にすべてを巻き込んだ内戦に発展した。

極寒の一月の夜にドイツを襲ったソヴィエト軍の奇襲攻撃からさかのぼること六年前のことだ。選挙で敗退した共産主義と民族主義の両政党は、民衆を扇動し蜂起する。クーデターは激烈で血なまぐさく、その残忍さは限度を知らなかった。何百、何千もの人民が命を落とす。民主主義を愛する者たちは、変化に抵抗する者たちと戦い、東側諸国の命運を決しようとした。結局、希望を失った大衆はろくに機能はせずとも慣れ親しんだ共産主義体制を選択し、あまりに不確実な未来を約束する制度に背を向けた。西側はなすすべもなくそれを傍観するしかない。

内戦は数週間で決着した。その後、共産主義者たちはかつての地位を取り戻し、新政府という混沌の中からチェニンコが台頭した。

目立たない共産党指導者の次席として、チェニンコは常に政治の舞台の片隅にいた。だが、内戦後の混乱の中で好機を見出し、ナンバーワンの座に躍り出る。権力をつかんだ彼は、恐ろしい力でそれを握りしめ続けた。

スターリンが死去したとき、チェニンコはまだ七歳だった。しかしまぶたには、ソヴィエト連邦の真に輝けるときとしてスターリンの時代が焼きついている。それゆえ、ロシアをあの暗く恐ろしい時代へと逆行させた。〝ソヴィエト軍〟として再編した軍部を使って断行した粛正、抑圧、抹殺は、チェニンコが描く新たなロシア――新生ソヴィエトを実現する道筋を切り開いた。だが、国家としての統一なしには、自分の世界《ソヴィエト》は決して完成しないことを彼は知っていた。そして国民と同様、チェニンコは西側の脅威からの盾となる東側諸国なしでは安心することができなかった。

非情な独裁者がこの目的を達成するのに最大の障壁となるのが北大西洋条約機構《ＮＡＴＯ》だ。第一次冷戦終結後、東欧諸国のＮＡＴＯ加盟が相次いだため、チェニンコがソヴィエト傘下に取り戻したい国の多くは西側の軍事同盟にがっちり組み込まれていた。ロシアがＮＡＴＯ加盟国に侵攻すれば、アメリカはこれに介入し、軍事行動を起こさざるを得ないことはわかっている。成功を望むなら、民主主義政権の転覆を企図した騒擾《そうじょう》や内戦にロシアが直接的な役割を果たしているのがわからぬよう、ひとつずつ東欧諸国を攪乱しなければならない。

ロシアを己の支配下に置く際に力を借りた者たちにもうひと働きしてもらい、チェニンコの工作員は東欧の国々に不満の種子を植えつけた。血の川が流れるのに時間はかからない。ふたたび同じ結果がもたらされた。東欧の最も進歩的な国々でさえ、二年のうちに共産主義の勢力下に復帰した。

共産主義政権の復権から数日で、それぞれの国はNATOを脱退し、ワルシャワ条約機構に再加入した。第二次冷戦はかつてないほどの勢いで地上をのみ込んだ。壁がふたたび築かれ、東西がまたも分断される。有刺鉄線と鋼鉄、不信と不和がこの小さな世界の北半分を占拠した。

それでもチェニンコは不満だった。彼の認識では、ロシアは世界最強国という正当な地位をいまだ奪回していない。その崇高なるゴールの達成を妨げるものがひとつある。

統一ドイツだ。

チェニンコは身の毛もよだつような第二次世界大戦の話を聞かされて育ち、その記憶はあたかも昨日起きたことのように鮮明だった。統一ドイツが存在する限り、ロシアの子どもたちがベッドで安らかに眠ることはない。先の大戦では、侵略してきた冷酷なドイツ軍の手で、二〇〇〇万ものロシア人が命を奪われた。あんな惨事は二度と起きてはならない。統一ドイツの脅威を排除しなければ、ロシアは夜な夜な悪夢にうなされ続けるだろう。最後にもう一度ドイツを東西に分断する。チェニンコの目標はそれひとつに絞られた。

こうして彼の侵略計画が実行に移される。

チェニンコは東ドイツにふたつの強力な戦力資源《アセット》を持っていた。そのふたつを動員して東ドイツを正当な地位へ戻すのだ。まず、ロシアと東欧諸国でもそうだったように、すべての主要都市に東ドイツ共産党の忠実な幹部党員がいまなお存在していた。同じくらい重要な資源として、ヤルタとポツダムの両協定の規定に基づき、チェニンコは一万のソヴィエト兵に東ドイツの土を踏ませる許可を要求し、武力による威嚇を用いた末にそれを獲得した。

　計画は単純だ。これらの資源を利用し、彼の共産主義帝国全土にもたらされたのと同じ結果を実現する。不満という教義をふたたび伝道させるのだ。ドイツの熱心な共産主義グループを使い、チェニンコ独自の真実を広めさせる。来るべきときには、ソヴィエトの精鋭一万が内紛を仕掛けるべく敵の戦線の内側にすでに待機しているというわけだ。失敗するはずはない。共産主義の宣伝《プロパガンダ》という剣をもって、ドイツを一刀両断する。

　ヨーロッパの街路にふたたび血が流れるだろう。しかし今度は、チェニンコは大いなる満足とともにその光景を眺めるのだ。なぜならそれはドイツ人の血なのだから。

　とはいえ、敗北とともに分断された母国がふたたびひとつになった日に対するドイツ人のこだわりの強さは、チェニンコの理解を超えていた。統一ドイツがロシアに悪夢を見せるように、母国の分断はドイツにとっていまなお生々しい悪夢なのだ。ドイツ人の心の中では、ふたたびひとつになったドイツを切り離すことができるものはこの世になかった。

仕上げのときが来た——東ドイツをソヴィエト圏に戻すときが。チェニンコの命令が執行された。まず、共産党の幹部連中が横断幕にビラを持って街頭に繰り出して演説をぶち、西側の政策をこきおろす。不況により職を奪われた国民への支援が行われていないのをあげつらう。現政権を打破し、旧来のやり方に立ち返らんと国民の蜂起を呼びかける。何より、虐げられた者を演じながら、暴動のきっかけとなるものを探すのが彼らの役目だ。それは数々の機会においてチェニンコが使ったやり方だった。

暴動にいたるまでは数時間、長くて数日だろう。そのあと共産党員たちは横断幕をおろし、石と鎌を手にするのだ。

チェニンコの見通しは正しかった。四月、戦争勃発より九カ月前、東ドイツ全土で実行された〝平和的〟抗議活動の二日目、共産党員たちが待ち望んでいた事件が発生する。場所はライプツィヒ。男女、それに子どもからなる小さなグループが、一〇倍の数のネオナチ集団とたまたま衝突した。小突き合いの果てに、剃りあげられた頭にプラカードが叩きつけられ、東ドイツをめぐる内乱が始まる。予期せぬ騒ぎにライプツィヒの警察は反応が遅れた。騒動がおさまる前に、六歳の子どもを含む三人の共産主義者が死体となって街路に転がった。

数千人規模のデモ行進が街路を埋めた。東ドイツのすべての都市で赤い横断幕が高々と掲げられ、〝自発的〟かつ〝平和的〟な抗議活動が、意図的かつ暴力的に繰り広げられる。

「人殺しのファシストどもに裁きを！」デモ隊は叫んだ。血に飢えた声で、破壊願望をあらわにする。

「ファシストどもを駆逐せよ！」彼らは絶叫した。

「労働者階級《プロレタリアート》万歳！　共産主義万歳！」

あちこちでたちどころに乱闘が起きた。チェニンコがもくろんだとおり、ドイツの街路の石畳に血が流れる。共産主義者側もネオナチ側も、それぞれの偏見に満ちた世界観を正当化した。

内戦が雷《いかずち》のごとく東ドイツを襲うのを、西ドイツはおののきながら見つめた。ドイツ政府が騒擾をおさめるのに失敗したとき、チェニンコは自分が描く新世界がじきに現実になるのを確信した。間もなく東ドイツは彼の手に落ちるだろう。

だが、この目論見は大きく外れた。

二カ月にわたり、東ドイツは言語に絶する内戦の惨禍に蹂躙された。破壊工作、テロ行為、殺人は東ドイツの日常となる。戦いの潮流ははっきりと共産主義優勢へ傾いた。勝利はほぼ決定していた。肥え太った西ドイツはその半身である東ドイツを手放さずにいることよりも、自身の豊かさを手放さずにいることのほうを重視するはずだった。

それで片がつくはずだった。

だが驚いたことに、そうはならなかった。

第八章

ここにドイツの〝救世主〟が登場する——フロミッシュ。東西の武力衝突が生み出した道徳の腐敗の中から、彼は現れた。マンフレート・フロミッシュ、五二歳。内戦以前から活動している強力なネオナチ分派の指導者。身長一・五メートルそこそこの悪党である彼の醜い体躯はその精神同様、どこもかしこもゆがんでいた。それでいて、フロミッシュが描いてみせる未来は、チェニンコのそれと劣らず民心に強く訴えかけるものだった。フロミッシュは悲痛な騒乱と混沌に秩序をもたらし、ナチスがふたたび返り咲く。

東ドイツが失われかけたそのとき、新たな総統《フューラー》が誕生した。彼は茶色いシャツ姿の一団を送り出し、いたるところで共産主義者を打ち負かした。狭い通りや汚い路地での激しい小競り合いでは、その手際において彼の右に出る者はいない。

フロミッシュは喧嘩の才能に加えて、雄弁な舌を持つ。演壇に立ち、先の世界大戦で体面を傷つけられ、いまだその傷が癒えぬドイツ国民に向けて弁を振るった。

「外国人《アウスランダー》を殺せ！」フロミッシュは叫んだ。

「スラブ人を殺せ！」

「ユダヤ人を殺せ！」

「殺せ！　殺せ！　殺せ！」

「共産主義の脅威を打破せよ！」

「世界の支配者民族たるわれらが地位を取り戻せ！」

「ドイツ人のためのドイツ国家を！」

「すべてをうわまわりしドイツよ《ドイチュランド・ウーバー・アレス》」


だが、西側のドイツ人は耳を貸すことを拒絶した。かつて彼らを魅了したのと同じ言葉に抵抗し続けた。

しかしドイツ政府に失望させられると、彼らはしぶしぶながら、ついに救世主の声に耳を傾けるようになった。フロミッシュを求めてはいないが、統一ドイツを維持したいのなら選択肢はない。数百万が歯を食いしばり、フロミッシュの横断幕のうしろに従った。〝ひとつのドイツ〟にはそれほど強烈な求心力がある。

戦いの潮流が変わった。東ドイツは瀬戸際であとずさりする。フロミッシュの先導で、石畳を濡らしていた血は川となった。長い夏が秋へと移ると、内紛は終わりを迎えたのがはっきりした。共産主義は敗北するだろう。

だがチェニンコひとりにとっては、まだ終わりではない。彼には切り札が一枚残っていた。

数カ月間、一万の精鋭が兵舎で命令を待っていた。これまで共産主義の勝利が目前かと思われた三度の機会に、チェニンコは兵士の出動を考えた。だがそのたびに、まだだと思いとどまった。

いま、クレムリンの壁の奥深くから、秘密の指令が東ドイツにいる指揮官へ下された。「外へ出て、フロミッシュの手飼いの狂犬どもから無防備な者たちを保護せよ」チェニンコは命じた。「場所は慎重に選択しろ。何が起きたか気がつく前に、ドイツ人が内乱の渦中にいるよう、うまく動け。毒蛇フロミッシュと毒牙を剝く人殺し集団を叩きつぶせ。東ドイツの人民の心に共産主義の炎をふたたび灯すのだ。彼らがいるべき場所へ、ソヴィエトの手のひらの中へ連れ戻してやれ」

木々の葉が朽ち、ひやりとする冬の気配が大気に漂う一〇月のある日、共産主義の男女、それに子どもたちが送り出された。最高指導者チェニンコの指示どおり、小さな一団はネオナチの大集団に取り囲まれる。それでも彼らは勇敢にプラカードを高く掲げた。スキンヘッドの男たちはにやにやと近づいていった。この数カ月繰り返しそうしてきたように、すぐに片づけられるはずだった。自分たちと鉢合わせたのが運の尽きだ。ここから生きて帰れる共産主義者はひとりもいない。

だが、ものごとは常に計画どおりにいくわけではない。

この数カ月で初めて、茶色いシャツを着た集団は気がつくと片づけられる側になっていた。それというのも、どこからともなくソヴィエト兵の大隊が出てきたのだ。フロミッシュの狂犬たちは路上での喧嘩には優れていた。しかしこれは路上の喧嘩ではない。

七倍ものソヴィエト兵の強襲を受けてはひとたまりもない。二〇分後にはフロミッシュの手下二〇〇人が、東ベルリンの血塗られた街路に死体となって転がっていた。

三日後、ドレスデンで同じ戦術が用いられた。ソヴィエトの大隊は市民が襲われているところにたまたま居合わせる。騒ぎがおさまる前に、一〇〇〇年の歴史を持つ路地には茶色いシャツを着た死体が何十も積み重なった。

ふたたびチェニンコの思惑どおりにことが運び出した。

そしてついに、そのときが訪れる。ドレスデンでの勝利の翌朝、数名のソヴィエト兵が殺害されたことを口実に、一万の精鋭がドイツの街に繰り出したのだ。彼らはどこまでもフロミッシュとその手下どもを追跡する。容赦はしない。慈悲をかけることもない。地上からネオナチの痕跡をすべてぬぐい去るまで、ソヴィエトの強襲が終わることはない。終わりは見えている。一週間以内に、東ドイツはチェニンコの両手にしかと握られるだろう。

だが夜が明け、晴れ渡った秋の空が広がる朝……目を覚ましたソヴィエトの指揮官たちは、大隊規模の二〇倍ものネオナチ軍団が完全武装で、自分たちを取り囲んでいることに気がついた。戦えば全滅するのは確実であり、七名の指揮官は弾丸を一発も放つことなく降伏するほかなかった。

テレビカメラがとらえた屈辱的な映像が世界中で流される。喜悦の表情を浮かべたフロミッシュを先頭に、茶色いシャツの軍団はポーランド国境までソヴィエト軍を連行し、ドイツから蹴り出した。

散発的に起きる無意味な破壊工作を別とすれば、東ドイツをめぐる戦いは終了した。東ドイツはマンフレート・フロミッシュのものとなったのだ。

国を救ったこの男に対するドイツ国民の崇敬の念は限度を知らない。来る早春に予定されている国政選挙で、最新の世論調査はフロミッシュと彼のネオナチ党が東西両方で八〇パーセント近い票を獲得するだろうという予測を示した。

次期ドイツ首相はマンフレート・フロミッシュになる。

ドイツの次期第一党がナチスとなるのは確実だ。

チェニンコにとって、フロミッシュとその狂犬どもに対する敗北は耐えがたいものだった。ナチス・ドイツの脅威が寝ても覚めてもつきまとい、穏やかな眠りをさまたげる。ドイツが彼の国にもたらした言いしれぬ苦しみが、チェニンコのずたずたになった魂をさいなむ。

初雪がモスクワの大地に舞い落ちたある日、チェニンコは陸軍元帥を召集した。

「ドイツを崩壊させる計画を策定するように」

「はい、同志書記長」

「四カ月以内に攻撃準備を完了しろ、失敗すればその責任を取ってもらう」

何千ものソヴィエト将校が、チェニンコの銃殺隊の手によって、もしくは強制労働収容所の生き地獄で絶命しており、いかなる責任の取り方になるのかは疑問の余地がなかった。

返答はひとつしかない。「はい、同志書記長」

口から毒液をまき散らすフロミッシュに背を向けないのならば、ドイツ国民は手痛い代価を支払うことになる。チェニンコはみずから必ずそうさせることを心に誓った。


アメリカ大統領は苦しい立場に置かれていた。ドイツを見捨てれば、アメリカの力を行使してフロミッシュを抑え込み、速やかにナチスを排除する機会は失われる。そうなれば、フロミッシュは好き勝手にできるようになるだろう。

一方で、アメリカ大統領がフロミッシュを受け入れると発表すれば、アメリカは第二次世界大戦中に六〇〇〇万の命を奪った者たちを認めたと受け取られるだろう。

アメリカ大統領は自分にできる唯一のことをすることにした。一二月のはじめ、テレビで自分が下した決定を世界へ向けて発表する。彼の言葉の裏にある真意を知っているのは、ほんのひと握りの最高顧問だけだ。アメリカの最も緊密な同盟国でさえ、大統領の計画を知らされていなかった。チェニンコにアメリカの本心を暴かれる危険は冒せない。

「みなさん、多くの協議を重ねた結果、下院と上院の支持を得て、わたくしは来るドイツの選挙に対するアメリカの方針を決定いたしました。ドイツの自由な人民が、彼らの導き手としていかなる指導者および政治形態を選択しようと、正規の選挙によって選ばれたドイツ政府を、われわれは尊重するつもりであり、尊重せねばなりません。ここにアメリカの見解を繰り返すと、ドイツの主権は、そのほかすべてのNATO加盟諸国のそれと同様に、いかなる侵害からも守られるということです」

アメリカは自身の利益になる選択をした。アメリカはやるべきことをやるのだ。今後アメリカは表向きにはナチスを支持する。フロミッシュとその追従者たちを世界から一掃する方法が見つかるまでは。

アメリカ大統領の真意には気づかず、チェニンコはテレビの前でわが耳を疑った。ロシアの指導者は激高のあまり、一時間以内に彼の執務室でドイツ攻略案を提示するよう、軍最高司令部に命じた。

第九章

一二月一四日午前一〇時〇七分
モスクワ
クレムリン宮殿

同志チェニンコは巨大なデスクの奥に座っていた。瞳に表れた魂を焦がす怒りを、まったく隠そうとしない。ソヴィエト最高位の将校五名が飾り立てられた執務室へ順に入ってきた。最初に入室したのは海軍提督だ。次に北部軍と中央軍の陸軍元帥両名。空軍司令官がそのあとに続く。最後に入ってきたのは一同の中では〝若手〟であるソヴィエト軍最高司令部作戦長官、ヴァレクシ・ヨヴァノヴィチ同志将軍だった。彼より先に現れたでっぷりした老人たちとは異なり、ヨヴァノヴィチは己の若さを誇示するように背筋をぴんとのばしてチェニンコの前に立った。

ヨヴァノヴィチ将軍は、無駄な脂肪ひとつない強靭な体に誇りを持っていた。こめかみに白いものが交じる、うねりのある黒髪が、無骨ながらも整った顔立ちと角張った顎を際立たせている。張りのある声と悠然たる物腰は、その研ぎ澄まされた肉体同様に強い印象を与えた。侮りがたい男であり、自身もそれを強く自覚している。

ソヴィエト軍最高司令部の面々は、ドイツ攻略案を提示するためにここにいた。最初の四人の顔には緊張が刻まれている。居心地の悪さを感じているのが、硬い動きと眉間のしわに表れていた。ヨヴァノヴィチだけは、ゆとりがあるように見える。彼の秀でた手腕に自分たちの命がかかっていることを、四人とも知っていた。

最高指導者チェニンコはすぐさま本題に入った。

「ゆうべのアメリカ大統領の発表をテレビで観たか？　フロミッシュとナチの豚どもを支持するとはどういう了見だ？」

「おっしゃるとおりです、同志書記長」空軍司令官が言った。

「これでわれわれは攻撃するしか選択がなくなった。言われたことはやってきたか？　ドイツを打ち砕く計画を立てたんだろうな？」

四人はヴァレクシ・ヨヴァノヴィチに視線を向けた。

「はい、同志書記長」ヨヴァノヴィチは言った。「この計画をもってすれば、五日間でドイツはわれわれの手に落ちます」

四人はチェニンコの反応を固唾をのんで見守った。大口を叩くのは慎めと忠告したにもかかわらず、ヨヴァノヴィチは例によって耳を貸さなかった。新たなロシアでは、出る杭は打たれるのではなく、強制労働収容所に捨てられることを四人は知っていた。

「なんだと？」チェニンコが言った。「五日間？」ロシアの最高指導者の顔には不審の色が浮かんだ。

その反応も、ヨヴァノヴィチ将軍は予測済みだ。「はい。同志書記長にひと役買っていただければ、われわれは五日でドイツを攻め落とします」

「わたしがひと役買う？」

「ナチスを打ち負かすには、同志書記長のお力添えが欠かせません。ドイツ攻略において極めて重要な役割です」

チェニンコの顔に笑みが浮かんだ。母なるロシアに対するナチスの脅威を消し去るのに、自分が大きな役割を果たすのが気に入ったらしい。

「わたしに何をさせようというのだ、同志将軍？」

「それではわたしから、われわれの計画をご説明させていただきます。同志書記長の役割は極めて重要です。まずはわかりやすいように、計画の概要からお話ししましょう。敵を制圧する上で要となる点はすべて押さえてあります。偽装、破壊工作、武力、外交、この四つの要素です。万全の策を講じています。この計画に従えば、五日間でドイツはわれわれのものです」

「五日間か、ヨヴァノヴィチ。どうすればそんなことが可能になる？」

「過去三〇年、われわれの敵——アメリカはよそにばかり注意を向けてきました。無差別テロを行う者たちの撲滅に没頭した。自分たちには理解もできない敵の、戦闘で泥沼にでもはまらない限りはるかに格下としか見なしていない敵の殲滅に何年も費やしました。狂信者を根絶やしにするという目標をめざすあいだ、世界のそのほかの場所では少しばかりガードを緩めざるを得なかった。彼らは執念深く敵を追い続けましたが、その課程で自国の戦力は物理的にも精神的にも疲弊していたのです」

「それはそのとおりだ、ヨヴァノヴィチ。だが、それでどうして、ドイツをそれほどの短期間で攻め落とせることになるのかはまだ見えてこないが」

「同志書記長が政権の座につくまで、アメリカはヨーロッパですっかり気を抜いておりました。ドイツでは、冷戦期には最大三〇万に達した兵力をたったの二万五〇〇〇にまで削減した。師団二個分相当の事前集積装備をドイツに維持してはいるものの、当時、戦闘兵はひとりたりとも残していなかった。それに現在も空軍基地として機能しているものはたったのふたつです。はっきり言えば、戦力をほかにまわすしか彼らに選択肢はなかったのです、二〇年以上もの歳月を狂信者の撲滅に費やしてしまったがために。長期にわたった中東での軍事作戦が終了すれば、自国の軍に休養と回復の時間を与えられるだろうと彼らは考えた。そのため、新たな冷戦が勃発したとき、アメリカはヨーロッパでの事態の対応に出遅れました。現在、その遅れを取り戻そうとしているのはたしかなものの、いまの時点でわれわれが戦場で相対する敵戦力は、比較的容易に制圧できる規模であると断言しましょう」

「われわれを待ち受ける敵戦力を正確に推定しているということか、ヨヴァノヴィチ？」

「はい、同志書記長。われわれの諜報機関は実に優秀であります。この数年で、アメリカは機甲師団二個と機甲連隊三個をドイツに再配置しています。複数の航空戦闘基地の再開を計画しているようですが、われわれの対峙すべきなのは現在のところ、在欧米軍の縮小後に残ったふたつのみです。現時点でわれわれが直面するアメリカ軍はおよそ一〇万と推定されます。それにイギリス軍、カナダ軍、ドイツ軍が加わる。アメリカが冷戦初期の戦力レベルに戻すかどうか、判断を下すのはこれからのようですが、先頃ライン＝マインの航空輸送基地を再開したのは、ドイツと西欧諸国の防備を大幅に固めようとするたしかな兆候でしょう。二、三年もすれば戦力を倍加し、航空戦闘基地を少なくとも四つに増やすことがじゅうぶんに予想できます。しかしながら、アメリカはドイツにおける戦力増強が遅きに失したことを、じきに思い知らされるでしょう」

「同志将軍、ドイツ国内で機能している航空戦闘基地はふたつしかないとはいえ、イギリス、スペイン、イタリア、ギリシャ、それにトルコにも、アメリカの空軍が駐留していることを忘れてはならない。それに彼らの大規模な海上戦力もだ」

「その点についてはのちほどご説明します。まずはドイツ国内の敵戦力についてのみ話をさせていただきたい。申しあげたように、アメリカは第一次冷戦期の三分の一にまで戦力を縮小しています。これは当時のソ連であれば叩きつぶすことができた規模でしょう」

またも大口をと気をもみながら、ほかの四人はチェニンコの反応を待った。それ次第でヨヴァノヴィチが次のソヴィエト最高指導者になるか、今週末に銃殺隊の前に立たされているかが決まる。最悪の場合、自分たち四人も隣に並ばされることだろう。

ヨヴァノヴィチの心に迷いは存在しない。チェニンコの反応を気にする様子は微塵もなかった。

「同様にイギリスも戦力を削減しました」ヨヴァノヴィチは続けた。「ドイツの北半分の防衛に当たるイギリスとカナダの兵士は五万以下です。先だっての東ドイツにおける内紛で明らかだったように、現役と予備役を合わせた三〇万のドイツ軍は、暴動にすら対処できないありさまでした。ドイツは指導力と組織力、その両方の弱さをさらしたのです」

「ヨヴァノヴィチ、なるほどきみの言うとおりだ。ドイツ軍はたしかに弱さをさらした。フロミッシュという狂犬がいなければ、東ドイツはいま頃われわれの手の中だった」

「同志チェニンコ、無念がることはありません。われわれの計画はごく近い将来、その問題を必ずや正すことでしょう」

「そうでなくてはならん、同志将軍」

「この部屋にいる者全員、失敗した場合の結果は重々理解しております。しかし敵戦力の詳細な評価は、勝利は保証されたも同然と示しています。ドイツ国内でわれわれが直面する戦力の合計は、四五万と予想されます。敵の空軍力の内訳は、アメリカの戦闘航空団八個、イギリス三個、ドイツ一四個。召集可能な機甲師団は一一個――ドイツ八個、アメリカ二個、イギリス一個。われわれに刃向かおうと待機する戦車の数は、合わせて四〇〇〇両以下。迅速かつ大規模な戦争を仕掛ければ、アメリカとイギリスは戦場に増援部隊を送り込む間もないでしょう」

「だが、五日でドイツを攻略できる確信はあるのか、ヨヴァノヴィチ？」

「同志書記長、わたしは自分の命をかけましょう。一月末までに、われわれは一五〇個の師団を召集します。戦場に送り出せる兵士は二〇〇万を少し超えるといったところです。師団のうち一〇五個は最前線に出します。残り四五個は予備軍で、これには旧型のT-62戦車を配備します。兵員総数では敵の五倍。空軍力では三倍。戦車においては一二倍以上。砲数では二〇倍です」

「しかしだ、同志将軍」チェニンコは言った。「勝利を数頼みにはできないことは、きみもわかっているはずだ。ほかの要因はどうなる？　西側諸国には優れたテクノロジーがあり、ドイツには自国という地の利があることもわかった上での発言なんだろうな？」

ヨヴァノヴィチの声には確固たるものがあった。「おっしゃるとおりです、同志書記長。数だけでは不充分です。だからこそ万全の策を取るのです」

いまや陸軍元帥たちでですらヨヴァノヴィチの自信に感化され始めている。この作戦長官は油断のない男だ。そして油断のない男は、自分の言葉に確信がない限り、死の収容所送りになるような発言はしないものだ。

「ドイツが自国で戦うという事実は、実際にはわれわれに有利に働きます、同志書記長」ヨヴァノヴィチが続ける。「アメリカとイギリスは戦術的優位性を得るためであれば、いくつかの拠点を犠牲にしてでも時間を稼ごうとするでしょう。陣地を要塞化した上で消耗戦に持ち込むのが彼らの戦術です。しかしドイツ軍のほうは本土を侵略され、パニックに陥るはずでしょう。侵攻してくる敵軍から国民を守らねばと焦り、防御する側に必要な忍耐心を失うのです。パニック状態にあるがゆえに、彼らはミスをする」

「確かに……それは一理あるな、同志ヨヴァノヴィチ」

「ドイツ軍はがたがたになると考えられます。われわれの計画はそこをうまく利用するよう計算されています」

チェニンコの顔に笑みが浮かぶ。ここにきて初めて、ヨヴァノヴィチの言っていることは実現可能かもしれないと考えた。

「五日間でドイツを攻め落とせるのだな」チェニンコは念を押すように言った。

ここは思いきってヨヴァノヴィチの話に乗るときだろう。「はい、同志書記長」中央軍の陸軍元帥がついに声をあげた。「ヨヴァノヴィチ将軍の言ったとおり、五日でドイツを落とすことは可能であります」

「そうか。これまでのところは納得した。ヨヴァノヴィチ、おまえの計画を話せ」チェニンコは言った。

「同志チェニンコ、では四つの要素のひとつ目、偽装についてご説明します。作戦のこの部分では、同志書記長に重大な役目を演じていただきます。再結成されたワルシャワ条約機構が、第一回目の軍事演習を近々行うと発表したことはご存じのとおりです。今週、同志書記長には、それが史上最大規模のものになることを公表していただきます。われわれの師団五〇個が、ドイツとの国境近辺で演習を行うと世界に向けて告げるのです」

「しかし同志将軍、そんな発表をすれば、西側が猛反発するのは必至だ」

「もちろんそうでしょう。ですがその発表と同時に、第六次戦略兵器制限交渉《SALT・VI》の再開を宣言するのです。話し合いの席にもう一度着く意思を示せば、アメリカにとって軍事演習の問題は二の次になります。さらに数日後、ドイツの選挙が終わり次第、フロミッシュと首脳会談を持ちたいと発表してください。西側がわずかでも脅威を感じかねない発言は慎んでいただきます。外交ルートを通じて、アメリカ、イギリス、フランスにも会談に加わるよう持ちかけてください。もちろんこれはわれわれの真の目的を隠すための策略です。実際には、演習に参加する師団が五〇個というのも真実ではありません。同志書記長の甘い言葉の陰に隠れ、われわれは五〇ではなく、総勢一五〇の師団を送り込みます」

「同志将軍、それは結構な話だ。外交官たちの目はわたしが欺こう。しかしわれわれの国土を絶え間なく偵察しているアメリカの衛星はどう欺くつもりかね？　師団一五〇個を攻撃のスタート地点へ運ぶとなると、少なくとも丸々四週間、ソヴィエトの人的資源を総動員せねばならん。われわれが何をしているかは、作戦初日にアメリカに気づかれるぞ」

「同志書記長、ですから偽装なのです。これから二週間かけ、軍の全車両の部隊章をひそかに塗り替えます。アメリカは、自国の衛星はソヴィエトの全車両の車体番号まで読み取れると自負しています。それをわれわれの偽装に利用するのです。国境へ向かう車両についている部隊章は、きっかり五〇個とします。それ以上でも以下でもない」

「しかし、アメリカ人も数えることはできる、違うか？」チェニンコは言った。「師団五〇個相応の戦車数は勘定できるはずだ」

ヨヴァノヴィチの整った顔に微笑が浮かんだ。「軍事演習場まで大量の車両を送る方法は、鉄道輸送しかないことをアメリカは知っています。われわれが鉄道システムを盛んに使用するものと、彼らは予想するでしょう。こちらはその思い込みを利用します。偵察衛星がそれぞれのエリアで毎日何時に写真撮影をしているかをわれわれは把握しています。ですから、これからわれわれは外観がそっくり同じ鉄道車両と貨車をいくつもこしらえるのです。たとえば、最初の貨車三台には戦車三両、続く三台にはＢＭＰ六両、そのあとは一定数の大砲類、戦車を搭載した貨車がさらに三台。タイミングを正確に合わせねばなりません。スケジュールどおりに列車を西へ送ります。偵察衛星が毎回特定のエリアで撮る写真には、車両基地の同じ場所に、同じ列車があるように見えることでしょう。アメリカが同じ列車と見なすものは、実際には毎日別のものなのです」

「そんなごまかしがうまくいくか?」

ヴァレクシ・ヨヴァノヴィチは正直に答えた。「保証はできません、同志書記長。永遠に欺くことはできないでしょう。しかし、奇襲の準備に必要な時間は稼げると考えております。というのも、鉄道の偽装に加えて、天候がわれわれに味方するからです。気象学者によると、一月の中央ヨーロッパは分厚い雲にほとんど覆われたままになる。雲に隠され、空からの偵察ではわれわれが何をしているのかはっきりと見えなくなるのです」

「しかし、ヨヴァノヴィチ将軍」チェニンコは言った。「偽装と雲で衛星はごまかせるとして、ソヴィエト内にいるスパイたちはどうする? 計画実行の二日目には、何か奇妙なことが進行中だとアメリカに報告が行くだろう。どうやってそれを阻止する?」

「同志書記長、その手の報告はいっさい放っておくのです。妨害して、相手にさらなる疑念を抱かせるのではなく、むしろ情報を提供してやります。二重スパイを利用し、ソヴィエト内に不穏な動きがあると報告させます。ですが、この二重スパイの情報には、ほかのスパイの情報にはないことが含まれています。不穏な動きの理由を説明するものが」

「その理由とは?」

「無遠慮な言葉をお許しください。アメリカは同志書記長の政権が打ち倒されることを何よりも望んでいます。そこで、ソヴィエト内の動きはクーデターの準備だと情報を流します。失礼なことを言うつもりはありませんが、アメリカは現政権転覆の可能性に歓喜し、そのほかの情報は重要視しないでしょう。連中はその目が見たいものだけを見るのです」

「現政権の転覆か……よかろう、ヨヴァノヴィチ。なるほど悪くない偽装だ」

「ありがとうございます、同志書記長。ですが偽装はこれで終わりではありません。ドイツ国民をナチスから解放する戦いの最初の夜、われわれは再度アメリカを欺きます。何年も前からわかっていることですが、アメリカは、中央集権型の指揮構造がソヴィエトのアキレス腱だと信じ込んでいます。彼らは戦争開始後数時間以内に、われわれの指揮官とその補佐役を抹殺すべく、軍用機を送り込むでしょう。二度にわたるイラクとの戦いでイラク軍に対してそうしたように、まずは防空網の破壊、続いて指揮統制の一掃を試みる。しかしアメリカは手遅れになって初めて、あると考えていた場所にわれわれの司令部がないことを知るのです」

「ほう？　ではどこに？」

「アメリカが予想する場所以外ならどこにでも。ぎりぎりの瞬間に、闇に紛れて全指揮部隊を移動させます。部隊を常時動かし、叩かれるのを防ぐ。わたしの部下が詳細な移動計画を策定済みですので、指揮官たちには適宜指示を与えます。また、彼らを守るため、司令部が破壊されたように見せかける作戦も立ててあります。これにより陸軍元帥と将軍は、ステルス戦闘機が夜中に飛来するのを心配することなく、戦闘の指揮に専念できることでしょう」

「それを聞いて、北部軍と中央軍の陸軍元帥も安心だな」チェニンコは笑みを広げて陸軍元帥ふたりを見やった。

双方の顔に笑みが生じる。「そのとおりです、同志書記長」中央軍陸軍元帥が言った。

チェニンコは視線をヨヴァノヴィチに戻した。「先を続けろ、将軍」

「最後、偽装の仕上げに、われわれはもう一度アメリカを欺きます。悪天候の真っ最中にわれわれがドイツを攻撃することは決してないと、アメリカは確信しています。われわれにはそのような状況下で戦争を続ける能力はないと踏んでいるのです。確かに、彼らの考えは正しい。少なくとも、われわれの計画が長期戦ならば……。だが、そうではありません。われわれの計画は五日間の短期決戦だ。最悪の天候下で攻撃し、敵の不意を突くのです。しかも荒天は、アメリカの戦闘機と攻撃ヘリコプターの出動を妨げます。同志書記長、これがわれわれの第一の計画です。一月の最終週か二月の第一週の空が荒れ狂う夜に、ソヴィエトはドイツ解放のため進軍する」

チェニンコの顔に大きな笑みが広がった。ここまでの話に満足しているのは明らかだ。

「同志諸君、偽装、偽装だよ」最高指導者はうれしそうに、繰り返し言った。

四人の高官たちの顔に安堵の色が滲んだ。ヨヴァノヴィチの大口が功を奏しているようだ。銃殺隊とのデートは今日のところは避けられるかもしれない。

ヨヴァノヴィチは一同を見まわした。全員がこの計画に感心しきっている。五組の目は同じ信念をたたえて輝いていた。われわれは敵を急襲する。われわれは五日でドイツを攻め落とす。

チェニンコはヨヴァノヴィチが期待したとおりの反応を見せていた。

「同志書記長、計画の第一要素についてご質問がなければ、次の段階、破壊工作に移らせていただきます」

「そうしてくれ、将軍」チェニンコは言った。「きみの策略を聞かせてもらおう」

「西側は、特に破壊工作に弱い。アメリカは最先端のコンピューターや洗練された指揮統制を誇りにしているが、その一方で、ドイツ内での基地設備はこの三三年間ほとんど新しくされていない。非常に脆弱なのです。一九八〇年代にはデジタル式光ファイバーシステムを導入し、通信設備の総入れ替えに着手しています。しかし冷戦終結後はその戦力の大半をドイツから引きあげたため、それも中断された状態です。現在ある光ファイバーシステムはあまりに規模が小さく、過去二年になされた在欧米軍の戦力強化に追いついていません。よって指揮統制の八〇パーセントは、再開させたマイクロ波通信局に頼っているありさまです。余剰分はほとんどない。重要な通信施設をいくつか破壊すれば、最初の数時間でドイツは孤立する。しかもこれらの施設は最も近い戦闘部隊から数キロの人里離れた山頂にあり、容易に破壊工作を行える。信じがたいことに、これらの場所にはセキュリティシステムといったものが皆無です。戦争序盤に軍の通信システムを破壊すれば、各部隊の連携能力は著しく損なわれる。さらなる混乱を引き起こすため、ドイツの送電網と民間の通信システム、携帯電話の中継塔を可能な限り破壊します。パニックに陥った八〇〇〇万のドイツ人が携帯電話と固定電話を使おうとするのですから、戦争開始後数時間のうちに、民間通信網はパンクするでしょう」

ヨヴァノヴィチは間を置いて、自分の話の重大さをチェニンコに理解させた。

「同志書記長、頭を切断すれば蛇は死ぬ。われわれは最初の数時間でドイツを孤立させます。数で劣る敵の陸上戦力は、部隊の連携を奪われてはひとたまりもありません。最初の夜、われわれは闇に乗じてアメリカの頭を切り落とし、その体が力をなくしてこと切れるのを眺めるでしょう」

「同志将軍、きみの話は本当か？　それほど簡単にいくだろうか？」

「はっきり申しあげましょう、同志書記長。わたしは簡単にいくとは一度も言っておりません。しかしながら過去数十年のあいだに、アメリカはドイツでの戦争を統制する能力をみずから低めたのです。そしてその状況を正す彼らの近年の努力はじゅうぶんとは言えなかった。われわれはその弱さを利用します」

「最大限に利用するのですよ」北部軍の陸軍元帥が付け加える。

「敵の指揮統制を寸断したあとは」ヨヴァノヴィチが話を続ける。「われわれの勝利の邪魔となるアセットをただちに破壊します。連合軍の空軍基地を壊滅させ、ドイツ内の二箇所に配置されている事前集積装備を爆砕するのです」

「いかにしてそれをやろうと？」チェニンコは尋ねた。

「その点は追ってご説明します、同志チェニンコ。まずは重要な点をお伝えさせてください。深夜に奇襲をかけられ、しかも指揮統制が混乱した敵は、六時間から八時間、部隊を連携させて反撃に出ることができなくなる」

「敵の空軍部隊もか？」チェニンコは確認した。

「計画どおりにいけば、空軍であれ、陸軍であれ、大々的に反撃を開始するのは最初の夜が明けてからとなるはずです。われわれは最初の数時間で、破壊工作をさらに推し進める。国境を防衛するアメリカとイギリスの部隊を排除したあとは、ドイツの懐深くへ進軍。この最初の八時間が要となります。一夜目の闇の中で、われわれは勝利のチャンスをつかむか、逃すかという分かれ目に身を置くことになるのです」

チェニンコは陸軍元帥ふたりに目をやった。「では、いかなる犠牲を払おうとチャンスをつかめ」

「はい、同志チェニンコ」中央軍の陸軍元帥が言った。「必ずやそうします」

「われわれの師団は一日目の朝が明ける前に目的地に達していなければなりません」ヨヴァノヴィチは言った。「ドイツとの国境全域で、東から西へ軍を七〇キロ前進させる。これに失敗すると、われわれは大軍を散開させることができなくなり、窮地に立たされることになります。日の出のあと、中隊以上の規模で固まっている部隊は、確実にアメリカの大量破壊兵器の標的にされるでしょう」

「大量破壊兵器……それはつまり核兵器のことか、同志将軍？」チェニンコは言った。

「同志書記長、はっきり申しあげます。七〇年近く、アメリカのドイツ防衛戦略には、戦略核兵器の自由な使用が含まれてきました。敵はいざとなれば、われわれに対して核兵器を使うでしょう。自分たちの巨大な核貯蔵庫に手を出すしか勝ち目はないと、アメリカは確信している。実際、その考えは正しいのかもしれません。つまり、最も重要な命令は〝日の出のあとは部隊がひとところに固まってはならない〟なのです。複数の部隊が集結していては格好の標的になる。もっともこれはアメリカが使用するのが核兵器ではなく、通常兵器であっても同じことです。こちらの戦力を広く分散させることにより、Ｂ‐２およびＢ‐52爆撃機でアメリカに攻撃される可能性が大幅に減少する。トマホーク巡航ミサイルの効果も著しく下がる。とはいえ指揮官たちは、散開させた装甲部隊が攻撃ヘリコプターや地上攻撃航空機、無人航空機《UAV》、多連装ロケット弾発射システム《MLRS》に発見されるのを恐れるでしょう」

「同志将軍、この命令に背けば、わたしがじきじきに彼らを銃殺隊の前に立たせると、指揮官たちに伝えたまえ」

「そういたします、同志書記長。それでは第三の要素、武力の説明に入りましょう。ここでの動きは破壊工作とぴったり連動させます。われわれの軍が国境を破るのと平行して、破壊工作チームは敵の統制能力を削ぎます。これに成功すれば一日目の夜明けまでには、アメリカの指揮統制は息の根を止められているでしょう。そこでわれわれの空軍が空中回廊《エアコリドー》（訳注：航空機の運航経路）を制圧します。このエアコリドーから空挺師団五個がドイツの心臓部へ向かい、NATOの飛行場を破壊し、アメリカの事前集積装備を消し去り、ライン川にかかるフランス・ドイツ間の橋梁をすべて占拠します」

「なぜ国境での奇襲と同時に空挺隊を送り込まん？」チェニンコはいぶかった。「なぜ朝まで待って、敵に態勢を整える暇を与える？」

「それはわたしの部下も検討いたしました、同志書記長。戦闘序盤で空挺部隊を投入するにはさまざまな問題があるのです。思い出してください、攻撃を決行するのは最悪の天候下、真冬の深夜です。荒天と夜の闇が空挺部隊の兵力を奪いかねません。それに彼らの標的がいるのはドイツの深部であることをお忘れなきように。たとえ奇襲であっても、空挺兵が降下地点にたどり着く前に人員輸送機の多くが敵の航空機に撃破されるでしょう。標的にたどり着くのは二割以下と見積残ったものはパトリオットミサイルの餌食になる。

もっています」

「しかしだ、夜陰に乗じての空挺攻撃のほうが、奇襲の効果は大きい」

「同志書記長、そのような作戦は成功いたしません。空域確保後、第一日目早朝の空挺攻撃。これが正解なのです。それでも戦力の四割を消失するでしょうが、それほどの損失を出しても、われわれは勝利を見込んでいます」

「ほかの者たちもヨヴァノヴィチ将軍の状況分析に同意するのか？」

「はい、同志書記長」ひとりひとりが首肯した。

「そうか。わたしは完全に納得したわけではない。しかし、判断は有能なきみの手にゆだねよう、ヨヴァノヴィチ。空挺部隊はきみの自由に使え」

「ありがとうございます、同志書記長。空挺攻撃の成功をもって、破壊工作の段階は初日の正午には完了します。国境警備に当たっている敵の部隊は、それよりかなり前に壊滅しているでしょう。ここでわれわれはすでに本作戦の武力の段階に入っています。国境沿いの深い森さえ突破してしまえば、その先は農地と小さな村々がある地域です。開けた田舎では、われわれの戦車隊の前進を制止するのは極めて困難でしょう。戦車隊の先頭部隊が国境を打ち破ったあと、予備隊の三分の二が前進する。すべて計画どおりにいけば、夜明けまでにわれわれの師団一〇〇個近くがドイツ国内に侵攻しています」

チェニンコの笑みはいよいよ広がった。「一〇〇個の装甲師団がドイツに進軍か。美しい光景になるだろうな」

「初日の夜明けには、われわれの戦車隊はベルリンおよびニュルンベルクに入っていることでしょう。東ドイツ全域がわれわれの侵攻下です。ドイツの町ゼルプの北と南三〇キロのエリアに大きな戦力を送り込むことでこれを達成します。ゼルプはイギリス軍とアメリカ軍の管轄区域の境です。国境を破ったのち、これらの師団は即座に北上し、東ドイツを攻略します」

「初日の午前中には東ドイツはわれわれの手の中か。ヨヴァノヴィチ、きみの案はわたしの期待をはるかにうわまわっているぞ」

「光栄です、同志書記長。勝利を確実にすべく、わたしの部下が夜を徹して練った案です。みな同志書記長のお褒めの言葉を喜ぶことでしょう。前述のとおり、初日の午前中、わが軍はいよいよ敵の装甲部隊による強力な防衛と相対します。その際には敵に容赦ない圧力をかけ続けるのです。戦車をひとつ失うたびに、次の車両が前進してそれに取って代わる。それもまた次の車両に取って代わられと、どこまでもその繰り返しです。敵はよく訓練されて強力です。しかし、予備部隊はないも同然だ。われわれが戦車をひとつ破壊すれば、ヘリコプターをひとつ撃墜すれば、それらに取って代わるものはない。敵に息を継ぐ暇も与えはしません。ひたすら圧力をかけ続け、敵の戦線を崩します」

「そのときになればドイツ人たちも、悪しき道を歩むことを選択すればどんなことになるか学ぶだろう」

「はい、同志書記長。初日の正午には、一〇〇万を超えるわれらが兵力がドイツ国内にいることでしょう。戦車三万両が地響きをあげて西へ向かっています。東ドイツではすでに拠点を固め、空挺隊の英雄的な奮闘により、ドイツ国内に敵の空軍基地はもはや存在しません」

「初日の正午には、か。驚異的な早さだ、同志将軍」

「初日が終わる頃にはわれわれの戦車隊がミュンヘンを包囲。三日目の日没にはフランクフルトに進軍。われわれの進撃を止めることはできません」

「すばらしい、同志将軍。陸上戦力に関するきみの案は実によく考えられている。だが海軍については触れていないな。彼らの役目はどうなる？」

「同志書記長のご指示どおり、この戦争の目的はひとつ。ドイツ国民をナチスから解放する、ただそれだけです。そのため、海軍の役目は限られたものとなります。しかし、それが重要であるのは誰にも否定できません。戦争開始と同時に、われわれの海軍は黒海で発見するアメリカの軍艦をすべて沈める。その後は黒海を封鎖し、それ以上の敵の進入を阻止。また、ソヴィエト本土への攻撃を阻むべく、バルト海と太平洋岸の封鎖を試みる。そして最後に、大きな潜水艦戦力を大西洋に送り込みます。自軍の支援のため海を渡るアメリカの空母を見つけ、破壊する、それが彼らに与えられる命令です」

「上々だ、ヨヴァノヴィチ」

「同志書記長、この計画を完遂するには最後にもう一段階あります——外交です。その重要性はわれわれの軍事力とまったく同等であり、無視することのできないものです。はじめに述べましたように、われわれの計画のこの部分はただちに進めねばなりません。同志書記長には発言をトーンダウンしていただきます。これからの七週間、アメリカのことはわれらの兄弟、ドイツのことは長らく消息不明であったいとこだと思い、そのように接してください。譲歩の意志をちらつかせ、対話を再開します。西側が強く要望していることすべてが、現実になりつつあるように見せかけるのです」

「よかろう、ヨヴァノヴィチ。ナチスを倒せるなら、すべてやってみせるし、それ以上のことまでやる。これから七週間、わたしは子守歌で敵を眠りつかせよう。西側の耳に心地よく響く子守歌で」

「攻撃開始の瞬間、NATO加盟国に駐在する大使たちに、誤解の余地がない要求を提示させます——ソヴィエト軍とナチスのあいだの争いに口出しするな、さもなくば後悔することになるぞ、と」

「そんなやり方がうまくいくと思うか?」チェニンコは尋ねた。自身がすでに言及したように、アメリカがイギリス、スペイン、イタリア、ギリシャ、トルコに保有する強大な空軍力を、じゅうぶんに認識している。戦争に勝利する上でこれらの戦力が明らかな脅威となることは、誰かに言われるまでもない。

「外交官たちとはじっくり話し合いました、同志チェニンコ。ドイツがナチス化する可能性が濃厚な現状で、われわれがそれを打倒するとなれば、少なくともベルギー、オランダ、ノルウェー、ギリシャ、トルコは確実に従うと彼らは断言しています。イタリアおよびスペインはやや難しいでしょうが、最後はやはり同意するはずです。フランスについてはわかりません。アメリカ、イギリス、カナダはもちろん拒絶するでしょう」

「アメリカ大統領がゆうべテレビであぁ発表したあとだ、そうとしか考えられん」チェニンコは言った。

「ええ、そうとしか考えられません、同志チェニンコ。しかしながら、アメリカがなんと言おうと、われわれは五日でドイツを落とします！」ヨヴァノヴィチの声には揺るぎない自信が満ちていた。

チェニンコの反応はそれより静かだが、迷いはない。「ああ、ヨヴァノヴィチ、われわれは五日でドイツを落とす」

「同志書記長、それではわれわれの計画を実行に移す許可を与えると？」

「そうだ。ただちに準備に取りかかれ。一月末、もしくは二月頭に攻撃を開始しろ。今度こそドイツを叩きつぶすのだ」

その夜、チェニンコは数カ月ぶりにナチス・ドイツの悪夢にうなされることなく、赤子のようにぐっすりと眠った。

一月二八日の午後一一時四五分、ドイツを除くNATO加盟国に駐在するロシア大使すべてが国家元首に謁見した。ソヴィエト軍の関心はナチスのさらなる脅威から自国を守ることのみにあると告知する。ナチスを制止することを除いて、ほかに意図はない。ソヴィエト軍の怒りの矛先はナチスのみに向けられる。

ワルシャワ条約機構に反してアメリカの航空機を一機でも飛ばすのを支援したなら、その矛先が次に向けられるのは貴国になると、それぞれの元首は警告された。予想どおり、トルコ、ギリシャ、オランダ、ノルウェー、ベルギーは通告に従った。彼らはそうするしかない。イタリアとスペインは逡巡した。どちらも公式にはソヴィエトの条件に同意しなかった。しかし最終的には、どちらも自国の空域にアメリカの軍用機が出入りすることを許可しないだろう。フランスは断固として拒否し、戦争準備に入った。そしてアメリカ合衆国、イギリス、カナダは、明確な警告で応じた。過去数カ月の情勢がどうであろうと、自分たちがドイツを見捨てることは決してない。三カ国はロシアの大使たちに自国の立場をきっぱりと示した。

戦闘を宣言し、相手も受けて立つことになった。

一〇〇年の空白ののち、第三次欧州大戦がここに始まろうとしているのだ。

第一〇章

一月一四日午後二時一四分（東部標準時）
ワシントンDC
ホワイトハウス大統領執務室

ソヴィエトの総攻撃の二週間前、アメリカ大統領は執務室で、軍事的警戒態勢を取るべきかという議論に耳を傾けていた。会議に出席しているのはＣＩＡ長官、国防長官、統合参謀本部議長、国務長官、それに駐ロシア大使という顔ぶれだ。

大統領は椅子に寄りかかり、頭のうしろに両手をまわした。「ラーセン大将、つまりきみは、ソヴィエト軍が攻撃準備をしていると確信しているんだな」

「そのとおりです、大統領閣下」統合参謀本部議長は言った。「ＣＩＡと軍情報部の両方が、これから数週間のうちにソヴィエト軍はドイツに侵攻するつもりだと報告しています。ワルシャワ機構軍が総動員されている明白な兆候があります」

「それは結構なことだ。最初はフロミッシュ、次はこれか。ほかにこれ以上悪くなりようがあるか？」大統領はＣＩＡ長官に顔を向けた。「チェット、ソヴィエト情勢について議論を進める前に、ドイツの選挙に関して最新の情報は？」

「特に動きはありません、大統領閣下。選挙まで残り三カ月となり、二番手がフロミッシュに若干迫っています。しかし、もともとほかを大きく引き離していたので、フロミッシュの勝利は揺るぎませんね」

「とはいえ、探り続けてくれ、チェット。誰にも気づかれることなくあの男の評判を落とし、当選を阻む方法を見つけることができれば、めでたし、めでたしだ。フロミッシュのような経歴の男であれば、叩けばいくらでも埃が出るだろう」

「現在、フロミッシュの過去を洗い出させているところです。しかし、東ドイツでの内戦で、ドイツ政府がその無能ぶりを露呈したあとでは、過去の悪事を少しばかり暴いたところで、フロミッシュの支持層が背を向ける望みは薄いでしょう。いまこの瞬間も、ソヴィエト軍は戦力を結集させているのですから、フロミッシュよりもはるかに差し迫った問題があります。ただちに行動しなければ、われわれはひと月以内に本格的な戦争のただ中にいる可能性があります」

「大統領閣下、繰り返し申しあげますが、ソヴィエト軍内での動きはチェニンコ政権を倒そうとするものであって、ドイツ侵攻計画などではないと、国務省筋は話しています」国務長官は言った。「ＣＩＡと軍情報部の懸念は理解できますが、われわれに対する脅威はいかなるものであれ存在いたしません。チェニンコ書記長自身、クーデターに関する噂は事実であることを非公式に認めています。国内の単なるいざこざに、過度に反応しないよう申し入れがありました」

大統領はCIA長官に向き直った。「きみはどう見る、チェット?」

「一部の急進派がチェニンコ打倒をもくろんでいるだけだとは思えません」

「確証はあるのか?」大統領は尋ねた。

「いいえ、ありません。東欧の諜報員からの情報は一貫していないのです。最も信頼できる情報筋は、チェニンコ政権に対する脅威は実在すると言っています。しかし……」

「あの共産主義者をさっさと失脚させてほしいものだ」大統領は返した。

「たとえクーデターが未遂に終わったとしても」国務長官は言った。「クレムリンの動きはわれわれに有利に働いています。この数週間、チェニンコが友好的なジェスチャーを示しているのは、クーデターを回避するためであるとわれわれは見ています」

「ではマイク、これはチェニンコが内患からわが身を守ろうとしているだけだと確信があるのだな?」

「はい、大統領閣下。これはソヴィエト共産党内の権力争いにすぎません。この一〇〇年、彼らはぜんまい仕掛けのごとく定期的に争いを繰り返してきました。これもそれとなんら変わりありません」

「大統領閣下」咽頭癌《いんとうがん》の手術を受けたばかりの嗄《しわが》れた声で、国防長官が発言した。「チェニンコが共産党に対する支配力の低下を恐れているのなら、なぜ最も強力な装甲師団五〇個をドイツ国境へ送ったのでしょう？」

大統領は国務長官へふたたび顔を向けた。「マイク、その疑問には答えられるか？」

「もちろんです。軍事演習が行われることは数週間前に発表されています。ここで中止にすれば、政権の座を狙う者たちに恐れをなしたように見えることでしょう。加えて、ワルシャワ条約の同盟国からも、チェニンコは弱気になっていると見なされます。政変時にモスクワを守らせるのなら、師団はほかにいくらでもある。演習を中止し、内部に問題を抱えていることを認める必要があるでしょうか？　そんなことをすれば、彼の敵を勢いづかせるようなものです」

「大統領閣下、先ほども申しあげましたように、情報機関はチェニンコがよからぬことを企んでいると確信しています。クーデターの件はわれわれの目をそらすための囮です」CIA長官は食い下がった。

「だがそれを証明できるのか、チェット？」

「いいえ、できません、大統領閣下。何かが進行中であることは衛星写真からも明らかですし、われわれの諜報員も同様の報告をしています。しかし、証拠と呼べるものはございません」

「大統領閣下、わたしからもよろしいでしょうか」ラーセン大将が割り込んだ。「こうして話しているあいだも、ソヴィエトの師団五〇個がドイツ国境で三週間の演習とやらの開始を待っています。いますぐわが軍を増強し、民間人を退避させなければ、手遅れとなります」

「大統領閣下」今度は国務長官が声をあげた。「この三年間、われわれ国務省はチェニンコ政権との和解をめざし、日夜努力してきました。この数カ月でチェニンコの態度が軟化したことにより、関係正常化の機会をようやくつかんだのです。もしもラーセン大将の主張が通れば、われわれの努力は水泡に帰します。SALT‐Ⅵの交渉は来週開始される予定です。軍の提案どおりにしてしまったら、チェニンコが交渉から手を引くのは目に見えています」

「大使閣下、話はすべてお聞きになられたでしょう。われわれはどうすべきだとお考えですか?」

「そうですな、大統領閣下」党の重鎮である、高齢の政治家は口を開いた。「わたしは一年以上、ロシア人たちと顔を突き合わせて話し合ってきました。共産主義者どもは信用ならないとはいえ、この状況に対する国務長官の見解は正しいでしょう。いまはチェニンコとの交渉を進める絶好のチャンスです。モスクワの大使館の窓からも、街に不穏な気配が漂っているのは見て取れましたし、わたしが導き出した結論は国務長官と同じです。軍部に大きな動きがあるのは、政権内で争いが起きているからだと、モスクワの街では噂されています」

「その噂は事実だと?」

「はい、わたしはそう考えております、大統領閣下」

ソヴィエト軍の脅威に対して即時の対応を求める三人にとって、議論に敗れつつあるのは痛いほど明白だ。

「大統領閣下」国防長官が声をあげた。「ここで全軍の総動員を命じなければ、いかなる結果になるかご理解いただきたい。もしもソヴィエト軍がヨーロッパで地上戦を開始したら、われわれは勝つことができません」

「共産主義者がくしゃみをするたびに軍を総動員されては、第二次冷戦に勝利する機会などつかみようがありませんな」国務長官が言った。

「いいだろう。双方の意見が出そろったな。何か付け加えたいことは?」

発言する者がなかったので、大統領は自分の決断を告げた。ワシントンＤＣで決断が下されるときは常にそうであるように、敗者の面目を保たねばならないことを大統領は心得ている。

「マイク、チェニンコ書記長宛に公式声明を用意してくれ。わたしの署名を入れて送ろう。ドイツ国境の近接地域で軍事演習を行う書記長の判断は、遺憾である旨を再度伝えるんだ。双方の軍のあいだで何か起きた場合には、書記長個人の責任と見なすことを明言するように。合衆国はNATO加盟国に対するこれ以上の侵略行為は容認しないと明確に示してくれ」

「はい、大統領閣下」国務長官は勝利の笑みを押し隠しながら応じた。

「全員に理解してもらいたいが」大統領は敗者たちを見つめて告げた。「この決定は変更可能だ。ソヴィエト軍が攻撃準備をしている証拠を持ってこい。そうしたらただちに決定を覆す。いいな?」

その場にいる全員がうなずいて立ちあがり、順に執務室をあとにした。勝者たちは礼儀を踏まえ、視界から敗者たちが消えるまでは、互いの肩を叩くのを慎んだ。

アメリカは〝餌〟に食いついてしまった。

勝利するための最善の機会は見過ごされた。重大な脅威を迎え撃つため、アメリカが軍事力を結集すべきだと判断するには、さらに時間を要することになる。それに気づくのは、すでに多大な犠牲を払ったあとだった。


「大統領閣下、証拠をつかみました」CIA長官は盗聴防止機能付き電話で告げた。「やはりソヴィエトは中央ヨーロッパへの攻撃を計画しています。大至急お目にかかりたい」

「わかった、チェット。国防長官と統合参謀本部議長に知らせてくれ。協議の時間はどれくらい必要だ?」

「最低でも一時間は」

「いいだろう。今日の午後三時から予定を空けておく。それでどうだ?」

「結構です、大統領閣下。長官と議長に連絡し、CIAトップの分析官を同行いたします。われわれがつかんだ情報をご覧に入れましょう」

一月二五日、ソヴィエト軍による攻撃の三日前、CIAは大統領の先の決定を覆し得るだけの情報を集めてきた。

第一一章

一月二五日午後三時〇〇分（東部標準時）
ワシントンDC
ホワイトハウス 大統領執務室

ＣＩＡ長官が写真分析官を引き連れてホワイトハウスに到着すると、天敵である国務長官が待っていた。

「チェット、大統領からきいているぞ。ドイツ攻撃を企むチェニンコの大陰謀に関して、情報をつかんだそうだな」

「そのとおりだ、マイク。部下たちがたしかな証拠を見つけてくれた」

「大統領にお目にかかる前に、内容を教えてくれないか？」

「いっこうにかまわないよ、マイク」ＣＩＡ長官はそう言うと、背を向けて大統領執務室脇にある待合室へ入った。

ほどなくしてラーセン大将と国防長官が到着すると、一団は大統領の執務室へ通された。いつもの挨拶のあと、大統領がさっそく本題に入る。

「何がわかった、チェット？」

「大統領閣下、まず最初に写真をお見せしてから、ここにいる写真分析官、ベンソンに解説させましょう」

長官は大統領のデスクに六枚の拡大写真を並べた。集まった者たちが近づいて身を寄せる。

「鉄道の待避線に列車が止まっている写真が六枚か。チェット、これがどうした？」

「大統領閣下」三〇代後半の痩せた男、ベンソンは説明した。「この六枚は待避線に停車している同じ列車を撮影したものではありません。写っているのはすべて別の列車です。外観はそっくり同じに仕立てられた六つの列車が、同じ待避線の、同じ位置に、六つの異なる日に停車している写真です」

「なんだって？」

「いま写真分析官から説明のあったとおりです、大統領閣下」ＣＩＡ長官は言った。「ソヴィエト軍はこれらの列車をできる限りそっくりに見えるように偽装しています。しかし断じて同じものではありません。ここにあるのは六つの異なる列車を、六つの異なる日に撮影した写真です」

「どういうことだ。同じ外観の列車を六つ用意し、同じ待避線の同じ位置に、別々の日に止めることになんの意味がある？」

「簡単なことです、大統領閣下」ベンソンは言った。「われわれに同じ列車だと思わせようとしたのです。東欧で撮影された写真数百枚を調べたところ、すべてに同様のトリックが用いられていました」

　明るみに出た事実に、国務長官でさえ関心を示さずにはいられなかった。「いったいなぜソヴィエトはそんなことを？」

「理由はひとつでしょう」ベンソンは言った。「ソヴィエト軍は国境へ五〇個以上の師団を送っており、それをわれわれに隠そうとしたのです」

「そして、今日までそれに成功していた」ＣＩＡ長官が続ける。

「まだはっきり理解できないんだが、なぜこれが六つ別々の列車だと言えるんだ？」大統領は尋ねた。

　自身の専門分野となり、ＣＩＡのトップ分析官はようやく肩の力を抜いた。「大統領閣下、最初の写真をご覧ください。これは一月三日に撮られたものです。一月六日、一四日、一五日、二一日と続き、最後の写真は今朝撮影されました。ここにある写真が六枚だけなのは、ポーランドのこの地域では、空が晴れて衛星写真を撮ることができたのが、今月は六回のみだったためです。目下、曇りの日のレーダー衛星画像を調べ、ひとつのパターンにつなぎ合わせることができないか調べているところです。ここに写っている待避線は、ポーランドの小さな町、コニンの駅にあるものです。ドイツ国境からはおよそ二五〇キロの距離です。おわかりいただけますでしょうか」ベンソンは大統領に拡大鏡を手渡した。「列車は機関車一両に貨車一四台の編成。前部の貨車九台にはそれぞれ戦車一両を搭載、後部五台には大砲類です」

大統領は最初の写真に顔を近づけた。「ああ、そう見える」

「今度は別の写真をご覧ください、大統領閣下。機関車一両、戦車を搭載した貨車九台、そのうしろに大砲類の貨車が五台」

大統領はそれぞれの写真をゆっくり調べた。「そうだな」

「では、もう一度最初の列車を見てみましょう。戦車の部隊章がはっきり読めるかと思います。いかがですか、大統領閣下?」

「ああ、たしかに読める」

「それではほかの写真に写っている戦車のナンバーを確認してください」

大統領は一枚目とほかの五枚の写真を一分かけて見比べた。「どれも同じだ」

「そのとおりです、大統領閣下。しかし、これは六つの異なる列車です」

「たしかなのか?」国務長官が尋ねた。

「はい、絶対的な確信があります」ベンソンは答えた。

「どうしてわかる?」大統領が問いかける。

「なぜなら、最後二枚の写真では、戦車が古いT‐62戦車だからです。これは現在では主にワルシャワ機構軍の予備部隊で使用されています。最初の三枚では、戦車はT‐72戦車です。ところがそれぞれの写真にはほとんど違いがありません。四枚目の写真では、戦車はT‐80戦車になっています。これらは明らかに六つの異なる荷を乗せた、六つの異なる列車であり、それがそっくり同じに見えるよう手を加えられています」

「国境エリアの写真は調べたのか？」大統領が尋ねた。

「はい、調査済みです」CIA長官は言った。

「確認することのできるワルシャワ機構軍の師団数は？」

「ぴったり五〇です、大統領閣下。ですが調べたところ、国境の状況よりも気がかりなものが見つかりました。国境の手前八〇キロのエリアに、ソヴィエトは極めて膨大な量の擬装網《カモフラージュネット》を設置しています。下に何が隠されているかはわかりようがありません。しかしあれほどの量となると、一〇〇個もの装甲師団が隠されていてもおかしくはないでしょう」

「単なる洗濯物と食堂《メス》用テントという可能性もある」国務長官は言った。

「大統領閣下」CIA長官は声をあげた。「これこそ閣下が望まれた明白な証拠です。これらの写真、それに現地の諜報員の情報からして、ソヴィエト軍が不穏な動きをしているのは間違いありません」

「しかし具体的には何をしようとしているんだ？」

「確実なことはわかりません、大統領閣下。われわれにできるのは推測のみです。だがソヴィエト軍は、実際にははるかに多い師団の数をドイツ国境に置いているのに、五〇個だとわれわれに思わせたがっている、というのが論理的な答えでしょう」

「ではなぜ五〇以上の師団を国境へ動かし、わざわざそれを隠すのか？」国防長官が尋ねた。「端的に言って、答えはひとつです。ソヴィエト軍は攻撃の準備をしています」

「ちょっといいだろうか」国務長官が割って入った。「何枚かのおかしな写真を根拠に、チェニンコはわれわれ相手に戦争を始めるつもりだと言い立てるのか？」

「ほかにどんな説明が？」国防長官は言った。

「説明ならいくらでもある。いますぐ頭に浮かぶものだけでもふたつあげられる。ひとつ目は、それだけの師団を西へやったのは、ポーランドとチェコ共和国の国民に、本当のボスは誰かわからせようとしただけかもしれないということ。ふたつ目は、チェニンコがわれわれの諜報能力を試している可能性だ。彼らの動向を察知するわれわれの能力を見るために、そんなことをやっているのかもしれない」

「おいおい、マイク」国防長官は言った。「われわれがどれだけ早く気づくかを見るためだけに、チェニンコがこれだけ手の込んだ隠蔽工作に金を費やすとでも？」

「彼のような男がいかにもやりそうなことじゃないか」

「ラーセン大将」大統領は言葉を挟んだ。「ソヴィエトの連中が真冬に攻撃を仕掛けてくることは絶対にないと、以前言わなかったか？」

「それは……はい。申しあげました」大将は言った。「われわれは連中の補給線を遮断することができます。冬季の悪天候にそれが加われば、ソヴィエトが中央ヨーロッパで戦争を継続することは不可能です。よって、ソヴィエトは決して強行しないと考えられます」

「その考えを変えるのか？」

「いいえ、そうではありません、大統領閣下。ソヴィエトには真冬に地上戦を継続する能力はないといまも考えております。しかしながら、ここに提示された情報資料は、ソヴィエトが戦闘を試みるつもりであることを示しています。わたしは、ソヴィエトが攻めてくると確信しました。それも、すぐに攻撃してくるでしょう」

「大統領閣下」国務長官は言った。「大将は、ソヴィエトが真冬に攻めてくることはないと認める一方で、もうすぐ攻撃してくると言っておられる。大将、数枚の列車の写真を根拠に、ソヴィエトに宣戦布告しろというわけですか？」

「いいや、そうは言っていない。わたしは、この国の軍が任務を遂行できるようにしていただきたいのです」

「ラーセン大将、きみはわたしに何を求めているんだ？」大統領が問いかけた。

「大統領閣下、わずかでも勝機をつかもうとするのであれば、現役と予備役を合わせ、ただちに軍を動員すべきです。警戒態勢を準戦時態勢《デフコン2》に引きあげ、軍事総動員を宣言するよう要請します」

「そしてＳＡＬＴ・Ⅵ交渉は窓から放り捨てろと！　そうなればマスコミは大騒ぎするでしょうな」国務長官は言った。切り札を使うときだ。マスコミによる総攻撃という、大統領が最も恐れていることを持ち出せばうまくいく。大統領選挙を一〇カ月後に控え、苦戦を強いられている現大統領は、わずかな世論の批判さえ恐れている。「大統領閣下、軍事総動員を宣言すれば、チェニンコは宣戦布告のしるしと見なすかもしれません。ドイツ国境にソヴィエトの師団が集結しているときに、それはいかなる結果をもたらすでしょうか？　チェニンコにその気はなくとも、われわれの動向に危機感を抱き、攻撃することを余儀なくされる可能性もあります」

「それはもっともだ、マイク」大統領は応じた。

「大統領閣下、ＳＡＬＴ・Ⅵ交渉の重要性は誰もが認識しています。核兵器の不拡散の継続は万人の願いです」ＣＩＡ長官は言った。「しかし、いま協議しているのはさらに大きな問題です。われわれはこれから数日内にソヴィエトが中央ヨーロッパで戦争を開始する可能性について話しているのです。いまの時点で、それ以上に重大な問題はないはずです」

「そうだろうか、チェット？　わたしは断言しかねるが」

「大統領閣下、ただちに軍の総動員をご命令いただきたい」国防長官は強くうながした。

「いいや、マイクの見解は筋が通っている。数枚の写真を根拠に、そこまで極端な行動を取ることはできない。だが、何かすべきであるのはたしかだ。大将、われわれの動向をソヴィエトに知られることなしに取れる、最小限の対応はなんだ？」

「大統領閣下、われわれが取るべき対応は、現役、予備役両方を含む、アメリカの陸海空全軍の総動員です。それができないのでしたら、国境付近にいる在欧米軍の家族全員を真っ先に退避させねばなりません。次は、陸上戦力の増強、それに東海岸にある戦闘機のヨーロッパへの移動準備です。その後は最も優先度の高い要求を補強します。まずはパトリオットミサイル大隊を少なくとも一個、それから野戦病院の設備と人員をできるだけ多く確保するといったところでしょうか。ドイツにいる医療スタッフではまったく足りません。また、現在の防空網では強行突破されるのは必至でしょう。最後に、ソヴィエトの攻撃に備え、在欧軍に警戒態勢を取らせる必要があります」

「ラーセン大将、きみの提案に全面的に同意するが、在欧軍に警戒態勢を取らせるという、最後の部分だけは別だ」大統領は言った。「それではあまりに大仰だろう。残りの提案は、余計な疑惑をかき立てることなく、実行に移せるか？」

「大統領閣下、第八二空挺師団と機甲師団のうち少なくともどちらかひとつ、加えてパトリオットミサイル大隊一個、それに二、三の野戦病院でしたら、疑惑をかき立てることなくヨーロッパへ移動開始できます。いくつかの戦闘航空団も、ひそかに送り出すことが可能でしょう。万が一、抗議を受けたら、冬季の条件下における在欧米軍の増援能力の弱点を見極めるため、臨時試験を行っているということで押し通します。国境付近の在欧米軍の家族全員を退避させることに関しては、問題なく実行できるでしょう」

「結構だ。きみの提案を採用しよう。すぐに取りかかってくれ」

「しかし、大統領閣下、在欧米軍に警戒態勢を取らせなければ何も意味がありません」

「いいや、大将、そんなことをすれば確実に疑惑を招く」とりわけマスコミの疑惑を。大統領は胸の中で考えた。「カモフラージュネットの下にあるものの情報を持ってくるんだな……写真を撮るとかして……」大統領は立ちあがり、一同をドアまで送り始めた。

「大統領閣下、予報によると、ヨーロッパは数時間後から猛吹雪に見舞われます」ベンソンが声をあげた。「決定的な証拠を写真におさめることは、今後四日は無理でしょう。早くとも一月二九日になると思われます」

「ではそのときに持ってきてくれ。この件を再検討しよう」大統領は言った。

一同が退室したのちドアを閉め、大統領はデスクに戻った。今日はまだまだやることがある。アイオワ州党員集会とニューハンプシャー州での予備選挙まであとわずか数週間なのに、世論調査の結果は芳しくない。

第一二章

一月二九日午前一二時〇五分
E48号線へ向かう途中
第四機甲連隊 第一大隊デルタ中隊第二小隊

ソヴィエト軍の大装甲部隊の先鋒はドイツ国内に侵入していた。戦車一〇〇〇両、BMP一〇〇〇両、加えて数百の支援車両が、地響きをあげてE48号線を西へ向かう。

そのE48号線をめざし、一両のハンヴィーが走っていた。およそ一キロ後方にブラッドレー戦闘車五両を従えている。

南北に走る国道がE48号線に交わる地点まであと三キロ。ハンヴィーは妨害されることなく吹雪の中を走っていた。国境沿いの砲撃や銃撃はほとんどやんだ。それが凶兆であるのをジェンセンは知っている。ここまで五キロの決死行で、人影ひとつ見なかった。敵にも味方にも遭遇していない。だが、本当の試練はここから先にある。

「セス、後続隊は何も問題ないか?」ジェンセンはヘッドセットにささやきかけた。

「はい。こっちはみな大丈夫です。そちらはどうです?」

「これ以上ないほどしんとしてる。何ひとつ目につかない。でも、それも一瞬で変わるかもしれん。だから警戒を怠るな」

「了解」

ジェンセンは道路の前方に目を走らせた。全神経が警戒し、研ぎ澄まされる。時速五〇キロで、ハンヴィーは恐ろしい夜の中を突き進んだ。何が起きたのかもわからず、一瞬で殺されるかもしれない。次の一キロで、次の曲がり角で、敵のロケットが待ち構えているかもしれない。

森に囲まれた道路で、ハンヴィーのタイヤは六〇センチの高さまで積もった新雪を巻きあげて進んだ。時間が静止する。一瞬一瞬が拷問のごとく永遠に感じられた。

ジェンセンはラミレズにちらりと目をやった。若い二等兵はまっすぐ前方を見据えている。力いっぱいハンドルを握りしめていた。頬の削げた顔の全面に恐怖が刻みつけられている。凍えるほどの温度にもかかわらず、汗が額から流れ落ち、上唇の上にも浮いていた。

ジェンセンは暗闇が広がる前方に目を戻した。その先には、永遠がさらに続いていた。

E48号線まで残り二キロを切った。

機甲大隊に所属する一五〇〇の男たちの命は、デヴィッド・タウンズ中佐のがっしりとした双肩にかかっていた。

大隊指揮官であるタウンズ中佐にとって、国境での任期は常に並外れて困難である。大隊の半数近い兵士が、武器を手に、開けた土地の数百メートル先にいる敵を見据えた。彼らが嫌悪するよう教え込まれた敵も、武器を手に彼らを見据えている。

国境での任期中、タウンズはほとんど眠らなかった。この二週間は、まったく眠っていない。ソヴィエトが大規模な軍事演習を実施しているあいだは、もはや睡眠を取っている余裕はなかった。連日二〇時間働き、自由国家の国境八〇キロと、八万の市民の防衛を預かる大隊の指揮に奮闘する。わずかな戦力で、主要道路二本を守る責任があった。E48号線が走る場所は、大隊司令部キャンプ・キニーから二キロも離れてない。E50号線は南へ六〇キロの距離だ。

その夜タウンズは、六つもの指揮階層を下って彼の手にたどり着いた不穏な報告に目を通した。情報機関からの報告に疑いの余地はほとんどない。彼の大隊は、少なくともソヴィエト軍の師団一〇個と相対している。

一五〇〇のアメリカ兵対一一万のソヴィエト兵。第一大隊の兵士ひとりに対し、七〇人を超える敵がいる計算だ。大隊指揮官も、彼の指揮下にある兵士たちも、ソヴィエト軍がドイツ侵攻を決行しても自分たちで制止できるなどという幻想は微塵も抱いていなかった。彼らの任務は侵攻の阻止ではない。仕掛け線《トリップワイヤー》になることだ。できる限り敵を苦しめ、進行を遅らせるためにここにいる。タウンズもジェンセン同様、自分たちにとって任務を完遂するすべはひとつのみであることを理解していた――ドイツの雪上で血を流し、死ぬことだ。

第一大隊の男たちは自分たちの命を捧げるためにここにいる。

タウンズのアセットは極めて限られていた。国境の警戒に当たっている兵士が六〇〇人。そこから二十数メートル後方のキャンプ・キニーに、二四時間勤務から今朝の八時に解放された機甲部隊兵が同数。加えて、調理師、事務員、整備士といった支援兵が二〇〇人。デヴィッド・タウンズの最も貴重なアセットは、最新型のM1エイブラムス戦車がそれぞれ一二両配備された中隊ふたつと、AH‐64アパッチ二一機からなる対戦車ヘリコプター隊だ。

ソヴィエト軍の攻撃開始より三時間前、タウンズは部下たちと最後のミーティングを行った。敵の脅威を眼前にし、話し合いは白熱する。

「中佐」飛行将校が発言した。「今晩、実際に何か起きた場合、猛吹雪の中でアパッチを戦闘に投入するのはやめるべきだと考えます。われわれには損失をこうむる余裕はありません」

「マークス大尉、きみたちのアパッチは全天候で戦闘可能だと思っていたが」気の短いタウンズはいまいましげに言った。

「たしかにわれわれのアパッチは全天候型です、中佐。しかしわれわれが用いる戦術では、多大な損失を出しかねません。アパッチは二一機のみです。うち三機は修理部品不足により飛行不能となっています。朝には天候が回復する見込みです。どうしてもアパッチを投入するのであれば、それまでお待ちいただきたいのです」

大尉の言うとおりなのは間違いない。アパッチの最大の強みは奇襲だ。木々のてっぺんをかすめて全速力で戦場に飛来し、敵の不意を突いて防空兵器で反撃される前に撃破する。しかし、この戦術は代償をともなう。高度な誘導システムを搭載しているにもかかわらず、非の打ちどころのない天候下で、夜間訓練中にアパッチの墜落事故が起きていた。いかに用心深いパイロットでも、電線に引っかかることは起こり得るのだ。

「いいだろう、マークス。何か起きた場合、アパッチの出動は朝まで待つ」

数分後にミーティングは終了し、タウンズは当直士官にアパッチの投入はなしだと告げた。ジェンセンの小隊がE48号線へ向けて出発する直前、ジュールスキーが無線で得たのはこの情報だった。

タウンズは一一時少し前に殺風景な大隊司令部をあとにすると、空きっ腹に食べ物を入れてついでに一、二杯やるために、敷地の端にある小さな士官クラブへ向かった。雪が降る中を重い足取りで歩き、大隊が国境での任務を終えるまで、まだあと三日もあるのに気がついた。七二時間後にはようやく少しばかり警戒を緩め、疲れた体を休めることができる。

一一時四五分、タウンズはほとんど人けのない士官クラブで、霜に覆われた窓際にひとりで座っていた。ちょうどシュニッツェル（訳注：薄切りにした子牛肉のカツレツ）の最後のひと切れを満足げにのみ込んだところだった。バーボンと水を注文しようとしたとき、ブラウンのTOWミサイルが最初のT‐80戦車を引き裂いた。東の空いっぱいに炎の玉が噴きあがる。立て続けに、いくつもの炎が空へ駆けのぼった。それが意味するものはひとつしかない。イラクとアフガニスタンで戦ったベテラン兵士、タウンズにはそれがわかった。勢いよく立ちあがると、クラブから走り出る。深い雪の中を全速力で急いだが、大隊司令部まで引き返すのに丸々五分かかった。

深夜〇時過ぎ、ジェンセンの小隊が南北に走る国道をめざして疾駆していた頃、タウンズはすでに現状が危機的であることに気がついた。国境沿い全域で、第一大隊は後退を強いられるか、もしくは壊滅させられている。

ふたつの道路が交わる地点にジェンセンの第二小隊が近づいていたとき、戦車一二両がブラッドレー戦闘車一六両を従えて、E48号線を封鎖すべく、キャンプ・キニーを出発した。これと同規模の戦力が、E50号線を防御する小隊を支援し、古都ニュルンベルクへの敵の接近を防ぐため、南下の準備をした。

国境部隊のもとには、大隊の増援が間もなく到着する。しかし、ジェンセンの小隊がE

48号線に入る地点に、大隊の戦車隊とブラッドレーが、ソヴィエト軍よりも先にたどり着く可能性はゼロだ。最強のM1戦車隊も、ジェンセンの小隊の掩護には間に合わない。デヴィッド・タウンズが臨機応変な男でなければ、ジェンセンと彼の部下たちが驀進《ばくしん》する先には、確実な死が待ち受けているだろう。ソヴィエト戦車一〇〇両という死が。

Ｅ48号線を封鎖している小隊から入ったばかりの報告は、芳しいものではなかった。膨れあがる一方のソヴィエト軍を食い止めるには、戦車一二両と小隊二個分のブラッドレー戦闘車では不充分だ。猛吹雪だろうとなんだろうと、タウンズは切り札を出すしかないのだ。

アパッチを出撃させる以外に打つ手はない。出撃させなければ、天候が回復した頃にはキャンプ・キニーは敵の前線の後方五〇キロの位置にあるだろう。危険を冒して荒天でアパッチを失うか、待機させて地上で失うかだ。

タウンズは受話器をつかむと、三桁の番号を押した。呼び出し音が二度鳴ったあと、大隊の飛行将校が応答する。

「タウンズ中佐だ。アパッチを出動させる」

「しかし、アパッチは朝まで待機させることで合意したはずです。天候は荒れたままですし……」

「いいかげんにしろ、マークス、聞こえただろう！　わたしの全部隊がつぶされかけているんだぞ。ただちに何かしなければ、朝にはこのキャンプは敵の前線のはるか後方にいて、おまえたちが飛ばすアパッチのパイロットはロシア語を話すやつらに代わっているだろうよ。九機をＥ48号線へ向かわせろ。いますぐだ！　残り九機は三〇分以内にＥ50号線へ飛ぶ準備だ」

ジェンセンの小隊が最初の五キロを南下しているあいだに、九機の殺戮者たちは雪が吹き荒れる空へ上昇し、轟音をあげて国境へ向かった。

Ｅ48号線が近づき、ハンヴィーは長い坂道をのぼり始めた。この最後の丘を越えると、道路は雄大な谷間へと下り、そこで東から西へ走る国道と交わる。

「丘の頂上の手前で止まれ」ジェンセンは命じた。

ラミレズが頂の近くで停車する。ジェンセンは車内にいるよう合図し、暗視ゴーグルをつかんでハンヴィーから飛びおりた。体をかがめ、吹雪の中を丘のてっぺんまで走る。深い雪の上に体を投げた。頂上からは、Ｅ48号線が下の谷間を蛇行しながら走るのが一望できる。ジェンセンは身じろぎもせず、周囲の気配を探った。自分たちの隊が置かれた窮地に気づくのに、時間はかからなかった。

目よりも先に耳が反応した。地震のあとの地鳴りのごとく、じっとしている彼の体の下で、数千もの戦車が大地を振動させる。

東の方角で大きな動きがあった。ジェンセンは暗視ゴーグルを顔へ持ちあげた。どんよりとした目をゴーグルが覆うと、緑色の異質な世界が戻ってくる。

あそこだ。ソヴィエト軍の装甲車両が作る長大な列が東から何キロものびている。なんらかの動きはないかと、ジェンセンは目の前のエリアにすばやく目を走らせた。ふたつの道路の交差点は死んだように静まり返っている。ゴーグルをゆっくり右へ向け、今度は西側の、森林に覆われた谷間に敵の姿を探した。不審なものはどこにもない。ソヴィエト軍は道路が交差する地点にまだたどり着いていない。視線を戻し、敵の戦車隊から交差点までの距離を目測する。答えを出すのに時間はかからなかった。

ジェンセンの心はさらに沈んだ。敵の先頭車両が交差点に到達するまで、残り二キロを切っている。彼の小隊は逃げ場を失った。運が尽きたのだ。選択肢をすばやく検討し、必死に答えを模索する。

交差点をめざして突進しても、E48号線にたどり着く前に小隊は全滅するだろう。たどり着けたところで、西へ向かう際、谷間の平地を走ることになる。それでは少なくとも五分間はソヴィエト軍の照準器に捕捉されてしまう。ジェンセンの小隊が逃げきれる可能性はなかった。

方向転換し、ゼルプまで三〇キロ弱の道のりを北上しようか。そのほうがまだ逃げられる可能性があるだろうか。いいや、そんな捨て身の戦略に出るには遅すぎる。南北に走る国道はじきに複数の箇所で突破され、ソヴィエト軍が進入してくるだろう。生贄の子羊を先に送り出したところで、確実に待ち伏せされ、半分の距離も進めずに小隊は全滅だ。

大隊所属のエイブラムス一二両が到着するのを待つか。そのときなら小隊にも逃げるチャンスはある。しかし、キャンプ・キニーの戦車隊がここまで来たときには、ソヴィエト軍はさらにドイツ内に八キロ前進しているだろう。そしてジェンセンの小隊は敵の前線後方に閉じ込められる。

車両を放棄して森に紛れ込み、徒歩でゲリラ攻撃を仕掛ける手もある。だが第二小隊の強みはブラッドレー戦闘車だ。深い森の中なら、二、三日かそれ以上、場所を特定されずに持ちこたえられるかもしれないが。

しかし、それは小隊の任務ではない。彼らはひとつの目的のためにここにいる。可能な限りソヴィエト軍の侵攻を食い止めるためにここにいるのだ。

こちらから攻撃を仕掛けるか……。

E48号線は幅が広く、森のカーブで仕掛けたような奇襲作戦は実行できない。道幅は車線四本分だ。しかも道路と密集した森のあいだには広い路側帯がある。ここを封鎖するとなると、少なく見積もっても、敵の車両を三〇は破壊する必要があった。

手持ちの戦力がこうも乏しくては、成功しないのはわかっていた。ソヴィエト軍を足止めすることさえできない。とはいえ、自分たちがいるのは見晴らしのきく丘の頂上だ。ここから襲撃し、多少のあいだでも敵の前進を阻むことはできるだろう。射程距離四キロのTOWミサイルであれば、何に直撃されたのかソヴィエト軍が気づくまでに、一〇から一二もの車両を破壊し得る。

だが、その後何が起きるかもわかっていた。ソヴィエト軍は攻撃元を探す。特定したら、ブラッドレーの射程外まで後退し、そこから戦車砲で攻撃を始めるだろう。おそらく一〇〇両の戦車による最初の集中砲火で、短い戦闘は幕を閉じる。小隊が助かる見込みはない。ソヴィエトの象がしっぽをひと振りすれば、アメリカの蚊たちはぺしゃんこだ。

だが運がよければ、象の歩みを一五分程度は遅らせられるだろう。二六名の命と引き替えに、一五分の貴重な時間を稼ぐ。それがジェンセンにできる最善策だ。

それでいこう。デルタ中隊、第二小隊は、ブラッドレー戦闘車五両で、ソヴィエト軍の装甲車両二〇〇〇両を攻撃する。

ジェンセンが雪の上で腹這いになって戦闘計画を立てていると、ブラッドレーが後方に続々と到着した。彼は引き返し、車両からおりる戦車長たちを迎えた。

「セス、全方向一〇〇メートルにそれぞれ偵察を出せ」

無防備なところを敵の部隊に発見されるわけにはいかない。

兵士二名ずつがそれぞれの方向へ走り去った。

ジェンセンは戦車長たちを呼び集めた。ソヴィエトの大戦車隊は歩みを緩めることなくドイツへ侵攻している。攻撃を組織する時間はわずかしかない。

ジェンセンの力強い目から炎が消えた。「われわれは遅すぎた。ソヴィエトの戦車隊は交差点まであと二キロもないところにいる。われわれがE48号線にたどり着くのは不可能だ。北へ引き返すのも無理だ」

戦車長たちは吹雪の中で身を寄せ、隊長の言葉を聞きながら、その場にいるほかの者たちにちらりと目をやった。落胆があたりに満ちる。ジェンセンの発言の重さがわかるほどには、全員が経験を積んでいた。

「われわれに唯一残された選択肢は攻撃だ。多少の足止めはできるだろう」ジェンセンは戦車長たちに戦闘計画を手早く説明した。「この道路の幅では、一度に攻撃できるブラッドレーは三両だ。よってこうする。ブラウニー、おまえは左側の位置に。セス、おまえは真ん中だ。フォスター、おまえは右。ルノワール、おまえとリッチモンドはセスのうしろに一列に並べ。セスの横をまわって出られるよう、車間を取ってくれ。一発一発を大事にしろ。それぞれ戦車長がTOWミサイルを撃て。ブラウニーとフォスターは、適切な標的をふたつ選べ。時間をかけていいぞ。TOWミサイルを二発とも発射したら後退。ルノワールとリッチモンドを砲撃位置につかせろ。ミサイルの再装填前に場所を入れ替わるように。セス、ブラウニーとフォスターの攻撃が終わるのを待ってからTOWを発射だ。そのあとは後退して再装填、ブラウニーかフォスターが空けた場所に出る。砲撃、場所の交代、再装填、再度砲撃、これをやれるだけやり続けろ。何をしてもいいが、ブッシュマスターや機関銃は使用するな。発火炎ですぐにわれわれの位置が発覚する。全員わかったか？」

五人の兵士はうなずいた。

「では、敵を叩きつぶしてこい」ジェンセンは言った。自分の人生はここであっさり終わるのかもしれない。そう悟ると、パーカーの奥でこらえきれない笑みが年を重ねた顔にそっと浮かんだ。

短いミーティングが終わる。ジェンセンはブラウンを左端の位置へ導いた。ブラウンが標的を選んでミサイルを発射できるよう、ブラッドレー戦闘車の砲塔を丘の頂からわずかにのぞかせる。オースティンのチームが中央に滑り込んだ。すぐにその右側にフォスターが入る。リッチモンドとルノワールは、オースティンの二〇メートルうしろに車両を並べた。ふたりとも気を高ぶらせ、前進し、戦闘に加わるのを待った。

ブラッドレー戦闘車を配置すると、ジェンセンは雪の中を丘の頂上まで進み出た。もう一度暗視ゴーグルを顔へ持ちあげる。先頭の戦車が前進してくるのを見つけた。時速三〇キロで重々しく進む巨体は、交差点まで四〇〇メートルの位置にいる。ジェンセンの小隊は、交差点から二キロ弱のなだらかにのぼる坂の上で、戦車隊が交差点まで残りの距離を進むのを見守った。ブラウンとフォスターはそれぞれの標的を選び、砲撃の命令を待った。急ぐ必要はない。格好の標的がこれだけいれば選び放題だ。最初の数発は楽に狙えるやつがいい。

ジェンセンの小隊はものの数分で一掃されるだろう。しかし、それでわずかばかりでも在欧米軍のために時間稼ぎができる。

第二小隊は最後まで戦って散るのだ。

先頭戦車が交差点に入るまで残り三〇秒。ブラウンのペリスコープは巨大な車体をクロスヘア上にとらえた。

降りしきる雪の下でジェンセンの小隊は待った。兵士たちは息を殺し、拷問のごとき永遠が過ぎていく。

第一三章

一月二九日午前一二時一一分
南北に走る国道上E48号線から二キロ弱の地点
第四機甲連隊第一大隊デルタ中隊第二小隊

先頭の戦車と続く二両が唐突に爆発した。

ソヴィエト軍とジェンセンの小隊は、どちらも度肝を抜かれた。アパッチに出撃命令が出たのを知らないジェンセンは、敵と同様に混乱する。炎上する戦車が真夜中の戦場をふたたび照らし出した。偽りの日光が夜を消滅させる。ジェンセンは急いで暗視ゴーグルをむしり取った。

彼の隊の誰かが動転し、攻撃したのだろうか。そんなはずはない。TOWミサイル一発で戦車三両の破壊は不可能だ。しかし戦車三両が破壊されている。地雷か？　それもありえないだろう。地雷を敷く暇など誰にもなかったはずだ。

そのとき、T‐80戦車が対空機関銃による攻撃を開始した。瞬時に、回転の速いジェンセンの頭がパズルを解く。答えはひとつしかない——ヘリコプターだ！

ジェンセンは低い空を探し、谷間を飛翔する影を見つけた。実際はちらりと見えただけだ。それでも、たちどころに地獄絵図を広げてみせたのがアパッチだとわかる。アパッチ攻撃ヘリコプターの流線形の機影は見間違いようがない。オリーブドラブ色の機体は夜間には漆黒に見える。数々の夜間訓練でアパッチを目にしている機甲部隊兵たちは、大隊の切り札にふさわしい異名を与えていた——〝黒い死《ブラック・デス》〟と。

タウンズの命令から数分のうちに、ふたり乗りの対戦車攻撃機九機はキャンプ・キニーから出撃した。それは映画『スター・ウォーズ』から飛び出したような光景だった。二名の乗員はSF映画を思わせるグラスコックピットの中にいる。射撃手が座るのは機内前方、操縦士の斜め下だ。高度な暗視機能を持つバイザーが、彼らの冷静な顔の上半分を覆っている。さまざまな目盛りや数字の明かりが計器盤を浮かびあがらせていた。深夜、猛吹雪の中を時速約三〇〇キロで樹木のてっぺんをかすめるように九機は国境へ突進する。

標的領域に接近すると、攻撃ヘリコプターは三手に分かれた。第一編隊は谷間の地面すれすれを全速力で飛行。予想どおりの場所にソヴィエト軍を発見し、巨大な戦車隊めがけて飛びながら、先頭の戦車にそれぞれ狙いを定めた。三機はほぼ同時に機体の下側からヘルファイアミサイルを発射した。ロケット・モーターが燃焼し、ミサイルが加速する。射撃手に誘導され、ミサイルは標的に激突した。三両の敵戦車は一瞬のうちに破壊される。自分の身に何が起きたのかもわからないうちに。

勝利をおさめた三機は右へ急旋回していく。T－80の戦車長ひとりだけは自分たちに破滅をもたらしたものの正体に気がついた。彼はおおよその方向めがけて対空機関銃を連射したが、アパッチはすでに樹上へ消えていた。

ソヴィエト軍の注意が南へ飛び去るヘリコプターへ向くと、次の三機が北から襲いかかった。この第二編隊は、車列のおよそ四〇〇メートル後方に固まっているBMP歩兵戦闘車に、三〇ミリ・チェーンガンの長い掃射を浴びせた。BMP上面の薄い装甲が引き裂かれる。六両のBMPは煙を噴いたかと思うと、鮮やかに燃えあがった。だが第二編隊の攻撃はこれで終わりではない。三機はそれぞれヘルファイアミサイルを発射した。T－72戦車、さらにもう一両、続いて三両目が瞬時に炎に包まれる。

攻撃ヘリコプターめがけ、貧弱な対空弾がさらにいくつか放たれた。三機は無傷で樹上を飛び去る。この攻撃に続き、最後のアパッチ編隊が谷間の平地をまっすぐ接近した。一〇秒遅れて、第一編隊が同じルートを通って二度目の攻撃を仕掛ける。

再度ヘルファイアミサイルがソヴィエト軍に降り注いだ。このとき六機のアパッチは国道に沿って飛び、はじめ二回の攻撃時よりも、標的上空に長くとどまった。森がある左へ先頭の編隊が旋回し、続く編隊が右へ消えるのと同時に、一〇を超える装甲車両が爆発する。天を焼く炎がそこかしこで噴きあがった。

ソヴィエト軍の前進が止まる。

それは猫が鼠をいたぶるような光景だった。

だがこの鼠はされるがままではない。鼠には鋭い歯があった。このゲームでは、油断をすれば猫だろうと鼠の餌になる。

猫は次の攻撃にかかろうとした。


雪をかぶった丘の頂上から、ジェンセンとブラッドレー戦闘車の乗員たちはアパッチが戦車隊を急襲するさまを見守った。ソヴィエト軍が停止し、後退し始めた瞬間、ジェンセンは虎口を逃れるすべを見出す。飛び起きると、オースティンの戦闘車後部にいるジュールスキーのもとへ走った。

「ジュールス、大至急アパッチの無線につなげ！」

ジュールスキーは身を乗り出し、無線の周波数を調整した。ハンドセットをジェンセンに手渡す。

「アパッチの今日のコールサインはなんだ？」

「禿鷲《ヴァルチャー》です」ジュールスキーが答えた。

ジェンセンは干あがった口の前にハンドセットを持ってきた。「ヴァルチャー・ワンへ、ヴァルチャー・ワンへ、こちらデルタ・ツー・ファイヴ。繰り返す、こちらデルタ・ツー・ファイヴ」

長機のコックピットから、パイロットは全員使うらしい尊大な声が返ってきた。「聞こえる、デルタ・ツー・ファイヴ。こちらはヴァルチャー・ワン。どうぞ」

「ヴァルチャー、こちらはブラッドレー五両、南北に走る国道上にいる。きみたちの位置からは二キロ弱だ。きみたちの次の攻撃にわれわれも加わる。攻撃後は混乱に乗じ、われわれは西への脱出を試みる。こっちの車両に攻撃しないでくれ。繰り返す、われわれは味方だ、攻撃しないように」

「了解、デルタ・ツー・ファイヴ。わかった。ようこそ」

「ありがとう、ヴァルチャー。幸運を祈る」

ジェンセンは丘の上へと急ぎ、戦車隊がいまも後退しているのを確認した。

「ラミレズ！　スティール！　偵察を全員ただちに呼び戻せ。全員ここから引きあげるぞ」

ふたりは別々の方向へ駆け出した。

ジェンセンはヘッドセットに怒鳴りつけた。「計画変更だ。これからの行動を説明する。ソヴィエト軍は後退しているが、まだ射程距離内だ。アパッチの次の攻撃に合わせ、われわれもミサイルを発射する。うまくいけば、敵は別の位置からの攻撃に気づかずじまいだろう。慎重に標的を選べ。ミサイルの一発一発で確実に打撃を与えろ。発射筒が空になったら後退、再装填はなしだ。まっすぐ丘を下り、全速力でＥ48号線をめざせ。ソヴィエト軍に見つかる前に逃げきるぞ。決してうしろを振り返るな。ひたすら突き進め。シルンディングの東側にある大きなリンゴ園に集合する。質問は？」

声をあげる者はいない。

三機のアパッチが今度は南から攻撃を始めたところに、一組目の偵察が戻ってきた。

「ブラウンのブラッドレーに乗れ」ジェンセンは命じた。

ふたりはブラッドレー戦闘車の後部座席へすばやく乗り込んだ。

アパッチは車列を乱した戦車隊をヘルファイアとチェーンガンで叩きつけた。谷底で地獄の炎が膨れあがる。新たな爆発のたびに、雷鳴が轟き、稲妻が光った。

ブラウンは車列の先頭から逃げる戦車を捕捉した。最初のＴＯＷミサイルを発射する。ミサイルは標的めがけて飛翔しながら、折りたたみ式の操舵翼《フィン》を展開した。ミサイル後部に発信器《ビーコン》の光が灯る。ブラウンはペリスコープを使って誘導し、ソヴィエト軍の戦車へと飛行コースを調整した。すさまじい破壊力を有するＴＯＷミサイルは、二キロを超える距離を数秒で飛行し、装甲車両に着弾する。半トンの燃える鉄塊が、雪の吹き荒れる空へ飛び散った。

Ｔ‐72の戦車長三名の予測は的確だった。次のヘリコプター攻撃は南からだと踏み、戦車の対空重機関銃と主砲を撃ち放つ。急上昇する黒いヘリコプターの中央を砲弾が裂いた。アパッチは制御を失って回転し、残骸が国道北部の森に墜落する。

　Ｔ‐72戦車による砲撃がフォスターとブラウンの注意を引いた。二発のＴＯＷミサイルが発射筒から射出される。二発は目標捕捉・追尾《ホーミング》を開始した。ＴＯＷが飛ぶあいだに、別のアパッチ編隊が樹上から襲いかかる。ＴＯＷミサイルがさらなる戦車二両を破壊するのと同時に、アパッチはヘルファイアミサイルを再度放った。

「自分は撤退します」ミサイルの発射筒が空になったので、ブラウンは無線に叫んだ。南北に走る国道の最後の二キロ弱を、最初のブラッドレー戦闘車が駆けおりる。

　リッチモンドはブラウンの位置へ前進した。そこに二組目の偵察が駆け戻り、フォスターの戦闘車後部に乗り込む。

　オースティンが狙っているのは、車列の一キロ後方にいる指揮車とおぼしき車両だ。ブラウンの戦闘車が丘の頂上から消えるなり、オースティンはミサイルを発射した。かなりの距離がある。三キロ以上だ。それでもＴＯＷの射程距離内ではある。ミサイルは永遠に飛翔しているかに思えた。だがオースティンに焦りはない。ミサイルは目標を正確にとらえた。目がくらむような爆発の中、先頭大隊の指揮官は死亡した。戦車隊先頭はいまや大混乱に陥っている。

　フォスターは、アパッチを撃墜したＴ‐72戦車の最後の一両に狙いを定めた。放たれたミサイルが接近する中、戦車長は後退開始を決断する。向かい来るミサイルのことも知らずに、T‐72は危ういところで移動した。TOWはほんの数センチ狙いを外し、戦車の前を通過して森の脇の雪だまりに突っ込んだ。

「くそっ！　外した。自分たちもこれから撤退します」言い捨てると、フォスターの戦闘車は丘を越えた。ブラウンに続き、E48号線へ向かう雪道へ消える。オースティンは逃げ惑うBMPへと二発目のミサイルを発射した。鋼板に囲まれた中で、ソヴィエト兵一〇名はミサイルの弾頭が着弾した瞬間に死亡した。燃え盛る谷底で、さらに戦車が火葬に付される。

オースティンの二発目のミサイルが命中したちょうどそのとき、ブラウンのチームは西へ折れてE48号線に入った。ブラッドレー戦闘車は時速六〇キロで逃げきろうと急ぐ。ふたり残り二組の偵察が到着し、後部ハッチからリッチモンドの戦闘車に乗り込んだ。ふたりのうしろでハッチが閉まる。ルノワールは最後のブラッドレーを前進させた。

次はオースティンが国道で運試しをする番だ。「行きます！」彼は叫んだ。三番目のブラッドレーが頂の向こう側へ消え、首つり縄からすり抜けるために疾走する。

炎と死に取り囲まれ、混乱を来したソヴィエトの戦車隊は退き続けた。オースティンのあとを受け、リッチモンドがT‐80戦車に向けてTOWを放つ。だが、スピードをあげた戦車の動きを読み違え、格好の標的を逃してしまう。最後の偵察隊が、ラミレズ、スティールとともに吹雪の中から駆け戻る中で、ルノワールは一発目のミサイルを発射した。これでまたBMP一両とその乗員の死が確定した。

「乗れ！　乗れ！」ジェンセンは声を限りに怒鳴った。谷底に轟く爆発音で、彼の声はほとんど聞き取れない。

最後の偵察隊はルノワールの戦闘車の後部へ急いだ。ラミレズとスティールは息を切らしてハンヴィーへ走る。

アパッチの第三編隊が燃える谷間へとふたたび降下し、後退する隊列を攻撃した。ヘルファイアミサイルと三〇ミリ・チェーンガンのもたらす死の雨が空から降り注ぐ。しかし今回、猫は鼠をむさぼるのに時間をかけすぎた。延々と続く車列の上をアパッチが飛行するあいだに、戦車一五両が砲撃した。攻撃ヘリコプターに砲弾がうなりをあげて迫る。

二発が最後尾のアパッチに命中し、回転翼《ローター》を粉砕した。低空飛行していたヘリコプターは、みずからの餌食の残骸に突っ込んだ。その一〇〇メートル先で、一〇を超える対空弾が先頭のヘリに襲いかかる。操縦士は右へ急旋回し、射線上から逃れようとしたが、機体は中空で爆発。真ん中のアパッチは爆風を避け、左へ鋭く傾斜《バンク》した。紙一重で死地を切り抜け、樹木の向こうへ消える。

フォスターのブラッドレーがE48号線へと曲がり、吹雪の中を西へ走った。

ジェンセンはもう一度ヘッドセットに怒鳴った。「もうミサイル発射はあきらめろ。逃げられるうちにここから逃げるぞ！」

怒鳴り声がまだ鼓膜を震わせているうちに、リッチモンドは攻撃拠点から戦闘車を発進させた。車体が丘を飛び越え、姿を消す。数秒後、ルノワールがそれに続く。ハンヴィーはかろうじて小隊の名残をとどめる車列を追った。

彼らにはまだいくらか幸運が必要だ。打撃を受けたソヴィエト軍は猛然と後退し続けているが、逃げようとする蚊に気がつけば、さっさと片づけられる射程距離にいる。幸い敵は混乱し、空から襲いかかるミサイルを探すのに忙しく、ほかのことに関わっている暇はなかった。

ソヴィエト軍が空を警戒しているあいだに、ジェンセンの小隊は一度に一両ずつ敵の目を盗んで疾駆した。順に西へと走り、谷底を通り抜ける。交差点に滑り込んでE48号線へと曲がったとき、ハンヴィーに乗っている三人は、五〇〇メートルうしろで炎上する巨人たちの高熱を肌で感じた。数秒おきに、猛火にあぶられてさらに弾薬が爆発する。新たな轟音があがるたび、三人は反射的に頭を伏せた。次に聞こえる爆発音は、走り去るハンヴィーに気づいた敵戦車の一二五ミリ滑腔砲かもしれないことはわかっている。もっともそのときは、爆発音が聞こえる前に三人とも殺されているだろうと、ジェンセンは思った。

両者ともに多大な被害をこうむった。

残ったアパッチ六機は、おのれの傷を舐めながら帰投した。彼らが飛び去ったあとに、破壊されて雪の中で燃える、数十もの装甲車両が残されている。死と鉄塊が築く壁が道路両脇の森まで達していた。

アパッチは、ジェンセンの小隊に支援され、E48号線の封鎖に成功した。やがてハンヴィーは森の最後の角を曲がって姿を消した。

第一四章

一月二九日午前一二時二五分
シルンディングの町の外
第四機甲連隊第一大隊デルタ中隊第二小隊

燃える谷間の端で森は終わり、その先には小規模の農場とひなびた村々が点在する。さらに三キロ行くとシルンディングの町があった。東側の郊外には、道路を両側から挟む形で古いリンゴ園が広がる。

雄大なリンゴ園は、小隊が四月に国境へ向かう頃には花を咲かせ始め、美しい景色を見せてくれる。枝々が果実を実らせる七月の景観もまたいいものだ。一〇月は異なる美しさをたたえ、通過するアメリカ兵たちの上に、秋の鮮やかな色合いが降り注ぐ。

だが一月に国境へ赴くときは、灰色の冷たい世界に生気のない枝を垂らす木々に、見る者を喜ばせるところはひとつもない。

小隊は荒涼としたリンゴ園の中を通る道路に集合し始めた。最初にブラウンのチームが到着し、木々のあいだを進んで、古い町の外れに停車する。フォスターのチームはその一、二キロあとだ。

爆発音があがり続ける中では、あとに残してきた者たちのことは知りようがない。新たに着いた者はすぐさま戦闘車からおり、ほかに助かった者はいるかと、雪道を振り返って目を凝らした。一両、また一両とブラッドレー戦闘車が到着する。遠くにハンヴィーの姿を認めたときは、疲弊した小隊から弱々しい歓声まであがった。

ハンヴィーが節くれ立ったリンゴの木の下に停車する。乗員が下車すると、喜ぶ兵士たちはまわりに集まり、自分たちの幸運に心底感謝した。

「軍曹、われわれが叩きつぶした敵の数を見ましたか！」マルコーニが声をあげた。

「同志連中も思い知っただろう、第二小隊にちょっかいを出したら痛い目に遭うと」リッチモンドが加わる。

ジェンセンは手袋をした手をひと振りして、浮かれた話を終わらせた。いま警戒を弱めるのはもってのほかだ。「気を緩めるな。まだ終わりじゃないんだぞ。戦闘は始まったばかりだ。われわれにはやるべきことが山ほどある」ジェンセンはオースティンに向き直った。「セス、偵察を出したか？」

「いえ、あの……まだです」

「だったらとっとと行かせろ。われわれは遮蔽物のない開けた場所にいるんだ。こんなところをソヴィエト軍に見つかったら、全員即座にあの世行きだ」

ふたたび全方向へ偵察が出される。

ジェンセンは自分たちの新たな防衛陣地を検分した。何百度となく通った道でありながら、国境沿いの道路と違って、防衛の観点からここを見たことは一度もなかった。見まわしたところ、小隊の防御地点として理想的な地形ではない。だが、贅沢は言っていられなかった。

この小さな町を抜けると、Ｅ48号線は開けた田園地帯に入り、マルクトレドヴィッツの町とキャンプ・キニーまでそれが続く。シルンディングを突破すれば、ソヴィエト軍はさらに自由な作戦行動を取れるようになるだろう。この地点を通過されては、数で劣る機甲大隊が敵を制止することは不可能に近い。ジェンセンはここに防衛陣地を敷くしかなかった。

彼はジュールスキーが立っているところへ歩いていった。「ジュールス、われわれはこれよりこの地点を防御すると大隊に伝えろ」

「それができないんですよ」ジュールスキーは言った。「数分前から、全周波数帯がソヴィエト軍に妨害されているんです。大隊が連携できないよう、あらゆる手を使う気らしい。電波を探しても、空電雑音とガーガー、ピーピーいう音しか聞こえません」

通信手段を断たれては、タウンズ中佐がこの戦闘の指揮を執ることは無理だ。ここから先は、寒々しいリンゴ園にたたずむ自分たちのような個々のチームが単独で戦うことになる。

平坦地でできることは限られている。だだっ広いリンゴ園の前部になんらかの方法でブラッドレー戦闘車を隠し、うまくいくよう願うしかない。

普通の状況下なら、戦闘車の砲塔と砲銃システムの下まで隠れるよう、傾斜をつけた深い壕を掘る。その後、そこに車体を入れる。これによりふたつの目的が達成できるのだ。ひとつ目は、戦闘車の発見が難しくなる。ふたつ目は、積土の裏に隠れることで車体が守られ、敵からは攻撃しづらくなる。

壕を掘る時間ならおそらくあるだろう。ソヴィエトの戦車隊が隊列を組み直し、燃え盛るバリケードを突破して、ふたたび進軍するまで、数時間はかかるとジェンセンは踏んでいた。だがそれでも、今晩ここに壕が掘られることはない。

問題はソヴィエト軍ではなく、悲惨な天候だ。深い雪の下の大地はがちがちに凍結している。道具があろうと、岩のような地面を兵士が自力で掘り返すのは不可能だ。

だが、ウィスコンシン州生まれのオースティンがアイデアを出す。「軍曹、二本の木のあいだに雪で堡塁を作ってはどうでしょう。塹壕のように車体を守ることはできませんが、少なくとも発見されにくくなりますよ」

子ども時代、雪合戦に明け暮れたオースティンは、雪の砦を何百と作った経験があった。テキサス州東部出身のジェンセンは、雪の砦などひとつも見たことがない。だが、そう悪くない考えだ。

「ああ、何もないよりはましだ。セス、ブラッドレーの射撃位置を選んで、車体を隠す作業に着手しろ。おれは支援射撃の拠点を作ってくる」

　来る戦闘に備える前に、ジェンセンはさらにもうひとつやっておくことにした――町に残っている民間人の避難だ。一度戦闘が始まれば、ほとんどのものがおそらく消滅する。一発目の砲撃が聞こえた瞬間に、大半の住人はベッドから飛び起きて逃げただろうが、確認する必要があった。ジェンセンはハンヴィーに寄りかかるスティールとラミレズに目をとめた。

「町の玄関ドアをすべて叩いてこい。誰か見つけたら、即座に避難するよう伝えるんだ。地下の貯蔵庫も全部確認しろ。まだ住人が残っているとしたら、そこに隠れているはずだ。ラミレズ、おまえは道路の北側、スティール、おまえは南側に行け」

「ですが、軍曹」ラミレズがぼやいた。「この町には少なくとも二〇〇軒は家がありますよ」

「だったらさっさと取りかかれ。三時にはすべて確認して戻ってくるように。おまえたちふたりにやってもらう仕事はほかにもたっぷりある。ほら、行ってこい」

　ふたりはだらだらと道路を歩き出した。

「ちんたら歩くようなやつは、射撃練習用の的としてソヴィエト軍に差し出すぞ」

ラミレズは雪をつかんで拾いあげると、手早く雪玉を丸めた。それを小隊の軍曹めがけて放り投げるが、雪玉はあさっての方向へ飛んでいった。ラミレズとスティールは走り出し、道路のそれぞれの方向にある最初の農家へ向かった。

ジェンセンは引き返し、オースティンが戦闘車を置いた場所を見に行った。五両のブラッドレーはリンゴ園の前で横一列に並んでいる。それぞれおよそ一〇〇メートルずつ車間を空け、どれもリンゴの木に両脇を挟まれている。三両が道路の左側で、左端のルノワール車両は国道からだいたい三〇〇メートルの位置。フォスター車は中央。オースティンはE48号線に最も近い。残りの二両は道路の右側だ。リッチモンドは一〇〇メートル離れた位置に、ブラウンは右端に停車していた。

ブラッドレーの配置が終わり、乗員は降車し始めた。東の空を焼く炎の揺らめく薄明かりの中、それぞれのチームは自分たちの装甲車の前に雪の壁を築いていく。時間が許せば、防壁の横幅を広げて両脇の木に届くようにした。

一五年前、雪遊びはおもしろいものだったな、とオースティンは回想した。ふたたび腕いっぱいに雪をすくいあげ、戦闘車の前で高さを増す壁にのせる。一五年前、映画で観た戦争もおもしろそうに見えたものだ。皮肉な笑いが唇から漏れた。まあ、いいさ。少なくとも雪の砦を作るあいだは、かじかむ寒さを忘れられる。

一分間に一、二度、森林に縁取られた数キロ後方の谷底から、断続的な二次爆音が冷えきった夜空に響き渡った。

ブラッドレーの乗員たちが雪の砦に戦闘車を隠すあいだ、ジェンセンは手近なリンゴの木から細い枝を三〇本ほど手折った。射撃位置をすべて整えるだけの時間をソヴィエト軍が与えてくれるといいが。もっともどれだけ時間があろうと、まともな防衛陣地にするには人手が足りない。

次の戦闘では、ブラッドレー戦闘車に乗り込む兵士は二名とする。ひとりがTOWミサイルを、もうひとりがブッシュマスターと機関銃を操作。操縦士は不要だ。ジェンセンの小隊にもう逃げ場はないのだから。

戦闘車の支援に当たる歩兵は、彼を含めて一六人となる。戦闘車一両につき二名が支援するとして、全部で一〇人。さらにふたりをリンゴ園の北端に送り、左翼を守らせる。もう二名も南端にやって右翼の防御だ。最後に残ったふたりはハンヴィーに乗り、町の中に拠点を見つけて、小隊の後方を守る。ソヴィエトの部隊はすでにここより西にいて、小隊ははなから敵に挟まれている可能性だって存在するのだ。東からの攻撃に備えていたら、敵が西からやってきたでは話にならない。

ささやかな戦力をどう配置しようと、小隊の陣地が脆弱になるのは免れないだろう。どう頑張ろうと、どの方角の戦線にも穴ができる。だったら、敵が与えてくれるだけの時間で、小隊に残された戦力を最大限に使うまでだ。

ジェンセンは兵士ふたりを連れ、下車班の拠点を設置する退屈な任務に取りかかった。まずは国道寄りのブラッドレー二両を支援する歩兵からだ。最初はオースティンの戦闘車にしよう。

ジェンセンは車体の右三〇メートルのところに歩兵をひとり置くことにした。若い兵士とともに位置を決めたら、そこから五〇センチほど手前の雪に枝を二本突き刺す。左側の枝は射撃区域の左端を、右側の枝は右端を示していた。ここが兵士の射撃拠点となる。枝のあいだに入ってくるものすべてが攻撃対象だ。通常、射撃範囲は重なるようにし、複数で戦場の標的を狙う。だがこうも人員が少なくては、それはできない相談だ。

一番目の射撃拠点を決めると、ジェンセンは雪を掘るよう部下に命じた。兵士たちは自分の位置が隠れるよう、雪の砦のミニチュア版を作りはじめる。

ジェンセンはオースティンのブラッドレーの反対側にまわった。車体の左側三〇メートルに射撃拠点を定め、ジュールスキーにそこを任せることにする。枝を設置し終えると、ジェンセンは無線通信士に向き直った。

「雪で堡塁を作れ。それが終わったら、近くの農家へ行って電話を見つけ、大隊に連絡がつかないかやってみるんだ」

「しかし、軍曹、キャンプ・キニーにある民間用の電話回線は二本だけですよ。いったい何が起きてるんだって住人からの電話が殺到してるはずですから、通じるわけありません」

「だろうな。だが、やるだけやるんだ。一時間やって、だめなら戻ってこい」

会話を終えると、ジェンセンは道路に戻って兵士をふたりつかまえ、リッチモンドの車両の横へ連れていった。

兵士の配置をすべて終えたら、来る戦闘のど真ん中に自分の拠点を築こう。国道の右手、幅の広い道路から数十センチのところに自分で雪の砦を作った。ソヴィエト軍がシルンディングへ侵攻するときは、ジェンセンの屍を乗り越えることになる。

次の兵士ふたりを呼ぼうとしたところで、最後のブラッドレーがエンジンを切った。それでリンゴ園に静寂が広がるはずだった。ところが、吹きさらしの平地は恐怖の物音に満ちている。

機甲部隊兵たちは、キュルキュルと甲高くきしむ、聞き間違えようのない複数の戦車の走行音を耳にした。小隊が凍りつく。敵の不意打ちを食らってしまった。防衛陣地ができあがる前に、平坦地での交戦となる。ジェンセンは暗視ゴーグルを顔に引きあげた。雪に覆われたアスファルトの道に目を向け、接近してくる敵を血まなこで探す。

何もない。舞い狂う雪を除けば、リンゴ園から三キロ先まで、E48号線上の見える範囲に動くものはなかった。東を見ていたジェンセンは恐ろしい事実にゆっくりと気づく。走行音は前方から聞こえるのではない。戦車隊の騒音は背後から聞こえてくる。しかも次第に大きくなっていた。

一〇〇メートルほど離れたところで、オースティンは雪を抱えて突っ立っていた。

「セス、ブラッドレーの乗員に知らせろ、敵が背後にいる！」ジェンセンは叫んだ。「砲塔を回転させ、西からの攻撃に備えるよう伝えろ」

オースティンが命令に応じ、ジェンセンは道路脇にいた兵士たちを振り返った。

「ついてこい！」

ライフルを手にした六人の兵士が、軍曹とともに町へ駆け出した。誰ひとり、たったこれだけの人数で戦車隊を相手に何ができるのかわからない。


巨大な車体で狭い角を曲がりきるなり、先頭の戦車長はラミレズとスティールの姿に気がついた。アフリカ系アメリカ人の二等兵は民家のドアを叩いている。その相棒は通りの向かいの角に立ち、のんきにビールを飲んでいる。どちらも武器は携帯していなかった。

丸腰の兵士から数十センチのところまで戦車は接近した。

戦車長用ハッチが開いて、頭が突き出す。

「そこのふたり、おまえらいったいどこの何者だ？」戦車隊の指揮官は、M1戦車のエンジン音に負けじと声を張りあげた。

ラミレズは右腕をうしろにまわしてビールを隠そうとした。「ええと……その、隊の軍曹に住人をひとり残らず町から避難させるよう命じられました」

「それは結構だ。だがその軍曹とは誰のことだ？　どこにいる？」

「ロバート・ジェンセン一等軍曹であります。自分たちはデルタ中隊、第二小隊の生き残りです。軍曹はあちらにおります」ラミレズは道路の先を指さした。「ソヴィエト軍の攻撃に備えてブラッドレー戦闘車を配置しているところです」

「戦闘車の数は？　どこにある？」

「町の反対端にあるリンゴ園です」スティールが言った。「残っているのは五両だけです。ほかはソヴィエト軍と国境で交戦した際にやられました」

「つまり、おまえたちは戦闘を経験したのか？」

「ほら、見てくださいよ。伊達で頭に包帯を巻いてるんじゃありません」ラミレズは答えた。銃弾ではなく、セメントが当たってできた傷なのは言わずにおいた。「すでに二度も交戦してます。ロシア野郎を一〇〇人は片づけました」

次の質問はラミレズが避けようとしていたものだ。

「そのビールはどこから手に入れた？」

「これは……その……通りのすぐ先に居酒屋《ガストハウス》があったんで……」

「店が開いてたのか？　深夜、戦争の最中に？」

「いえ、あの……開いていたわけではありません」

ジェンセンと兵士たちは民家の玄関先から玄関先へとすばやく移動し、時を忘れた市街の奥へ進んだ。キャタピラがきしむ音はやんでいる。戦車隊は移動をやめたらしいが、あいにくエンジンのうなりはごく間近に迫っていた。次の角を曲がった先に戦車隊はいる。ジェンセンは角に背中を張りつけると、掩護を頼むとマルコーニに合図し、そろそろと角の先をのぞき見た。

通りの真ん中にはラミレズとスティールが立っていて、第一大隊の戦車隊員全員にビール瓶を配っていた。

「ラミレズ！」

軍曹の怒鳴り声に、ラミレズは思わず二本のビールを手から落とした。積もった雪が無事に瓶を受け止める。

「マルコーニ、リンゴ園に引き返し、ソヴィエト軍ではなかったと伝えろ。引き続き、東からの攻撃に備えるように言え」

「了解しました、軍曹」マルコーニは小走りでリンゴ園へ取って返した。自分がラミレズとスティールの立場でなくてよかったと胸を撫でおろす。

ジェンセンは、地面を見つめている部下の二等兵ふたりのほうへずかずかと進み出た。思いきり小言を食らわせようと口を開いたところで、ふたりの背後に戦車があり、開いたハッチの中に大尉が立っているのに気がついた。

「これは失礼しました。そこにいらっしゃるとは気づきませんでした」ジェンセンは敬礼しなかった。撃ち合いが始まったら、敬礼は不要になるのをお互い心得ている。「デルタ中隊、第二小隊のジェンセン軍曹であります」

「自分はブラヴォー中隊指揮官、マーフィー大尉だ。軍曹がビールを配らせるために部下を送り出したのではないことはわかっている。だが彼らからこの先にはソヴィエトの大戦車隊が待っていると聞かされて、最後に一杯やっておくかと思ってね。ここまで来たら、ビール一本になんの害がある?」

ジェンセンはその言葉を一考すると、手をのばしてラミレズが落とした瓶を拾いあげた。「大尉がおっしゃるとおりだ」

マーフィー大尉とほかの車両の戦車長たちが降車する。おそらく今生最後となるビールを味わいながら、ジェンセンはこれまでのことを報告した。アパッチに一部を囓《かじ》り取られたソヴィエトの戦力は、少なくとも装甲師団三個から構成されていたと話すと、聴衆は瓶を傾けたまま凍りついた。

攻撃ヘリコプターが、ジェンセンの考えどおり、装甲車両を一〇〇両破壊していたとしても、いまだ九〇〇を超えるソヴィエトの戦車と、同等の数のBMPを相手取ることになる。マーフィー大尉はもう一本ビールが飲みたい気分になった。M1エイブラムスの能力は、ソヴィエトの戦車のそれを大幅にうわまわる。たとえT‐90戦車であれ、エイブラムスの敵ではない。よく訓練されたアメリカの戦車部隊なら、三、四倍の数の敵でも撃破するのは難しくなかった。しかし、いま問題にしているのは八〇倍の敵だ。

ジェンセンは傷だらけの腕時計に目を落とした。一二時五八分。戦争が始まって一時間一三分経つ。永遠よりも長い時間に思えた。

マーフィー大尉は濃厚なビールの最後のひと口を満喫すると、リンゴ園前面へジェンセン軍曹とともに歩いていった。

歩を進めるあいだ、ふたりは一計を案じた。

第一五章

一月二九日午前一二時五八分
ライン＝マイン空軍基地
第四三防空砲兵連隊 第一〝コブラ・ストライク〟大隊

ラリー・ファウラー三等軍曹は二トン半のトラックのハンドルを器用に回しながら、鼻面を天に向けたC－5輸送機から降ろす。トラックには後部に小さなドアのついた、金属製のコンテナハウスに似たものが積まれている。輸送機をおりると、地上誘導員役のジェフリー・ポール上等兵が急いで助手席に乗り込んだ。まわりのいたるところにC－5輸送機が駐機し、積荷を――パトリオットミサイル大隊を――吐き出す最後の行程をこなしている。

ファウラーが最初に気づいたのは、ドイツは一年前と何も変わっていないということだ。もっとも、ドイツの冬は何度も経験しているが、これほどの積雪に遭遇した記憶はない。ヨーロッパの湿った寒さは、エルパソの乾いた砂漠の大気とは大違いだ。ファウラーのトラックはターマック舗装路へ近づき、チャーリー砲兵中隊の列に並んだ。

「こんなに冷えるんですね」ジェフリー・ポールが話しかけてきた。

「ドイツはこれが初めてか?」今年で三〇歳になるファウラーは尋ねた。

「ええ」ポールが答える。これ以上熱を奪われないように、両腕を体に巻きつける。

最後の車両が輸送機からおりた。パトリオットミサイルの発射装置を牽引している、一〇トントラクターが二台。巨大なレッカー車は列の最後につく。照明で明るく照らされた舗装路に、テキサス大隊のほかの砲兵中隊三個に所属する、見た目どれも同じに見える車両隊が整列を終えた。

全員がその場で待機する。九六のエンジンが厳寒の中でアイドリングしている。待機中、ファウラーは何度もアクセルを踏んでは、止まりそうになるエンジンを空ぶかしした。五〇〇メートルほど先では、三機の民間航空機が乗客を搭乗させていた。ファウラーの左手二〇メートルのところでは、大隊と中隊の指揮官たちがブラヴォー砲兵中隊のそばで話し合っている。短いミーティングが終わり、チャーリー砲兵中隊の指揮官、アレン大尉は自分のハンヴィーへ向かった。そこで曹長にひとこと、ふたこと告げる。曹長はハンヴィーをおりると、車列脇をずんずん歩いてボンネットを叩き、運転手に下車するよう合図した。

「ファウラー、エンジンを切って指揮車両に集合だ」通りがかりに曹長は声をかけた。「中隊指揮官が運転手と士官全員に話があるそうだ」

ファウラーはエンジンを切ってドアを開け、車からおりた。雪が降る中を、首をすくめて前に並ぶ二〇台の車両脇を歩く。どんなに寒かろうと、騒音が充満する輸送機の中に一二時間詰め込まれたあと、外へ出て脚をのばすだけで生き返った気分になる。大尉のまわりには、二十数名の運転手と士官数名が険しい顔をして集まっていた。強風が吹きつける。雪はさらに激しくなった。最後にやってきたファウラーは、迷彩模様の肩越しにのぞかなければ大尉が見えなかった。

「諸君」アレン大尉が口を開いた。「先ほどはきみたちに伝えなかったが、約一時間前にソヴィエト軍がドイツに侵略した。断片的な情報しかないが、ソヴィエトは総攻撃をかけている」寒さは厳しく、中隊指揮官が重い言葉ひとつひとつを吐くたびに、白い息が見えた。「これまで確認されたのは、破壊工作と地上からの大規模なドイツ侵攻のみ。大隊指揮官のもとへ入ったばかりの報告では、ソヴィエト軍は多数の箇所で国境を突破。現在、西へ進行していることはまちがいない」

アレン大尉はそこで言葉を切った。状況の深刻さが部下に伝わっているか確かめる。驚愕した顔を見まわし、全員が理解しているのを確信した。どの顔も目を丸くして彼を凝視している。

「ワルシャワ条約機構の空軍が出撃しているという情報はまだ入っていない。とはいえ、安心はできない。これから数時間のうちに、大規模な空襲があるものと予測される。いつ始まってもおかしくないだろう。そういう理由から、われわれは時間を無駄にすることなく移動を開始する」

四十数組の目が、低い空にそわそわと視線をさまよわせた。

「これが大隊指揮官による割り当てだ。アルファ砲兵中隊は北へ行き、ミュンスターでドイツ軍の第五パトリオット大隊の増援に当たる。ブラヴォー砲兵中隊はドイツ中央部に残り、ギーセンでアメリカ陸軍第三パトリオット大隊の支援。デルタ砲兵中隊は予備隊としてここライン＝マインに残留。チャーリー砲兵中隊は……」自分たちの部隊の任務に、全員が耳をそばだてる。

「……ハイデルベルクより南をすべて担当する。われわれの任務はアメリカ陸軍第六パトリオット大隊の増援だ。第六大隊の射撃管制ステーション、アルファ砲兵中隊は修理部品待ちにより、最低でも五日は使用不能だ。われわれはシュトゥットガルトへ移動し、彼らの代わりに入る。諸君、これよりわれわれは南へ出発する」

「大尉、シュトゥットガルトは南へどれほどの距離ですか?」誰かが尋ねた。

「アウトバーンでまっすぐだ、距離は二〇〇キロもない」アレン大尉は答えた。「射撃管制チームの組み合わせを発表する」慌ただしく作成したリストに大尉が視線を落とす。「ミラー少尉とマグルーダー二等軍曹。モーガン少尉、きみはラリー・ファウラー三等軍曹とペアだ。リトル少尉とオウェンズ三等軍曹。四番目の射撃管制チームが必要となった場合には、スミッソン少尉とチェルノ二等軍曹だ。全員わかったか?」アレン大尉は部下たちの表情を探った。質問はない。「よし。出発準備に取りかかれ。ただちにシュトゥットガルトへ向かうぞ」

短いミーティングが終わり、兵士たちは自分の車両へと急いだ。車列の後尾に近づいたところで、バーバラ・モーガン少尉がファウラーの袖をつかむ。赤い髪はボブにカットされ、キャップから出ている毛先が魅力的な喉を囲んでいる。顔を赤くしたファウラーは、美人少尉の鼻梁《びりょう》を横切るそばかすに目をとめた。

身長一七〇センチのファウラーは、彼女と目の高さがほぼ同じだ。本人は決して認めないものの、身長に対するコンプレックスから、彼は過剰に反応しがちであり、女性が相手のときはなおさらだった。

「ファウラー軍曹」

「はい」

「ドイツに来たことはある?」

「あります。パトリオットミサイルの訓練のためフォート・ブリス陸軍基地へ行く前に、アンスバッハに数年おりました」

「よかった。少なくともうちのペアの片方は自分がどこにいるかわかってるわけね」彼女は美しい笑みを浮かべ、高まる不安を甘い笑みに隠した。

ファウラーはすぐにトラックへ戻った。少尉は前に止まっているハンヴィーの助手席に乗り込んだ。彼女と組めたのはついている。モーガン少尉は一緒に働きやすい相手だ。コンピューター相手の模擬戦でも、ふたりは極めて強いチームとなって敵を撃破してきた。実際に撃ち返してくる敵を相手にしても、変わらず力を発揮できることを願いたい。

加えて、彼女は目の保養にもなる――これは離婚したばかりの男にとっては重要な点だ。それがたとえ戦争の真っ最中でも。

射撃管制ステーションで任務をともにするファウラーに対して、バーバラ・モーガン少尉も好意を抱いているふしはすでにいくつかあった。先月開かれた中隊のクリスマス・パーティーでは、ふたりは酔った勢いで気がつくと人けのない道路に車を止めていた。後部座席での一時間の抱擁は、やがて一五分間の激しい愛撫に発展したが、それ以上にはいたらなかった。

その後、モーガン少尉はよそよそしくはないものの、関係を先へ進めるそぶりも見せなかった。この五週間、クリスマス・パーティーでの出来事はなかったかのように振る舞っている。敵対的ではないが、友好的でもない。理由がなんであれ、クリスマスが終わると、彼女は士官が下士官を相手にするときの、軍人然とした態度に戻っていた。

以前に比べれば、士官と下士官が親しい関係になることは確実に増えている。とはいえ、公式には、いまだに受け入れられない行為なのだ。ふたりが知る限り、彼らのあいだのことはまだ誰にも気づかれていない。さらに言うなら、ふたりのあいだに実際に何かあったのかは、彼らにもわからなかった。

ファウラーのまわりで、車両がいっせいに息を吹き返した。「よし、出発だ」彼の声を合図に、トラックのエンジンがうなりをあげた。

三中隊の車列はライン＝マイン空軍基地の正面ゲートへのろのろと進んだ。ファウラーはモーガン少尉のハンヴィーに続いた。彼女のハンヴィーの前を行くのは、パトリオットミサイルの発射装置と、迎撃ミサイル四基を牽引する一〇トントラクターだ。

ゲートに近づいたとき、ライン＝マイン空軍基地の舗装路を照らすまぶしいライトが不意に消された。乗客ターミナル内の照明もやはり消灯されている。屋内に詰め込まれた数千人の男女と子どもたちは、闇の中へ放り込まれた。

空軍基地から東へ一・五キロのところに、南北に走るアウトバーンが待っていた。先を行くアルファとブラヴォーの二中隊は、左に折れて北をめざす。チャーリー砲兵中隊は南へ曲がり、雪に埋もれたアウトバーンにのった。六車線の道路はがらんとしていた。ファウラーにとっては、この悪天候の中、乱暴な運転をするドイツ人を相手にしなくてすむだけでも救いだった。

チャーリー砲兵中隊の車両は、二四両のうち一二両が巨大トラクターであり、発射機と補塡用のミサイルを牽引している。ブラックアウト・ライト（訳注：敵から発見されないよう水平方向のみを照らす照明）のわずかな明かりだけを用いて、彼らは時速四〇キロで慎重に南へ向かった。車間はそれぞれ二〇〇メートル空けている。ハンドルを握る者たちは、カタツムリ並の速度でさえ、氷雪の中で確実にブレーキをきかせるすべはないことをすぐに発見した。

ソヴィエトの空襲がいまにも始まるかもしれないので、一刻も早くシュトゥットガルトに着かねばならない。闇に包まれたアウトバーンをのろのろと進む車両隊は格好の標的になる。車影のない道路を走る一団がソヴィエト軍に見つかれば一巻の終わりだ。散らばっていようといなかろうと、ミグ戦闘機が二、三機もあれば、中隊を丸ごと片づけるのにそれほど手間はかからない。それがわかっていても、大重量の荷のため、これ以上スピードはあげられなかった。

時速四〇キロでゆっくり前進するほうが、レッカー車が雪だまりから一〇トントラクターを引きあげるあいだ、道路脇に何もできずに突っ立っているよりはましだ。トラクターの車輪が溝にはまって、弾頭にそれぞれ二〇〇〇ポンドの爆薬が詰まったミサイル四基が、地面にごろごろ転がり落ちるのを眺めることになりでもしたら、なお悪い。

軽くブレーキを踏むだけでも冒険だった。どこで滑るか予測のつかない道路を進む際、自分が牽引しているトレーラーが、自分が運転しているトラクターの前へと滑り出るのを目にして、血の気が引いた運転手はひとりではない。

危険なアウトバーンにのって一〇分経過したところで、ファウラーは移動開始後、初めて言葉を発した。「おれのM4カービンに弾倉を入れろ」

「えっ？」

「おれのM4に弾倉を差し込めと言ったんだ。ついでにおまえのやつにも入れておけ」

「どうしてですか？」

「理由はな……いいか、おまえもおれも戦場にいるんだよ。一時間前にソヴィエト軍がドイツに侵攻してきた」

それを聞いたポールはもう何も言わず、ふたりのあいだに置かれた二挺のアサルトカービンに三〇発入りの弾倉を差し込んだ。

吹雪が容赦なくフロントガラスに吹きつける。ワイパーでは間に合わず、まわりはよく見えなかった。前を走るモーガン少尉のハンヴィーも、ファウラーの二〇〇メートル後方を走る発射装置も、雪に隠れている。車両隊の中にいながら、ひとりで走行している気分だ。

ファウラーはいっときたりとも気を緩めず、大事な積荷を全力で守った。トラクターのうしろに載っている射撃管制ステーションなくしては、トレーラーに積まれたミサイルもその驚異的な破壊力を行使することはできないのだ。彼は底を尽きそうな力を振り絞り、ブラックアウト・ライトのみを頼りに、無慈悲な吹雪と戦った。数分ごとに助手席に合図して、フロントガラスの曇りを布でぬぐわせる。

時差ぼけで頭が重い。疲労感にのみ込まれそうだ。ファウラーはかつてないほど疲労困憊している。一日半、ほとんど寝ていないのは否定しようのない事実だが、それを無視しようとした。ドイツへ急行するため、部隊が準備に追われるあいだは、仮眠を取る時間を見つけるのがやっとだった。いまは少なくとも、そこまで急いだ理由が判明した。

ファウラーの車両隊は走行困難な道路をひたすらゆっくり前進し、夜の中を未知の運命へ向かった。

トラクターの中で、ファウラーはさまざまな考えをめぐらせた。

車外では、世界が不思議と静まり返っていた。

第一六章

一月二九日午前一二時五八分
ラムシュタイン空軍基地
飛行列線上《フライトライン》

パーカーをしっかり着込んだアルトゥーロ・リオス上等航空兵は、小型の牽引トラクターで雪をかぶった舗装路を横切った。それは空港で荷物を運ぶために運用される、ごく一般的な黄色いトラクターだ。だが、リオスが運んでいるのは荷物ではない。そのうしろに牽引されているのは、二〇〇〇ポンド爆弾の長い列だ。

二〇歳になるアルトゥーロ・リオスは、F‐16ファイティング・ファルコンの航空団で兵器搭載員として勤務している。フライトラインとそこから離れた基地内の一角にある弾薬保管地域の間を、黄色いトラクターを行ったり来たりさせるのが彼の仕事だ。弾薬保管地域では、彼がぼんやり座っているあいだに爆弾を積んだ台車がセットされる。それを基地内を通ってフライトラインへ運ぶ。そこに着くと、爆弾がただちにF‐16戦闘機の腹に取りつけられる。

派手な仕事ではない。長く続けるつもりもないので、へまをしてもかまわなかった。

リオスはマイアミのリトル・キューバでの単調な暮らしに飽き飽きし、広い世界を知るために空軍に入隊した。ドイツに来て八カ月になるが、いやというほど目にしている弾薬保管地域とフライトラインを結ぶ殺風景な道のりを除けば、まだ大して世界は見ていない。

温暖なマイアミ出身の航空兵にとって、初めて過ごすドイツの冬は文字どおり身に染みた。故郷を懐かしむ気持ちがないわけではないが、しばらく帰るのは難しそうだ。

この数日、基地内の動きが慌ただしい。フライトラインでの作業にもぴりぴりとした緊張感が漂う。だが、いまのところ、理由を説明してくれる者はいない。骨まで凍る猛吹雪の中、作業時間は日増しに長くなり、ミサイルの運搬はノンストップになった。

昨日はF‐16戦闘機の大隊三個がサウスカロライナからラムシュタインに到着した。リオスはこの五時間、サウスカロライナの戦闘機へ爆弾を運び続けている。

リオスは強化掩蔽壕《えんぺいごう》の前にトラクターを寄せた。中ではサウスカロライナのF‐16戦闘機が、最後の爆弾二発を待っている。フライトラインの班長を務めるアーノルド一等軍曹が、リオスの姿に目をとめた。リオスの乗る屋根のないトラクターまで、アーノルドが雪の中を歩いてくる。

「リオス、探してたんだ。そこにある爆弾を全部届けたら、基地内の武器庫に出頭しろ」

「武器庫に？　何かあるんですか？」

「さあな。数分前に連絡が来て、空軍警備隊員の増強部隊は全員武器庫に集まるようにとのことだ。名簿におまえの名前があった。二カ月間の増強部隊訓練はやったんだよな？」

「ええ、九月と一〇月に」

「だったら、仕事が終わり次第、行ってこい」

「了解、軍曹」


一五分後、リオスは強風に顔を伏せて、基地内の武器庫へひとりで歩き出した。到着すると、めまぐるしい光景に迎えられる。基地の武器配給センターとして使われている簡素な部屋では、人々がひっきりなしに出入りしていた。入り口の横にある小部屋では、十数人の航空兵が床にあぐらをかき、真新しいM４カービンをケースから取り出し、分解とクリーニング、組み立てを繰り返している。リオスはその前を通り過ぎた。きょろきょろしていると、金網張りのケージの奥から、空軍警備隊員に手招きされる。

「氏名は？」空軍警備隊員が尋ねた。

「アルトゥーロ・リオスです」

「リオス……リオス」空軍警備隊員はつぶやきながら、クリップボードにある長い名簿に目を走らせた。「ああ、これだな……リオス、アルトゥーロ・J。身分証明書を見せてくれ」

　リオスはポケットに手を入れて、身分証明書を引き出し、小さな出し入れ口に差し入れた。ざっと確認したあと、空軍警備隊員はリオスに返した。

「よし、リオス。ここで待っててくれ。装備を持ってこよう」

　空軍警備隊員は奥の戸口から武器の保管エリアへ消えた。一分もせずに、大きく重たげな機関銃を抱えて戻ってくる。両方の腕には、金属製の弾薬箱をひとつずつぶら下げていた。彼は器用に窓口のドアを開けると、機関銃と弾薬箱を突き出し、リオスに押しつける。銃と三脚架は六〇キロ近く、痩せているリオスとほぼ同じ重量がある。

「M2重機関銃の使い方はわかるよな?」空軍警備隊員は確認した。

「ええ、増強部隊の訓練で二週間これを使いましたけど」

「なら大丈夫だ。外にハンヴィーが待ってる。行って、基地の東端、防衛陣地14に連れていくよう運転手に言え」

「なんなんです?　いったい何が起きているんですか?」リオスは尋ねた。

「おいおい、聞いてないのか?　ソヴィエト軍が国境を突破してかれこれ一時間経つ。これからラムシュタインにもなんらかの攻撃があるぞ」

　陸軍においては、すべての兵士が歩兵としての訓練をまず最優先せねばならない。一方、空軍ではそれぞれの任務に卓越することが重視される。よって、戦闘訓練に時間を取られる陸軍の整備員と比べ、同じ仕事をやるにしても空軍の整備員は断然腕がいい。空軍の方針のマイナス面は、地上での戦闘になった場合、航空兵は役立たずとまでは言わないまでも、頼りにできるわけでもないことだ。

解決策として、主な戦闘は空軍警備隊に任されることになっていた。空軍警備隊は基地の増強部隊によって補われ、隊員となる者は一定期間、本来の任務を離れて戦闘訓練を受ける。よほどの非常事態でもなければ、一般の空軍整備員が戦闘に駆り出されることはない。

陸軍および海兵隊のベトナム帰還兵は、空軍基地を襲う共産主義者たちの話に事欠かない。登場するのはいつも黒いパジャマのような服を着たふたり組の小柄な男で、彼らは鉄条網の隙間から基地内に潜り込み、航空機のひとつふたつを破壊しようとする。

B‐52爆撃機の世界一大きな基地が、痩せこけたふたり組に襲われたときの記録も残っている。このとき、基地内には五〇〇〇人の航空兵がいた。ところが基地の司令官であった大将は、一〇キロ離れた小さな陸軍キャンプに増援を要請している。

たいていの空軍基地でそうであるように、一月二八日の夕方の時点で、ラムシュタイン空軍基地にある数千のM4カービンは、出荷時の錆止め油を塗られて包装され、ケースにしまわれたまま開けられたことがなかった。

ハンヴィーは敷地が不規則に広がる基地の、ぽつんと離れた東端で止まった。そこには積み重ねた砂嚢で、馬蹄形の防衛陣地が築かれている。即席の掩蔽壕は第一滑走路のまっすぐ先にあった。金網に有刺鉄線がのっている防護フェンスまで一五メートルもない。フェンスの三〇メートル先は深い森だ。運転してきた空軍警備隊員は、リオスが車から機関銃をおろし、設置するのを手伝った。それが終わると、金属製の弾薬箱ふたつをリオスの手に押しつける。そのあと何も言わずに車両へ引き返し、猛吹雪の中へ消えた。

リオスは機関銃の位置を調整し、満足すると、弾薬箱を開けた。弾帯を取り出し、機関銃にセットする。あとは何をやればいいかわからず、とりあえずまわりをきれいにしておこうと、砂嚢から雪を払った。戦闘準備が完了すると、腰をおろして、ほかは何をするのかとぼんやり考えた。

リオスは自分にできる唯一のことをやった――森をにらんでソヴィエト軍を待つ。フェンスの向こうでは、常緑樹が雪の重さに枝を垂らしている。木々のあいだを吹き抜ける風が、薄気味悪いうなりをあげた。凍えるような雪が砂嚢に囲まれた世界に降りしきる。真っ暗な夜だ。

リオスは時の流れが止まるかのように感じた。

実際には二〇分だが、リオスには二時間に思えた時間が経過したあと、F-22ラプター三機が彼めがけて滑走路を走り、夜へ飛び立った。ステルス戦闘機の小隊はリオスの真上を通過し、轟音を響かせながら東の空へ向かう。

数分後、次のラプター小隊が大気を震わせて滑走路から離陸し、リオスがいる掩蔽壕をかすめるようにして吹雪の中へ吸い込まれた。Ｆ‐35ライトニングⅡの小隊がそれに続く。

それは夜じゅう繰り返され、Ｆ‐22、Ｆ‐35、もしくはＦ‐16戦闘機が、リオスめがけて滑走路を突進した。彼にぶつかるぎりぎりのところで、機体は地面を離れ、東の闇へ消えていく。しばらくすると戦闘機は帰投し、燃料と兵装を補充する。そしてふたたびひとりぼっちの航空兵めがけて滑走路を走った。

エンジンの爆音で、リオスは一時的な難聴になった。だが、別に気にならない。戦闘機の離着陸は単調さを破ってくれる。非現実的で終わりのない夜に対して募る恐怖を紛らせた。強力な武器と恐ろしい想像しかないような、砂と雪に囲まれて隔絶された掩蔽壕で、リオスはじっと待っている。

三機のステルス航空機は、時速二四〇〇キロ近い速さで分厚い雲の層を突き抜け、星がまたたく冬空を飛び、チェコ国境へ向かった。それぞれにパイロットがひとりずつ乗り、まったく同じ一〇〇〇ポンド爆弾を二基ずつ搭載していた。Ｆ‐22胴体内の兵器倉《ウェポンベイ》に収容されている防空ミサイルは、運悪く彼らと遭遇するミグ戦闘機をいつでも破壊できる。空対空の近接戦や地上支援攻撃には、二〇ミリのバルカン砲が待機していた。

　三人のアメリカ人パイロットは、全員が卓越した技能を持つ。三人とも強い自信を有していた。そうではない理由などあるはずもない。F-22の右に出る戦闘機はこの世に存在しないとさえ言える。空中の標的であれ、地上の標的であれ、容易に対応できるのだ。ステルス能力のあるラプターに接近しすぎれば、どんなミグでもほぼなすすべはない。いかなる敵レーダーも、追跡型であれ地上型であれ、F-22を正確には認識・攻撃できないのだ。

　ステルス機がレーダーに映らないわけではない。そんなことは不可能だ。機体の特殊なデザインにより、敵のレーダー波を浴びても、それをさまざまな方向へ拡散するため、レーダーで認識されにくくなるのだ。

　ラプターの第一攻撃目標、この新たな戦争における最初のターゲットは、チェコの都市、プルゼニ近郊にある防空砲兵中隊だ。防空システム撃破後は、そのミサイル・システムで守られている、中央軍指揮統制センターが第二攻撃目標となる。この任務は四日前に撮影されたチェコ共和国西部の衛星写真画像をもとにして遂行される。

　吹雪が攻撃目標を覆い隠す中、パイロットたちは赤外線システムを使用して、寸分違わぬ正確さで、兵器を命中させねばならない。簡単にはいかないだろう。少なくとも、彼らはそう思っていた。プルゼニに近づくと、三人は自分たちの幸運が信じられなかった。

〈砂漠の嵐《デザート・ストーム》〉作戦の第一夜目に、愚かなイラク人たちがやったように、ソヴィエト軍は防空レーダーを作動させていたのだ。レーダーが発するシグナルが、目的を捕捉するビーコンの役目を果たしてくれる。ソヴィエト軍は〝ここにいます〟と看板を出しているようなものだ。

レーダー上を静かに通過し、一番機のパイロットはぴったりのタイミングで爆弾を落とした。敵レーダーのシグナルを利用して、投下物を目標に誘導する。炎と閃光を放ち、レーダーは爆発した。

一機目のF‐22により防空システムが麻痺したので、残る二機は指揮統制センターの攻撃に心置きなく集中した。今度の目標はレーダーより狙いにくいと思われたが、情報機関からの報告どおりの位置にあった。農場のど真ん中にぽつんと立つ、だだっ広い一軒家だ。屋根の上にいくつも立つ無線アンテナで、容易に識別できた。深夜だというのに、いくつかの部屋には煌々と明かりがついている。屋外に並ぶ戦闘車両には雪が吹きつけていた。熟練のパイロットたちには簡単すぎるターゲットだ。

二機の戦闘機は標的を捕捉し、それぞれ爆弾を一発ずつ投下した。それらは非の打ちどころのない正確さで大きな建物へ誘導された。爆薬二〇〇〇ポンド分の威力で、標的が一瞬のうちに蒸発する。

どの機も二発目の必要はなく、任務は完遂した。パイロットたちはおのおの顔に笑みを浮かべてラムシュタインへ引き返した。基地では、滑走路の東端で不安に取り憑かれているキューバ系アメリカ人の頭上数メートルのところを順に通過して着陸した。

意気揚々と滑走路に停止するパイロットたちを、航空団の指揮官が迎えた。「うまくいったか？」機体からおりる小隊長に尋ねる。

「楽勝でしたよ」少佐は返した。「間抜けなことに、やつらはレーダーをつけっぱなしでした。われわれはそれを追尾し、第一、第二攻撃目標を両方とも破壊したってわけです。タリバンだって、あそこまで抜けてはいない」

四人は自分たちの母国が新たな侵略者をふたたび打ち負かすことを確信して、司令センターへ歩み去った。地上要員が機体に駆け寄り、次の出撃に向けて、燃料と兵装を補充する。


アメリカ軍によるレーダー施設攻撃より少し前、ソヴィエト軍の少尉は生きた心地がしなかった。司令部スタッフはとうの昔にここを離れ、五〇キロ南に指揮統制センターを移している。悪天候の邪魔があっても、日没後、施設を丸ごと移動させる時間はたっぷりあった。

通信用アンテナは古い農家の屋根に据えつけたままにされた。スタッフが出発すると、少尉は部下とともに古すぎて価値のない車両のハンドルを握り、それまでスタッフの車両があった場所に止めていった。少尉が建物内の照明を点灯する。明るくしすぎてあからさまになってはいけない。敵は間抜けで不用心だと、アメリカ人に思い込ませる程度の明るさだ。

だがここにきて、一番肝心な偽装が少尉を手こずらせた。モスクワのがらくた屋から仕入れた古いレーダーが、言うことを聞かないのだ。深夜〇時ぴったりにスイッチを入れたところ、レーダーは一度に数分しか作動しなかった。レーダーが動いていなくては、ここが中央軍の司令部だとアメリカ軍に信じ込ませるのはまず無理だろう。やむを得ない。少尉は司令部の移転先へ向かうのは先のばしにし、部下とともに残って、アメリカ軍の攻撃まで年寄りのレーダーの世話をすることにした。彼らは数百メートル西にある窪地に避難して待つ。

午前三時まで、少尉はレーダーへ十数回往復した。毎回毎回機械をなだめすかして作動させる。最後にもう一度レーダーを動かし、建物から少し歩き出したところで、一発目の一〇〇〇ポンド爆弾が空から落下。

死は音もなく上空から飛来した。少尉は何も聞かず、何も見ずに死亡した。

もし少尉が生きながらえていたら、自分は完璧に任務を全うしたのを知り、誇りに思っただろう。アメリカ軍をだまし、中央軍司令部を攻撃の手から守った。少なくともいまは。

第一夜目の闇の中、アメリカ・イギリス・ドイツの空軍はポーランドとチェコ共和国の全土で、ワルシャワ条約機構の指揮統制センターを攻撃した。ワルシャワ条約機構の空軍は進行中の事態を認識しながらも、地上にとどまり、ときが来るのを待った。未明になって、中央ポーランドの空軍基地ふたつがイギリス軍に攻撃されると、ようやくミグ戦闘機が迎撃のために発進した。

ほぼすべてのケースで、NATO軍のパイロットは、任務は完全な成功だと報告した。敵の司令部は壊滅した。ソヴィエト軍の連携能力は著しく損なわれた。指揮官たちは排除された、と。

だが、アメリカは欺かれていた。彼らはヨヴァノヴィチ将軍の策略にかかったのだ。ソヴィエト軍が失ったものはどれもゴミくずほどの価値しかない。第一日目の払暁《ふつぎょう》までに、ワルシャワ条約機構軍の指揮統制センターがこうむったダメージは、比率にすると八パーセント以下だった。

一方、アメリカ軍の指揮統制センターは絶体絶命の危機にあった。

第一七章

一月二八日午後一一時五四分
ランガーコプフ
アメリカ軍通信基地

その通信基地は緑と白の深い森に覆われた丘の頂上に立っていた。ドイツの最寄りの村からは二五キロ離れている。マイクロ波のパラボラアンテナがあちこちに向いている塔は、最も背の高い常緑樹よりさらに三〇メートル高い。金属製でプレハブ式の通信制御施設の隣には、衛星通信用の巨大パラボラアンテナとその関連設備があった。

ソヴィエトの戦車による国境突破から九分後、五人編制のソヴィエト特殊任務部隊スペツナズが動いた。全員が闇夜のごとく黒い装備に身を包み、顔面には迷彩用顔料が分厚く塗られている。全員が短機関銃と梱包爆薬を携帯する、比類なき殺しのプロだ。

このうちの三人は森の地面に腹をこすりつけ、最後の五〇〇メートルを前進した。基地を取り囲む鉄条網にたどり着くと、分厚い布でくるんだワイヤーカッターで敷地裏側の金網を切断し、穴を開ける。三人は速やかに内部へ侵入。ひとりが亡霊のようにたたずんで見張るあいだ、ほかのふたりは通信塔の基部とパラボラアンテナに爆薬を設置した。

敷地に入ってすぐの場所に守衛小屋がある。別のふたりの破壊工作員は森の影に紛れ、小屋から一メートルのところまで忍び寄った。ドイツで三番目に大きいアメリカ軍施設、ランガーコプフ通信基地は、ベレッタの拳銃を腰に下げた航空兵ひとりに警備されている。

通信制御施設では、一一人が夜勤で働いていた。武器は携えていない。総勢五〇名の空軍分遣隊のM4カービンは、山腹を一キロ下った司令部に保管されている。

スペツナズの隊長は守衛小屋までの最後の一メートルを音もなく近づいた。航空兵の喉笛を一気にかき切る。アメリカ人は何が起きたのかも気づかぬまま雪の中へ倒れた。隊長が生気を失った体を引きずっていくと、その跡にぬらりと光る赤い筋がつく。航空兵の遺体は建物の向かいにある駐車場裏に隠した。隊長はすばやく戻り、もうひとりの破壊工作員の護衛に当たる。彼は窓のない金属製の建物にプラスチック爆弾を取りつけた。手慣れた作業はたちどころに終わる。隊長は塔とパラボラアンテナに取り組んでいるメンバーに合図を送った。ふたりが応じたのを見て、時限装置がセットされる。

彼らはふたたび森に溶け込んだ。五分後、同時に起きた複数の爆発が山頂を揺るがした。通信塔が傾き、森へと倒れ込む。パラボラアンテナは蒸発した。通信制御施設は一〇〇〇の破片に爆砕された。

勤務していた者たちの中で、埋葬できるほど亡骸が残った者はいないだろう。

同じ構成のソヴィエト軍特殊任務部隊が、同じ時刻にアメリカ軍の最も大きな通信基地二箇所への侵入を試みていた。だが、山頂に位置する世界最大の陸軍通信基地では、運はアメリカ軍に味方した。

ソヴィエトの破壊工作員たちが爆発物の取りつけにかかったそのとき、ひとりの兵士が雪の吹きつける丘を戻ってきた。彼は腹を空かせた夜勤のため、兵舎にサンドイッチとスナック菓子を取りに行っていたのだ。戻ってきた彼の目に真っ先に飛び込んできたのは、ひとりしかいない守衛がゲート脇に倒れている光景だ。続いて、錆の浮いたフィアットのヘッドライトが、黒ずくめの人影五つを浮かびあがらせる。屋内にいる者たちに知らせなければ。アメリカ兵はクラクションを押さえつけた。けたたましく長い響きが夜の静けさを打ち破り、中にいる者たちに異変を知らせる。

ゲートのそばにいた工作員ふたりは古い車めがけて突進した。走りながら、腰の鞘から長いナイフを引き抜く。アメリカ兵はドアをロックし、クラクションを鳴らし続けた。運転席側の窓が腕で叩き割られ、ガラスが飛散する。銀色の刃が暗闇にひらめいた。殺しに慣れた工作員には造作もない仕事だ。またひとりアメリカ兵が倒れる。だが息を引き取るまで、二〇秒近くクラクションを鳴らした。

　建物の正面ドアから、なんの騒ぎかと頭が突き出した。短機関銃の短い連射が男の体を斜めに走る。アメリカ兵は建物の中へ仰向けに倒れ、磨かれたタイルの床に血を広げた。ソヴィエトの特殊任務部隊は爆薬の取りつけに急いだ。

　丸腰だったランガーコプフとは異なり、ドナースベルクでは正面入り口内の銃器棚にM4カービン二〇挺がしまわれている。アメリカ兵たちは慌ただしく扉を開け、小型ライフルを取り出した。棚の横のロッカーには弾倉と、銃弾入りの木箱が収納されている。彼らが武装するあいだ、ドイツ内の全通信施設へ警報が発された。

　夜勤の監督役だった二等軍曹は、冷たい床の上で死んだ仲間を見つめたまま、マイクを取りあげてスピーカーボタンを押した。

「こちらドナースベルク。現在、未確認の敵勢力から攻撃を受けている。繰り返す。全施設へ。ドナースベルクは攻撃を受けている。おのおのあらゆる手段で自分たちの施設を防御せよ」

　ドイツ全土に広がる六〇の戦略通信施設で、ただちに防衛体勢が取られた。航空兵たちの命運は、そしてこの戦争におけるアメリカの指揮統制能力も施設の防御にかかっている。

　だが、ランガーコプフに警報が届くのはわずかに遅すぎた。航空兵たちは警報を聞いたものの、反応する間もなく、爆発により命を奪われてしまった。

　警報発令後、ドナースベルクの二等軍曹は受話器を持ちあげ、兵舎の番号を急いで押した。山の一キロ下にある部隊の司令部で、七〇人の兵士が叩き起こされる。彼らはすばやく身支度を整え、丘の頂上を守る一八人のもとへ向かった。アメリカ軍の通信はそのほとんどがドナースベルクを経由する。ドナースベルクなくしては、アメリカ軍の指揮統制機能は永遠に失われることを誰もが知っていた。

運と空腹がアメリカにチャンスを与える。通信特技兵など、ひとりひとりはソヴィエトの特殊任務部隊に敵うはずもない。それでも、基本的な武器の扱いはしっかり教え込まれていた。

通信基地の中では、一七名の兵士が夜勤監督者の指示を待っている。二等軍曹はライフルを構える兵士たちを見まわした。

外では、破壊工作員たちが任務を終えようと急いでいた。発見されはしても、彼らほどの精鋭が慌てふためくことはない。任務はほぼ完了している。邪魔が入らなければ、時限装置をセットするまであと一分。それ以上はかからない。

「半分は正面ドアから、半分はもうひとつのドアから行け」二等軍曹は命じた。「外にいるやつは誰であれ制止しろ。増援が到着するまで持ちこたえるんだ」

アメリカ兵たちはふたつある施設のドアから躍り出た。工作員たちは外で待ち構えている。足が雪に触れる前に、短機関銃の弾幕を浴びて六人の兵士が倒れた。通信特技兵を率いて反撃に出ようとした二等軍曹は真っ先に死んだ。それでも一一人が生き残っている。

増援到着まであと五分。それまで彼らが基地を守らねばならない。遮蔽物の陰に飛び込み、必死に敵を探す。ひとつ見つかった黒い人影に向かって発砲した。ソヴィエトの工作員たちが短機関銃で応射する。目がくらむ閃光があがり、丘の頂上で激しい銃撃戦が始まった。発火炎がふたり目の侵入者の位置を教え、アメリカ兵たちが撃ち返す。

M4カービンの連射を浴び、ついにひとり目の侵入者が倒れた。だがアメリカ兵はさらにふたりの命が失われた。ひとりは膝を撃ち抜かれて吹き募る雪の中で痛みに絶叫する。その隣に横たわる彼の友は黙し、動かない。双方の発火炎が夜を照らした。

時間は刻一刻と進み続け、工作員たちに残された時間が尽きかけていた。やがてふたり目が胸を撃たれ、雪上に崩れた。これで九対三。それだけの差があっても、優れた腕を持つ特殊任務部隊にまだ分がある。だがあとほんの少し持ちこたえれば、アメリカ軍の生存者たちは基地を防御できるかもしれない。戦闘は続いた。時は拷問のようにのろのろと進み、銃弾が双方へ飛び交った。

銃弾の音越しに、車列が山腹を駆けのぼる音が聞こえた。工作員たちは任務に失敗したのを悟る。発砲しながら、三人全員が撤退した。増援部隊の第一陣が——最新型のダッジと古いフォルクスワーゲンに詰め込まれた兵士一一名が——丘の上に到着した。第二陣もすぐうしろに続く。彼らは敷地の外に車を乗り捨て、ゲートへ駆け出した。発砲音が山に響き渡る。増援の人数は刻々と増加した。

その数はロシア人たちを圧倒した。三番目の工作員と、その後すぐに四番目が、増援部隊と夜勤たちの容赦ない十字砲火に挟まれて死亡。最後の工作員、スペツナズの隊長は敷地の裏手へ走った。雨霰と弾丸が飛ぶ中で、三メートルのフェンスをするするとのぼる。フェンスをまたいだとき、歴戦の猛者が悲鳴をあげる。隊長は反対側の地面にどさりと落ち、暗闇のほうへよろめいた。すぐに、その姿がかき消える。アメリカ兵たちは男を行かせた。混沌とした真っ暗な森へ、殺しのプロを追いかけていきたい者などいない。

男が発見されることはないだろう。痕跡は地面にぼたぼたと残る血痕のみで、それも数日後には雪とともに消える。

朝になると、爆発物処理隊は信じられない思いで首を横に振るはずだ。サンドイッチの到着がもう三〇秒遅ければ、破壊工作員たちの任務は成功し、アメリカは軍を統率する能力を失っていただろう。

ドイツ・イギリス間、そしてそこからアメリカ合衆国までのマイクロ波通信網は、ランガーコプフの消滅によりその半分が失われた。その他一二〇の回線はひとつの施設を中継する――フェルトベルクだ。アメリカ軍がドイツに保有する最新の衛星中継装置は、フェルトベルク通信管制ステーションにしか残っていない。

ランガーコプフと同じく、フェルトベルクの守衛は九ミリ弾仕様のベレッタ一挺を携帯する航空兵ひとりきりだ。兵士たちのM４カービンは、雪の斜面を三キロ下った分遣隊司令部に保管されている。ドナースベルクから発せられた警報を聞いて、フェルトベルクの夜勤監督者は航空兵五〇名を武装させてただちに山頂へ送るよう司令部に命じた。ドナースベルクと同じように、就寝中のアメリカ兵たちが叩き起こされる。

フェルトベルクの夜勤監督者は、人員の半分――丸腰の六人を、防護フェンス沿いで見張りに当たらせた。彼らに武器はなく、身を守るすべは当然ない。六人はフェンスの内側の暗がりにたたずんだ。身も凍る寒さの中で一五分もすると、来るとも知れない敵より、四肢の痛みのほうがどんどん心配になった。

フェルトベルクへ送られた五人の破壊工作員は遅れていた。一五分の遅刻だ。彼らはフランクフルト近郊にある隠れ家を予定どおり出発した。ところが一分もしないうちに道を曲がり損なった。闇の中で誤った道路を五キロも走ってから、ようやく間違いに気づいたのだ。エンジンの調子が悪いオペルで猛吹雪の中を、しかも不慣れな道路を走らなければならないのだ。隊長が分岐する道路を一本見落としたとしても、誰が責められるだろうか。

この悪天候でも、フェルトベルクへの三〇キロの道のりは五〇分以上かからないはずだ。だが、使用されていない農道を走って山麓にたどり着くまでに九〇分かかっている。ソヴィエトの工作員たちは発見される危険を冒して、猛スピードで山頂へのぼった。

いかなる犠牲を払おうと標的を破壊せねばならない。

森の闇に守られ、黒ずくめの五人は頂上にたどり着いた。そこで散開し、三人が雪上を匍匐して、敷地の裏手へまわった。通信塔と衛星通信用の設備がターゲットだ。二番目のチームは正面ゲートへ移動する。守衛小屋は彼らの目の前にあった。

最初のチームがワイヤーカッターを布でくるみ、塔の横の鉄条網を切断した。

そのとき影の奥で航空兵が叫んだ。「何者かがフェンスのところにいるぞ！　塔への侵入者だ！　侵入者！　侵入者！」

工作員は鉄条網の中へ体を滑り込ませると、ナイフを取り出して声の方向へ投じる。刃が標的をとらえたことを、闇の中であがる叫び声が教えてくれる。航空兵は膝から崩れ、ナイフが深々と刺さった胸を押さえている。残りのロシア人たちが急いで穴を通過するそのかたわらで、航空兵が最後の悲鳴をあげる。

「くそったれ！　まだ着かないのか？」夜勤監督者は受話器に向かって怒鳴った。「ここが攻撃されているんだ！」

「持ちこたえてください。五分前に出発しているから、もうすぐ到着するはずです」

一〇台の車両は傾斜のきつい雪道を駆けあがっていた。頂上まであと少しだ。守衛は小屋から飛び出し、ベレッタを抜いた。塔めがけて二度引き金を引く。風が吹き荒れる中、発砲音が鳴り響いた。慌てて放たれた九ミリパラベラム弾が的はずれの方向へ飛ぶ。

二組目の工作員たちは守衛小屋から五メートルの木陰に潜伏していた。彼らが短機関銃で攻撃を開始し、守衛は絶命した。

破壊工作任務が発覚しても、ソヴィエトの工作員たちが諦めることはない。ふたり組は森から正面ゲートめがけて走り出ると、プレハブの通信管制施設の壁に向けて短機関銃を闇雲に連射する。銃弾はアルミ製の薄い壁を貫通し、通信機器を引き裂いていく。フェルトベルクとイギリスのマートルシャム・ヒースを結ぶ主要機器は、その半分が破壊された。精密な電子機器が銃撃によって粉々になり、一二〇ある回線中のうち半分は消滅した。

一瞬の静寂が闇を包みこむ。工作員たちが弾倉を交換するため、攻撃を中断したのだ。そのとき、坂をのぼってくる車両の音が耳に飛び込んできた。音はどんどん大きくなってくる。ふたりははっとして、音のほうへ顔を向けた。

アメリカ兵のひとりが、駐車場に並ぶ車のうしろに立っていた。工作員たちにはまだ気づかれていない。彼は自分の車に忍び寄ると、運転席側のドアを開け、静かに乗り込んだ。身をかがめたままポケットからキーを探り出し、イグニションシリンダーに差し込む。

エンジンが目を覚ますと、慎重にギアを入れ、一気にアクセルを踏み込む。タイヤが空まわりし、車体は激しく尻を振りながら斜め左へ後退する。隣の車両にぶち当たってから、ようやく前進。車は雪をまき散らしながら、ゲートのそばにいるふたつの黒い人影に向けて突進した。工作員たちが振り返る。隊長はすんでのところで飛びのいたが、もうひとりは間に合わなかった。車は男に突っ込み、その体をボンネットの先に引っかけ、フェンスに衝突した。

隊長は即座に飛び起き、車へ走り寄った。顔面から血を流した運転手が顔をあげる。一瞬、視線が交わる。隊長は冷静に短機関銃の銃口を突き出し、フロントガラスに向かって引き金を引いた。

アメリカ軍の増援はすぐそこまで来ているはずだ。

施設の裏手に回った工作員たちは、建物近くで航空兵が闇に潜んでいるのを見つけ、発砲した。五、六発の銃弾がアメリカ兵を壁に叩きつける。体がずるりと地面に崩れ落ち、壁に赤い血の筋が描かれた。

工作員のひとりが背中に背負った梱包爆薬をおろした。時限装置を一〇秒後にセットし、衛星端末局のほうへ放り投げる。爆薬が落下した場所はパラボラアンテナから一メートルも離れていない。爆薬が炸裂したあとには、煙をあげるねじ曲がった鉄塊があるばかりで、原形をとどめているものは何ひとつない。

増援の車列がようやく山頂にたどり着き、施設をめざしてスピードをあげる。破壊工作部隊の隊長は彼らの真正面にいた。アメリカ兵たちはゲートに向かって車を走らせ、先頭車両の乗員三人が窓からM４カービンを突き出し、撃ち放った。まわりに遮蔽物はなく、隊長は建物の裏へ駆け出した。通信塔の横で待っていたロシア人たちが彼を掩護し、応射する。

深い雪の中を車両に追いかけられ、隊長は七〇メートルを全力疾走した。その身体能力は驚くべきものであったが、塔までの距離は長すぎた。車列は飢えた狼の群れのごとく、逃げる男を追った。隊長が走りながら撃ちまくる。

先頭の車両が背後に迫った。二〇メートル後方から航空兵たちはM4カービンの長い連射を放った。銃弾が背中に直撃し、隊長は前に飛ばされ、雪に顔を深くうずめた。すでにこと切れている。

だがアメリカ兵たちは油断しなかった。隊長の体の上を車で走り抜け、確実にとどめを刺す。

隊長が射線に入る恐れがなくなったことで、残る工作員たちは気兼ねなく銃撃した。銃弾の雨が戦闘車両のフロントガラスを粉砕する。一発が運転手の顔面に命中し、車両が回転する。助手席にいた航空兵がハンドルをつかむが、すでに遅すぎた。車はスピードをゆるめることなく大きく左へそれ、炎上する衛星設備の基部に激突した。車両は爆発、四人全員が燃え盛る炎の中に閉じ込められた。

続く二台の車は敷地内を併走した。六挺のM4カービンが、短機関銃三挺に応射する。侵入者のひとりが射殺された。残るふたりも負傷した体をフェンスの穴のほうへ引きずっている。あとほんの一メートルだ。しかし、群がるアメリカ人から次の連射を浴びて、ひとりはもう動かない。最後に残ったひとりは死にものぐるいでフェンスに走ると、体を穴にねじ込んで闇へ消えた。二〇名の航空兵は車両から飛びおり、鉄条網へ駆け寄った。これ以上の深追いは危険だ。アメリカ兵たちは悔しそうに、黒い人影が逃げた方角に向かってヘトリガーを引き続けた。

結局、工作員は遠くへは行けなかった。翌日、一〇〇メートル先の茂みの中で、蜂の巣になった遺体が見つかった。

アメリカ軍の戦略通信システムに対する破壊工作は、いったん終了した。だがこれで終わりではない。

ヨヴァノヴィチ将軍の計画は四つの攻撃目標――ドイツ国内にある最も大きな軍の通信施設三箇所と最小規模のうちのひとつ――を掲げているからだ。ランガーコプフ、ここはすでに壊滅した。ドナースベルク、ここは腹を空かした兵士たちに救われた。半壊したフェルトベルクは施設の規模こそドナースベルクの次だが、重要性では上だった。そして最後のひとつはドイツ・アルプスの最高峰、ツークシュピッツェの山頂にあった。ごく小さなこの中継施設は在欧米軍とイタリアを結ぶ唯一のリンクとして機能している。

ソヴィエトの破壊工作がすべて成功していたら、アメリカ軍は作戦区域の指揮官との通信手段をほぼ奪われていた。ドイツで戦闘機によって守られる地上軍と空軍基地間の通信能力は大幅に削がれていただろう。そうなったら、アメリカは目隠しをされたまま、この戦争を戦うようなものだった。

実際のところ、ランガーコプフと衛星設備ふたつを破壊されたことで、アメリカ軍は通信システムの重要な部分を失った。ランガーコプフは、ドイツとイギリスをつなぐふたつしかない施設のひとつであり、ライン川以西における通信の大部分を結んでもいた。ラムシュタインとシュパングダーレムにあるアメリカ戦闘機基地への通信は、大半がこの破壊された基地を経由していたのだ。

それらの損失を負いながらも、ソヴィエトの破壊工作によってアメリカ軍の指揮統制が完全に寸断されることはなかった。ヨヴァノヴィチ将軍の予測とは異なる展開とはいえ、アメリカはソヴィエトの攻撃の速さと強さによろめいた。戦略的統制力を回復すべく何か手を打たなければ、国境から雪崩れ込む圧倒的数の装甲戦力に敗北するのは必至だ。

貴重な時間が過ぎていく。この戦争で勝機をつかむのなら、アメリカには一刻の猶予もなかった。破壊された通信システムを回復しなければならない。

いますぐに。

第一八章

一月二九日午前一二時五八分
シュトゥットガルト パッチ駐屯地
アメリカ欧州軍司令部 下士官居住区

寝室二部屋のあたたかなアパートメントで、ジョージ・オニール陸軍二等軍曹は妻のキャシーのかたわらで眠りに落ちた。一八歳のオニールは一一時半に勉強を終わりにして、夜泣きを始めた生後一九カ月になる息子、クリストファーをあやしに行った。息子が泣きやみ、夢の世界に戻るのには四五分かかる。そのあとオニールはベッドに眠る妻の隣に体を滑り込ませた。凍えるような寒さに体をすり寄せたオニールは、長らくご無沙汰になっている夫婦の交わりをそろそろ持つべき頃かなと考えた。しかし熱心な愛撫に妻が目覚めることはなく、あきらめてごろりと仰向けになる。ほどなく眠りに落ちたのだ。

ベッドで安らぐオニールは、もっと警戒しておくべきだった。アメリカ兵家族の退避が開始されたことは知っている。だが、チェコとの国境からはるか西にあるシュトゥットガルトが退避対象となるまで、二週間はあるだろうと気楽に考えていた。ワルシャワ機構軍の軍事演習が予定どおり数日後に終了すれば、退避命令は撤回され、妻と息子が引き離されることはないだろうと。

ひょろりとしたジョージ・オニールはハンサムな男ではなかった。また、人付き合いがうまいほうでもない。夫と違い、キャシー・オニールにはあらがいがたい魅力があった。小柄な体躯に、肩に触れる長さの金髪、妖精のような微笑みを持つ彼女は、魔法のように人を魅了する。彼女の笑みを目にすると、誰もがたちどころに好感を抱く。彼女の姿には生きることへの喜びがあふれていた。バスルームで夫がひげを剃るのを眺めるたび、キャシーは締まりのない顔で頬を緩めた。夫を見つめていると、自分の結婚相手はイカボッド・クレーン（訳注：短編『スリーピー・ホロウの伝説』に登場する痩身で魅力のない主人公）に瓜ふたつだとつくづく思う。けれど、そんな彼を愛していた。そして彼に愛されていることを知っていた。初めてオニールと会ったとき、キャシーは彼の外見の内側にあるものを探してみることにした。時間をかけて見出したものは、頼りにできる男性だった。結婚し、すばらしい四年の月日が経ったいま、自分の直感は正しかったと思う。キャシーにとって、彼は完璧な夫だ。オニールにとっても、キャシー以上の妻はいない。

彼らは真の魂の伴侶《ソウルメイト》だ。互いにとって幸せなことに、ふたりの絆は変わらない。多くの夫婦がそうであるように、彼らも悲しみを経験した。ドイツに赴任して数日のうちに、ふたりは初めての子どもエミリーを——生後四カ月の明るい瞳をした娘を——乳幼児突然死症候群《SIDS》で失った。

発見したのはキャシーだった。悲しみとその後の罪悪感を背負い込んだのも彼女だ。夫が仕事や大学の講義で留守のあいだ、彼女は昼も夜もたいていひとりきりで、静かに悲しみに暮れた。だがエミリーの死から三カ月後、キャシーは幸運にもクリストファーを身ごもった。娘を失ったつらさを完全に乗り越えることはできなくとも、クリストファーの誕生は痛みをやわらげた。息子を抱くキャシーの胸に、生きる喜びがよみがえった。

典型的な劣等生のオニールは、人生計画もないまま八年前、陸軍に入隊した。彼にめざすべき目標を与えてくれたのはキャシーだ。オニールはドイツに赴任してから、極めて困難ではあるが、メリーランド大学の基地内大学課程を受講している。三〇カ月以上にわたり、履修科目を取れるだけ取った。昼食時間と夕食後の時間、それに土曜の午前中は、基地の教育センターの木製のデスクに向かった。

ドイツでの任期が残り半年を切り、オニールの経営学士号取得もあと三カ月に近づいた。残り四科目を履修すれば、晴れて大卒になる。この四科目でAの成績をもらえば最優秀で卒業することになり、そのことに大きな誇りを抱いていた。

丸一日働いたあと、オニールは夕食をかき込むと、妻と息子に慌ただしくキスをして、九時まで講義を受けに行った。帰宅後は深夜まで勉強する。睡眠時間はわずかだ。週末は起きた瞬間から夜更けまでテキストをしっかり握っていた。キャシーの支えがなければ、オニールは自分に課した厳しい生活ペースを保つことはできなかっただろう。辛抱強いキャシーでさえ、卒業すればどんなにほっとするでしょうねと漏らすことがあった。けれどふたりとも、これは価値のある犠牲だと固く信じている。

ここ一年、オニールのもとにはアメリカの主要通信会社数社から高い給与で転職のオファーが届いている。まだはっきりは決めていないものの、夫婦はドイツを離れるのに合わせて、陸軍も離れることになりそうだ。

就寝して一五分もせずに、居間の電話が鳴り出し、つかの間の平安を破る。オニールはキャシーに目をやった。ぐっすり眠っていた妻がもぞもぞと体を動かす。彼は寝ぼけた頭でよろよろとベッドを出ると、居間へ向かった。クリストファーがふたたび泣き叫び、深夜の騒音がさらにけたたましさを増す。受話器を取ると、驚いたことに相手はマイク・ギャラガー海軍一等兵曹だった。思いがけない電話に、オニールは眠気と困惑を必死に払いのけた。ドイツへ来て三〇カ月になるが、所属部隊から自宅に電話があったのはこれが初めてだ。

「何かありましたか?」

「夜分すまない、ジョージ。一時間前に臨戦態勢《デフコン》1が発令された。基地に居住している者全員に連絡するよう言われた。大至急、司令センターへ向かってくれ。自分はこれからベニングとホワイトホールに連絡する。センターで会おう」

ギャラガーは返事を待たずに通話を切った。オニールは居間の真ん中で、手にはまだ受話器を持って立っていた。混乱した頭がいま耳にした内容を受け入れようとする。だが信じられなかった。これは夢に決まっている。デフコン1が意味するものはひとつしかない

——彼の国は戦争を開始した。

クリストファーは泣き続けていた。キャシーがばたばたと子ども部屋へ駆け込む。オニールは寝室へ引き返すと、軍服に着替えた。ブーツの紐を結び終えたところで、キャシーがすでに満ち足りた顔の赤ん坊を胸に抱えて入ってくる。

「何かあったの、ジョージ?」

事態が判明するまでは、妻にはできるだけ何も言わないほうがいい。

「それがわからないんだよ、キャス。電話はマイク・ギャラガー兵曹からだった。何か用があるらしくて、司令センターへ向かうようにだって」

「どれぐらいかかるのかしら?」

「それは言われなかったが、朝までかかるかもな」

オニールはフィールド・ジャケットに袖を通すと、オリーブグリーンのスカーフを襟もとに巻いて、手袋をはめ、キャップをかぶった。妻と子どもにキスをして、アパートメントの冷たい階段を駆けおり、玄関ドアを開ける。外へ出るなり、吹雪が顔を殴りつけた。

眠気の名残は瞬時に吹き飛ぶ。

　夫婦の車は六〇センチの雪と氷の下に埋もれていた。車を雪から救出することよりも、オニールは司令部まで八〇〇メートルの道のりを徒歩で行く選択をした。スカーフを耳まで引きあげて、石畳の道を歩き始める。一歩踏み出すたびに、足の下で雪と氷がバリッと音を立てた。基地の古びた街灯が放つ光沢を帯びた明かりが、彼を取り囲む。細い道路にはさまざまな方向へ急ぐ人影がほかにもあるが、オニールは気がつかなかった。ギャラガーからの電話が示唆することで頭がいっぱいだ。

　オニールは小規模な基地の西側フェンス近くにたどり着き、一階建ての建物の段を駆けあがった。ガラスドアを開けて立ち止まり、首からチェーンで下げている識別章を引っ張り出す。玄関口内側のデスクにいる軍警察にさっと提示して、奥へ進んだ。

　自分のオフィスへ寄って、ジャケットとスカーフ、キャップ、手袋を放り投げる。ふたたび廊下に出ると、司令センターへ向かった。普段なら夜中のこんな時間には点灯していない照明がいくつかついているのを別とすれば、特段変わった様子はなかった。やはりこれは夢なのかもしれない。

　廊下の突き当たりでドアロックの暗証番号を入力し、ドアを開くとその先はアメリカ国防情報システム局《DISA》の欧州地域司令センターだ。窓のない白い部屋の中央に、金属製のデスクが四つくっつけられている。それぞれ横にプリンター、コンピューター、電話、マイク、スピーカーといった通信機器がひとまとめに置かれていた。アイスランドからトルコまで、在欧米軍の通信はすべてこの部屋を介して管理される。

司令センターは二四時間年中無休であり、シフトで入る四名が情報処理に当たる。将校一名と下士官三名から成る四名が、三〇〇の通信施設と三つの衛星システム、さらに電子化された巨大メッセージ・センター三つを制御する。システム局の者なら誰でも知っているが、彼らが管理する通信システムなしには、鉛筆一本ヨーロッパへ運び込むことはできないのだ。

司令センターに入ると、中には四人ではなく一五人いた。システム局外の者はふたりだけだ。ふたりは——中将一名にその補佐らしき大尉——簡素な部屋の奥で、欧州通信システムの大地図の下に立っている。中将は局長のジョン・コセット空軍大佐と話し込んでいた。集まった者たちの端には副局長のチャールズ・ヘレナー海兵隊大佐の姿がある。オニールからは遠すぎて、会話の内容は聞き取れない。

ジョージ・オニールはアメリカＤＩＳＡ欧州地域担当の特技兵のひとりだ。組織は厳選された七〇名の下士官、航空兵、水兵、海兵隊員、国防総省の軍属職員によって運営される。理屈の上では、各軍から通信の専門家をシステム局へ派遣するのは効率的だ。しかし実際には、これからの数日、システム局が将軍たちにこの戦争の指揮を執らせる方法を模索して悪戦苦闘するのは必至だった。政治的理由から、局には各軍の者が配属されている。とはいえ、世界各地を網羅する軍事通信網の大部分は、アメリカ空軍と陸軍により動かされていた。

システム局に配属される水兵は優秀な電気技師だ。彼らは陸軍の同僚より優れているものの、船上か、船と陸のあいだの通信、つまり欧州の陸上で使用されるものとは大きく異なるシステムを専門とする。局内にいる二八名の水兵および海兵隊員は、今後数日のあいだに展開する事態に対処することはできないだろう。残るスタッフの大半は将校か民間の電気・電子技術者であり、新規回線の要請に応じて伝送路を考案することのみを仕事とする。空軍でも陸軍でも、通信施設の運営で将校が積極的な役割を担うことはない。世界規模の通信網が発展した一九五〇年代以降、システムを管理しているのは両軍の下士官だ。

オニールは司令センターの中にたたずみ、局内で緊急時にシステムを維持できるだけの現場経験を持つ者を数えた。六人だ。下士官六名で、欧州内および欧州とアメリカ間の全戦略通信を管理することになる。オニールのほかに、ロハスとミッチェル両陸軍一等軍曹。空軍下士官三名――品質管理セクションのオニールの同僚、デニー・ドイル空軍曹長、ゴールドスミスとベッカー両技能軍曹。この両名は司令センター勤務だが、いま現在シフトには入っていない。室内を見まわしてみると、これから確実に始まる大混乱の中で、戦いを導くことになる六人のうち、ここにいるのはオニールひとりだった。

ほかの下士官五人が居住しているのは、北へ四〇キロ離れたルートヴィヒスブルクだ。

吹雪でアウトバーンは閉鎖されたも同然だから、彼らの到着には時間がかかるだろう。

四つのデスクの横では、電話やスピーカーからひっきりなしに声があがっていた。不慣れな海軍大尉に海軍一等兵曹、それに空軍下士官二名は閉口している様子だ。中将がジョン・コセット空軍大佐と白熱した会話を交わすほかは、全員室内でただ突っ立っていた。

海兵隊の少佐、マイケル・シーブマンがドアのそばにいるオニールに気がつき、近づいてくる。まれに大学の講義が入っていないとき、彼とは昼休みにジョギングをする仲だ。

「いつから来てた？」シーブマンが尋ねた。

「いま来たところです。少佐のほうは？」

「二〇分ほど前かな」

「いったいなんの騒ぎでしょうか？」

「一時間ほど前にソヴィエトが進軍してきたらしい。全面攻撃だと聞いている」

「そんなまさか……。少佐、自分には理解できません」

「わたしにも理解できないさ。だが間違いない、ソヴィエトの戦車隊はすでに国境から侵入した。どうやら連中の軍事演習は隠れ蓑にすぎなかったらしい」

「コセット大佐と話されている中将はどなたですか？」オニールは尋ねた。

「オリヴァー中将、アメリカ欧州軍作戦部長だ」

「そんな方がなぜここに？」

「アメリカ欧州軍は大混乱に陥っている。国防総省や欧州の主要司令部の多くとの回線が、ランガーコプフを失ったことにより断たれた。システム全体がめちゃくちゃだ」

「ランガーコプフを失ったですって？」

「ああ、ソヴィエトの攻撃から数分後、ランガーコプフとの通信が途絶えた。何が起きたかはっきりとはわからないようだが、同時刻にドナースベルクとフェルトベルクが破壊工作員に襲撃されている。ドナースベルクに被害はない。フェルトベルクは壊滅は免れたが、マートルシャム・ヒースへの回線群ふたつのうちひとつと、衛星通信用設備を失った。ドイツとイギリス間はこれでほぼ通信不能だ。ラムシュタインとシュパングダーレム両空軍基地ともほとんど連絡が取れないらしい」

それが何を意味するかは中将の頭上に掲げてある地図を見ずともわかった。ヨーロッパにおけるアメリカ軍の通信システムをオニール以上に知っている者はいない。

「これまでのところどのような対策を？」オニールは尋ねた。

「さあな。そのために中将がお出ましになってるんだろう。漏れ聞いた話から察するに、誰もどうすべきかわからないようだ」

「何もやってないんですか！」

オニールは曹長を押しのけるようにして、通信管理主任の席に座っている海軍大尉のもとへ進み出た。

第一九章

一月二九日午前一時二二分
シュトゥットガルト　パッチ駐屯地
アメリカ欧州軍司令部ＤＩＳＡ

「テンプルトン大尉、最優先回線の経路切り替えは指示されましたか？」オニールは尋ねた。

「なんだって？」

「ランガーコプフが使用不能、それにフェルトベルクとマートルシャム・ヒース間の回線群、フェルトベルクとランガーコプフの衛星がだめになってから、最優先ユーザーへの新経路割り当てはどうなってるんです、大尉？」

「軍曹、わたしにはなんのことだか」

「つまり、最優先ユーザーを誰にするか決定し、それを残る六〇回線に割り当て、イギリスとの通信を回復する必要があると言っているんです。その後、ランガーコプフ経由でラムシュタインとシュパングダーレム両空軍基地へ行っていた重要回線を、ドナースベルク経由に変更しなくては」

中将と大佐二名は話の途中で言葉を切った。オリヴァー中将がつかつかと部屋を横切り、オニールのもとへ来る。ほかの者たちは中将のあとを追った。

「軍曹、きみはイギリス、それにアメリカとの通信を回復する手立てがあると言っているのか?」中将が確認する。

二等軍曹が中将と言葉を交わす機会など、滅多にあることではない。だがいまは、相手の軍服を飾る星の数に萎縮している場合ではなかった。オニールはやるべきことをやらねばならない。

「はい。光ファイバーシステムの二割が無事に残っています。残りに関してはすべてを復旧するのは無理でしょうが、一部ならなんとかなります。マートルシャム・ヒースへはマイクロ波システムの六〇回線が生きている。衛星端末局ふたつは失ったが、ラントシュトゥールとヴァージニア州、アーリントンを結ぶ古い衛星回線が一二本あります。それにイタリア、コルタノを経由し、海底ケーブルを使うことで、アメリカまではさらに四八回線増やせます。そのあと、お望みなら先でもいいですが、ここからもラムシュタインとシュパングダーレム両空軍基地へ数回線通しましょう」

「それができるなら、なぜもっと早くしなかった?」

「ごもっともです、中将。四〇年前、システムのコンピューター化で、このような事態には最優先回線が自動的に回復されるはずでした。ところが在欧米軍の段階的縮小が始まると、予算が削減され、このプロジェクトは流れてしまったんです。当時としては最先端の通信システムだったそうですが、予算不足のため、その後は大々的に更新されることもないまま今日にいたっています。そのため、経路切り替えと回路修復は手動でやることになります」

「どれほどかかる、軍曹？」

「必要な回線をおっしゃっていただければ、一本につき五分で回復させます。使用できる本数はいまお伝えしたとおりです。上層部の方々で、いつまでにどの回線が必要かをお決めください。あとはここにいるわれわれが引き受けます」

中将は近くの受話器をつかみあげると、基地の中央にある欧州軍司令部の司令センターの番号を押した。

「オリヴァー中将だ。モリソン大佐を至急頼む」

「はい」短い間のあとモリソン大佐が応じた。

「チャーリー、まだＤＩＳＡにいる。優先する回線を知らせれば回復できると言われたところだ。すぐに協議を開始する。数分でそちらへ行き、詳細を話そう」

「かしこまりました」

中将は電話を切ると、オニールに向き直った。「執務室へ戻り次第、必要欠くべからざる回線を決めて、順次こちらへ連絡する」

「お願いいたします」

「ほかに何かあるか、軍曹？」

「いいえ。決まったらすぐにお知らせください。ただちに取りかかります」

「頼むぞ」

それだけ言うと、中将は踵を返してドアへ向かった。そのすぐあとに補佐官が続く。ドアが閉まり、システム局所属の大佐二名はほっとした顔でオニールに向き直った。

「助かったぞ、オニール軍曹」コセット大佐が言う。「いま中将に約束したことは、本当に可能なんだろうな？」

「もちろんです、大佐」

「われわれは何をすればいい？」

「まず最初に必要になるのは、ヨーロッパからの全回線を経路指定されたデータベースへ接続することです。このデータベースは四〇〇〇以上あり、ランガーコプフがだめになったことで、一〇〇〇ほどが失われました。最も重要なデータベースの再稼働には、ある程度手間がかかるでしょう。ですからいま本当に必要なのは、自分がテンプルトン大尉のコンピューターで、データベースのファイルを呼び出すことです」

大佐は場所を空けるようテンプルトンに身ぶりで指示した。オニールは近くの椅子を引き寄せ、大尉の隣に体を滑り込ませた。

「ほかには？」

「優先回路を知らせる電話に応対する必要があるので、それはテンプルトン大尉にお任せします。最後に、通信回線の復旧作業に関係のない方たちはご退室願います。室内をできるだけ広く使いたいので」

「わかった。ほかにわたしにできることはあるか？」

「たくさんあります。主にお願いしたいのは、軍のお偉方からの干渉の阻止です。技術面に関してはここでわれわれが対処しますが、ヨーロッパじゅうの大将や中将から命令を出されていてはそれも難しくなります。コセット大佐かヘレナー大佐のどちらかが、ここに常駐していただけると助かります」

「そういうことなら心配ない。きみはオリヴァー中将との約束に集中してくれ、残りはわれわれが引き受ける」

「作業自体はなんでもありません。少しばかり時間がかかるだけです」

数分もせずに、テンプルトンのデスクの上で電話が鳴った。

「オニール軍曹」テンプルトン大尉が声をかける。「オリヴァー中将からだ」

オニールは受話器を受け取った。「オニール二等軍曹です」

「軍曹、最重要回線が決まった。一二の回線をできるだけ早く使えるようにしてほしい。参謀長のモリソン大佐に電話を替わる。ここから先は彼と話してくれ」

「承知いたしました。こちらも準備はできてます。中将、連絡事項があるあいだは、そちらにも誰か電話係を置いていただいたほうがいいでしょう。最初の数回線は、不具合を取り除き、全員が作業に取りかかれるまで、少々時間がかかります」

「理解した、軍曹。作業が終わるまでこちらも電話係をつけよう。モリソン大佐に替わるぞ」中将は自分の補佐官に電話を渡した。

「オニール軍曹だな」大佐が尋ねる。

「はい」

「オリヴァー中将から、きみならこの状況を解決できると聞いたが」

「はい。一二回線に付与されている四つのコードを教えていただければ、そこから先はわれわれがやります」

「わかった。大統領による攻撃命令を伝える回線を真っ先に回復してくれ。コードはK-Q-7-V。これが最優先だ。ソヴィエト軍に対し、大統領が核攻撃やそれに類するものを命じる状況からはほど遠いだろう。それはわたしも確信しているが、今後どこかの時点でそうなることがあれば、この回線なしでは実行できない」

オニールはデスクの上にあったメモ帳にコードを書き留めた。

モリソン大佐が先を続ける。「次はここからラムシュタインの空軍司令部への回線、E‐C‐20‐7。それにA‐6‐30‐1もできるだけ早急にやってくれ、アウクスブルクの国土安全保障省がヴァージニアの司令部と連絡が取れるようにしたい。次は……」

「以上ですね、大佐。確認しました」オニールは言った。「最初の一二回線の復旧には一時間かそこらかかると思います。このあとはテンプルトン大尉に電話を替わります。通信経路の再構築がひとつ完了するたびにお知らせしますので、回線がつながったか確認をお願いします。それまで、必要な回線のリストを大尉に伝え続けてください。われわれは夜を徹して作業に当たります」

「了解した、軍曹」

オニールは受話器を大尉に渡した。自分はメモを取り、データベースにアクセスする。オニールは根っから内気で、目立つのは苦手だ。だが内気だろうとなんだろうと、自分がしている仕事の重要さは理解している。通信能力なしでは、軍事作戦は結束を欠いてばらばらになる。そうなればアメリカ軍はほぼ確実に敗北する。最先端のテクノロジーも、連携して用いなければ価値はない。軍の幹部とのやりとりに萎縮しそうになると、オニールは自分の務めを果たすことに気持ちを集中させた。

データベースを見つけて該当ページを特定し、大統領による攻撃命令回線の修復に取りかかった。画面に指を滑らせて回線経路を確認する――ホワイトハウスから国防総省、ノバスコシア州とグリーンランドを経由し、そこからスコットランド、さらにイギリス沿岸のマートルシャム・ヒースを通過し、オランダを中継して、回線群が破壊されたフェルトベルクへ行き、そのあとドナースベルク、そしてようやくシュトゥットガルトに到着。

オニールはほっとして肩の力を抜いた。自信が胸に込みあげる。全部が全部こう簡単ではないだろう。だがこれに限っては問題は単純だった。総距離六〇〇〇キロを超える経路の一箇所を直せば、ホワイトハウスとの通信は復活する。大統領が在欧米軍司令部と話せるようにするには、フェルトベルクの回線をマートルシャム・ヒースの回線群へ移せばいいだけだ。それで問題は解決する。

優先順位の低い回線を見つけ、フェルトベルクとマートルシャム・ヒース間のリンクに差し替える。オニールは目の前に置かれたマイクを取りあげた。これはボタンを押すだけでヨーロッパにあるすべての通信施設にすぐにつながる。

「フェルトベルク、こちらはＤＩＳＡ」

「ＤＩＳＡ、こちらフェルトベルク」襲撃を受けた山頂の基地から声が返ってきた。

「マートルシャム、こちらはＤＩＳＡ」

「どうぞ、ＤＩＳＡ」イギリス沿岸にある空軍施設から航空兵が応答する。

「オーケー、まずＫ‐Ｑ‐７‐Ｖから始める。フェルトベルクはスーパーグループ1、グループ3、チャンネル8からマートルシャムへ移し、それを……」

五分後、最初の重要通信回路が形成されてつながった。有能なジョージ・オニールの指揮で、ほかの回路もこれに続くだろう。

アメリカの指揮統制を一掃するソヴィエトのもくろみは、これまでのところ失敗に終わっている。破壊工作により、アメリカはぐらついた。しかし、アメリカの頭を切り落とすというヨヴァノヴィチ将軍の約束はいまだ実現していない。アメリカは手足をもがれはしたものの、死にそうな気配は皆無だった。

だがヴァレクシ・ヨヴァノヴィチがまだ切り札を隠し持っていることを、アメリカは知らずにいた。内気なアメリカ人軍曹と執念深いソヴィエトの将軍が繰り広げるチェスのゲームは、この戦争が終局にたどり着くまでまだ何手も残っている。

数で劣勢のアメリカが、ドイツ各地で次々に発生する戦闘を統制するチャンスはふたたび消えかけていた。

第二〇章

一月二九日午前二時〇〇分
ツークシュピッツェ
ソヴィエト特殊任務部隊スペツナズ・チーム・ファイヴ

崖から三〇〇メートル下に、高級スキーウェアに身を包んだ男がぶら下がっていた。風速一〇〇キロの強風が襲いかかる。苦痛にゆがんだ顔を吹雪が叩き、凍った岩壁に体を容赦なく打ちつけた。

選択肢はない。助かるため、男は重量五〇キロのバックパックを背中から滑らせた。足もとに口を開ける奈落へ落とす。これで彼の命は細いナイロンザイル一本に預けられた。この一本が彼と仲間をつないでいる。残る隊員二名が、力強い腕で男を暗闇から崖の上へと引きあげた。

男はよろめき、地面を踏みしめた。

滑落したのは男のせいではない。チーム・ファイヴのメンバーは週の前半に調査を終えていたエリアより、百数十メートル高い地点にいたのだ。闇の中で、彼は地面の裂け目に気づかずに落下した。

激しい嵐が三人を強打する。分厚いスキーウェアも猛吹雪の鋭い針は防げない。剝き出しの頰を氷片が切り裂いた。自然の脅威から身を守るすべはない。男たちは樹木限界線をとうに越え、標高三〇〇〇メートル近くにまで達していた。

山頂までの拷問のような登山を続行する。ドイツの最高峰ツークシュピッツェの頂上は、まだ一〇〇メートル近く先だ。彼らの鍛え抜かれた肉体でも、頂まで一歩一歩が苦痛だった。

チーム・ファイヴは一週間前にガルミッシュに到着し、スキーをしに来た一般旅行者を装った。毎日バックパックを膨らませてリフトに乗り、ツークシュピッツェへ向かう。リフトでは標高二三〇〇メートルまでのぼることができる。そこからさらに上をめざし、頂上まで残り三〇〇メートルの地点へ達することもしばしばだった。

彼らは深く積もったパウダースノーと、誰も滑っていない斜面を求めて山頂近くをめざした。少なくとも表向きにはそう説明した。

実際には、のぼれるところまで登山道の調査をしていた。最後にその道をたどるのは、命令が下ったときだ。登攀《とうはん》初日、雪を掘って室《むろ》を作り、毎日その中に武器に爆薬、登山用具を備蓄していく。疑念を抱かれない程度に山にとどまって登山経路を調べたあとは、新雪にシュプールを描いて急傾斜を滑走した。三人は並外れたスキーヤーだ。危険な高さから滑りおりる彼らの姿を、スキー愛好家たちはほれぼれと眺めた。

山へ出発するときにはぱんぱんのバックパックが、ロッジへ戻るときにはしぼんでいることに気づく者はひとりもいなかった。

彼らはツークシュピッツェのスキーシーズンの華となった。三人全員が力強い肉体を持った金髪の好男子であり、三人全員が非情な殺し屋だ。

山小屋《シャレー》の大きな暖炉脇に集う美しい女性たちには、スウェーデンから来ている裕福な学生だと自己紹介した。彼らの英語とドイツ語は非の打ちどころがない。甘やかされた子猫たちは暖炉のそばで体を丸めて喉を鳴らし、ソヴィエトの工作員の作り話に耳を傾けた。三人はそんな女たちを何人ものにした。彼らの戦利品はほぼ全員が金持ちのアメリカ娘だ。彼女たちはほんのつかの間でもいいから、無意味で退屈な人生から解放してくれるものをなんでも試したがった。

悪い任務じゃないな。チーム・ファイヴのメンバーは完璧に日焼けした腕に、頭が空っぽの娘をまたひとりはべらせ、夜遅く自室へ向かいながら、それぞれ胸につぶやいた。三人は休暇でアルプスに滞在しているアメリカ兵たちとさえ仲良くなった。気のいい兵士たちのほうが、やたらと誘いをかけてくる軽薄な娘たちより好感が持てる。

悪い任務どころじゃない。そう思えたのは今朝までだった。

朝食時、シャレーの食堂で現地連絡員《コンタクト》から合図があった。任務開始。午後になり、チームは準備にかかった。バックパックに荷物を詰めるのはこれで最後だ。暖炉のまわりにいる子猫たちに、最後にもうひと滑りしたら、車でミュンヘンへ行く用事ができたと伝える。心配しなくても朝には戻ってくる、と。

三時少し前にスキーリフトに到着した三人は愕然とした。リフトは運行を中止していた。山頂へとのびるワイヤーの下で、リフトは音もなく静止している。道程の大部分を占めるリフトなしでは、時間どおりにツークシュピッツェ頂上へたどり着くことは不可能だ。

三人はリフト監視小屋へ急いだ。リフト係はニキビ面をしたティーンエージャーで、霜のおりた窓から外を見つめて座っていた。

「どうしたんだ、フランツ？」隊長は声をかけた。「リフトが動いてないが」

「運行中止なんですよ、ミスター・アーデセン。山のほうは強風に見舞われていて、滑るには危険すぎると判断したそうです。それでリフトも動いてないんです」

「フランツ、ぼくたちは今夜ミュンヘンへ出発しなきゃならないんだ。最後にもうひと滑りさせてくれ」

「すみません、でも運行は中止だって言われてるんで」

「きみの立場はわかっているよ、フランツ。だが、いまこそぼくたちが滑りたいと願い続けてきた天候だ。こんなチャレンジには二度とめぐり会えない。それをあきらめろと言うのかい？」

「本当に申し訳ありません、ミスター・アーデセン。中止だと言われたら、ぼくにはどうしようもない」

「ぼくたちは友だちだろう、フランツ？　きみはぼくたちのスキーの腕前も知ってる。ぼくたちが上まで行くあいだだけ機械を動かして、あとは元どおり止めておけばいい」

「それはできませんよ、ミスター・アーデセン。誰かに見られたら、ぼくは首になる」

「これならどうかな……」隊長はポケットに手を入れると、ユーロ紙幣の分厚い束を引き出した。

少年の目が大きく見開かれる。これほどの大金は見たことがない。ほどなくして、スキーリフトが動き出した。そしてツークシュピッツェの人気者三人を峻険《しゅんけん》な山の上へ運んだあと、ふたたび止まった。

日が沈みきった頃、三人の衣服を身につけ、チーム・ファイヴを装った仲間たちがベンツに乗り込み、シャレーをあとにする。ミュンヘンへ向かう道を進みながら、遠くから見送る子猫たちに手を振るのを忘れなかった。

同じ頃、本物のチーム・ファイヴの三人は山頂めざして荒天にあらがった。一〇〇メートル先で標的の照明がきらりと光る。小さな施設に少しずつ接近しては立ち止まり、あたりを警戒した。守衛はいない。ワイヤーカッターを取り出して身をかがめ、最後の数メートルを走る。鉄条網を切断し、三人は敷地内に侵入した。

ツークシュピッツェの山嶺に位置する中継所では、勤務中の航空兵二名がドナースベルクの警報を二時間前に聞いていた。彼らは隣接する兵舎へ行くと、ヨーロッパ一の僻地で任務をともにする六人の同僚を起こした。平穏無事に一時間が過ぎたところで、施設の責任者である一等軍曹はほかの者たちをベッドへ戻した。その後しばらくすると、自分も就寝する。ここは安全な山のてっぺんだ。なんといっても、一年のうち七カ月はヘリコプターでしか近寄ることができない。天候が最もいい真夏でさえ、ここへ来るには雪上車が必要だ。

外は猛吹雪が吹き荒れている。しかも真夜中だ。自然の砦が下界の敵を寄せつけはしない。氷と雪に守られて安心しきった航空兵たちは、M4カービンをライフルケースから出してさえいなかった。兵舎から遠い一角で、ライフルは金属製のケースに入ったまま放置されている。

同僚たちがあたたかなベッドで寝入ると、二名の航空兵はトランプゲームを再開した。やりながら、DISAで重要回路修復に当たっている男の声と、さまざまな通信施設のやりとりを聞き流す。無線中継所にいる彼らには、直接関係ない内容だ。ここの機能はドナースベルクからツークシュピッツェの頂までと、ツークシュピッツェからイタリア、コルタノまでの、マイクロ波無線システムふたつをつなぐことだけだ。このふたつの回線に損傷はない。彼らはジョージ・オニールの奮闘に見物人程度の興味しか持っていなかった。あとはドナースベルクとコルタノに任せていれば大丈夫だろう。

突然ドアが開いた。雪が室内にどっと流れ込む。トランプの札が散り散りに舞いあがった。ぎょっとして顔をあげたふたりは、高級スキーウェアをまとった男と向き合っていた。闖入者《ちんにゅうしゃ》は拳銃を構えている。男はふたりに両手をあげるよう身ぶりで指示した。

隣の建物で兵舎の入り口も勢いよく開けられた。眠っている航空兵たちに雪が吹きつける。腕だけがにゅっと中へのび、手榴弾を床へ放ると消えた。投擲者は雪へ身を投げて伏せた。五秒後、爆発で航空兵は六人全員死亡。生き残りがないよう、もうひとりの工作員が戸口へ現れ、黒い短機関銃を室内へ向けて連射する。

隣で爆発音があがるなり、通信室の闖入者はすばやく二度引き金を引いた。航空兵が射殺され、床に倒れる。

敵の排除がすんだので、急ぐ必要はない。チーム・ファイヴは残るふたつのバックパックからプラスチック爆弾を取り出した。隊長のバックパックがなくとも、任務を完遂するのにじゅうぶんすぎる量がある。隊長は通信塔の基部に爆薬を取りつけた。ふたり目の工作員は通信施設を破壊すべく準備する。三人目は狭い兵舎のあちこちに爆薬を設置し、邪魔になる死体の部位をときおりどけた。二〇分後、準備が完了。時限装置を三〇分後にセットし、三人は暗い山を猛スピードで滑りおりた。

山頂から二〇〇メートル下で、巨大な岩場の裏に止まって待った。六分後、同時に起きた三つの爆発がアルプスを揺さぶる。ドイツ・イタリア間のアメリカ軍戦略通信システムはこれで失われた。

三人は頂上から慎重に山を下った。のぼるのに比べれば、おりるのは肉体的には楽だが、無事にシャレーに戻るには持てる技術をすべて必要とする。七時少し前に忍び足で人けのないロビーを通り、自分たちの部屋へ向かった。あたたかなシャレーのベッドで眠るゲストたちがブランチに起きてくるまでは、まだ数時間ある。

昼下がりには、神のごときスウェーデン人たちが最後のスキーをする姿が目撃されることだろう。けれども裕福な子猫たちは、グッチのバッグに荷物を詰め込むのに忙しくて彼らには目もくれないはずだ。彼女たちは数時間後には国境を越えて、戦火の届かないオーストリアで冬のヴァカンスを続行するのだから。

その日、スキーリフト係の少年は初めて無断欠勤した。日暮れ前、シャレーの従業員用宿舎のそばで、少年の遺体は雪だまりの中から発見される。彼のポケットは空っぽだった。

ほんの数秒前にツークシュピッツェの中継所が壊滅したとはつゆ知らず、ジョージ・オニールはこの戦争におけるアメリカ軍の指揮統括能力を維持すべく作業を継続した。

「オーケー、コルタノ、そっちの回線はすべて準備できたか?」オニールはマイクに向かって問いかけた。

返事はない。

「コルタノ、準備はいいか?」

やはり返事はなかった。

「DISAへ、こちらドナースベルク。コルタノとの回線が切断された」

「くそっ!」絶望的な通信を受け、オニールは思わず毒づいた。

「どうした?」コセット大佐が尋ねる。

「イタリアへ向かう回線をすべて失いました、大佐」オニールはマイクを口に当てた。

「ツークシュピッツェ、コルタノとの回線はどうなってる?」

沈黙。

「ツークシュピッツェ、コルタノの回線はいったいどうなってる?」

さらに沈黙が続く。

「ツークシュピッツェ?」

オニールは一瞬黙り込み、状況を判断した。

「テンプルトン大尉、モリソン大佐にイタリア経由でアメリカへつながっていた四八回線を失ったと伝えてください。コルタノを通して復旧済みだった八回線を、これからラントシュトゥールの衛星経由に切り替えることもです」

前世代の古い衛星を使用する一二の回線は最後の手段として残していたが、もはやこれしか打つ手はない。ドイツにある全司令部の需要を満たすのに、オニールに残されたのは、この一二回線と、フェルトベルクとマートルシャム・ヒースを結ぶ六〇回線のみになった。

ヨヴァノヴィチ将軍は縛り首の縄をじりじりと引きしぼっている。

「ドナースベルク」オニールはマイクに呼びかけた。「ラントシュトゥール、これから伝える回線を衛星に移動させる……」

二〇分後、ルートヴィヒスブルクからのバスが建物の前で止まった。システム局勤務の者たち一四名が識別章をさっと見せて中へ入る。オニールがコンピューターから顔をあげると、司令センターの戸口に、彼がいまやっていることができる能力を持つ五人の顔があった。

時刻は午前三時三五分。入室する空軍曹長デニー・ドイルを眺め、オニールは同僚がスーツケースを抱えているのに目をとめた。

「ひとりで大変だったな」ドイルが声をかける。

「大変どころの騒ぎじゃなかったよ。みんないったいどこにいた？」

「路駐していた車相手に、バスがタックルの練習を繰り返したもんでね。ここからルートヴィヒスブルクまでのあいだで、フェンダーが無傷な車両は一台たりともないだろう。この状況は？」

　オニールはこれまでの経緯と、自分が取った対策を五人に説明する。途中で話を中断した。「デニー、そのスーツケースは？」

「おいおい、よほど慌てていたんだな。おれたちはここから退避することになっているだろう。覚えてるか？」

「そうだった、ばたばたしていてすっかり忘れてた」

　開戦時には、アメリカ欧州軍司令部はただちに職員をイギリスへ派遣し、そこに代替司令部を設営することになっている。

　この三〇カ月のあいだにオニールが耳にした話に従えば、パッチ駐屯地はもう長くは存在しない。ここはソヴィエトの第一攻撃目標のひとつであるのは周知の事実だ。明日のこの時間には、アメリカ軍司令部にある建物で立っているものはほとんどないと考えられた。システム局の六名は、イギリスへ向かうアメリカ欧州軍のバックアップ・チームに同行する。ロンドンの外れに位置するヒリンドンの通信施設から、全通信活動を行う準備をするのだ。ヘレナー大佐、シーブマン少佐、ドイル曹長、ギャラガー一等兵曹、ベッカー技能軍曹、そしてオニール二等軍曹は、開戦次第、すぐにイギリスへ向かうことになっていた。

「ここは引き受けるから、家に戻ってスーツケースを取ってこい」ドイルが言った。「次の飛行機でイギリスへ出発するんだぞ」

「ちょっと待ってくれ！　キャシーとクリストファーがいる！　ふたりはどうするんだ？」

「ほかの家族と一緒に退避するだろう」ドイルは答えた。

「でもここはすでに危険じゃないか。万が一ソヴィエトの攻撃があるときは、少なくとも二週間前には退避通告が出ると聞かされていた。基地にいる家族が全員避難する時間はじゅうぶんにあると」

「ソヴィエトは実際に攻撃してくるほど錯乱してはいないとも聞かされていただろう。どれも間違いだったらしい」

「デニー、ぼくは行けない。こんなところに妻と子どもを置いていけるもんか」

「行くしかないんだ、ジョージ。イギリスではきみが必要になる。出発前に美人の奥さんと少しでも一緒にいたいなら早く行ってこい」

ジョージ・オニールは小走りで部屋をあとにした。頭がくらくらしていた。上の空で上着や防寒具を身につけて建物を出る。この知らせをどうやってキャシーに告げようか、頭を悩ませながらアパートメントへ向かった。

物思いに深く沈み、雪がやんだことに気づかなかった。嵐は去った。頭上の空には美しい月ときらめく無数の星々が出ていた。時刻は午前四時。あと四時間で荘厳な冬の朝陽がドイツの街を照らす。けれど、ジョージ・オニールはそれをここで見ることはない。

彼はあと一時間で気持ちを奮い起こして、妻と子どもを戦争のまっただ中に残し、自分は安全なイギリスへ逃れなければならなかった。

第二章

一月二九日午前一二時五八分
ヴュルツブルク
第三歩兵師団 第三重旅団戦闘団 第六九機甲連隊 第二大隊アルファ中隊 第一小隊

先任曹長は古い兵舎の二階の廊下を走り、次々にドアを開けて兵士たちを起こしていった。ヒトラーの命令で建てられた広い建物の左側に並ぶ最後のドアが勢いよく開かれる。腕が中へのび、照明のスイッチをパチンとつけた。戦車中隊先任曹長の銅鑼声が轟いて、中にいる兵士の眠りを破る。

「ウォリック、リチャードソン、起きて準備をしろ。師団に警戒命令が発せられた。一〇分で中隊集合だ」

兵士たちがもぞもぞと体を動かすのに目をやってから、先任曹長はいやな役目を続けるため、廊下の反対側の並びへ急いだ。

「うんざりだ」アンソニー・ウォリック特技下士官はうめいた。「またくだらない警戒命令か」

　体を起こし、目をこすって眠気を払う。

「何時だ?」ティム・リチャードソンが尋ねた。

「さあね……」ウォリックは整理棚にのっている時計付きのラジオに視線を向けた。「くそっ……まだ一時じゃないか」

　特技兵と軍曹はベッドのぬくもりをしぶしぶあとにした。リチャードソンはベッド脇の曇った窓を腕でぬぐい、外をのぞいた。

「ちくしょう、まだ雪が降りしきっていやがる」

「最高だな」ウォリックが返す。「おあつらえ向きじゃないか。凍るような寒さの中で、師団のいけ好かない将校が、今夜のお楽しみはもうじゅうぶんと満足するまで立たされるんだ」

「いったい何が起きてるんだ?」リチャードソンは言った。「警戒訓練なら先週やったばかりじゃないか」

　ウォリックは自分が乗る車両の戦車長に肩をすくめてみせた。ふたりは迷彩柄の軍服に急いで着替えた。残り数分となり、リチャードソンは廊下を走った。ひどいにおいのするトイレのドアを開け、錆びたパイプと水漏れのする蛇口が並ぶ下に頭を突き出す。若い軍曹は流れる水を顔に浴び、我慢できなくなったところでやめた。

鏡に向かい、赤褐色の髪を櫛ですく。リチャードソンを見つめ返す二三歳の顔は感じがよく、少年の名残があった。鏡の中の瞳は明るく、色はブルーだ。もっとも数時間前にビールを飲みすぎたせいで、今夜は少しばかり赤く濁っていた。

M1の戦車長、ティム・リチャードソンは人付き合いがよく、戦車仲間のあいだではみなから好かれている。それでいて、小隊の残りのメンバー一一人は、彼のことをよく理解していないようにも感じていた。事実、リチャードソンが何を考えているのかを、誰ひとりとしてわかっていない。リチャードソンの胸には人に対する不信感があり、最も近しい友人たちとですら常に一定の距離を取る。他人を信用できない直接の原因は、幼少時代に受けた虐待にあった。

リチャードソンは部屋へ駆け戻った。パーカーにキャップ、手袋をつかむ。二階の廊下を走りながらそれらを身につけ、建物中央へ向かう。そこから横幅の広い階段を飛ぶように下った。

兵舎のドアを押し開ける。足を外へ踏み出すと、寒風が魂そのものを揺さぶった。まだ血中に流れているアルコールもこれで抜けるかもしれないが、それにしてもつらい。

「くそったれ!」リチャードソンはわめいた。

雪に打たれながら、中隊が集合している左端の自分の位置へ急ぐ。闇の中、M1戦車の乗員三名全員が彼の到着を待っていた。アンソニー・ウォリックと操縦士のジェイミー・

ピアソン上等兵は、リチャードソンと同じくらい惨めな顔つきだ。短い列の末尾につく新顔の乗員、クラーク・ヴィンセント二等兵は、相も変わらず無表情な顔をしている。三人とも吹きつける風に背中を向けているものの、彼らのささやかな努力は身を切る氷雪に対してなんの効果もなかった。

「ああ、くそっ」リチャードソンはぶつぶつ言った。「こんなふざけた訓練があるか？」

「言い出したのはどこのどいつだろうな？」ウォリックが応じる。

「師団の少尉あたりじゃないのか。勤務に飽きて気晴らしすることにしたんだろう」

「誰であれ、頭がどうかしてるよな」ウォリックがぼやく。「そいつを見つけ出してぶち殺してやる」

「やめとけ、トニー」ジェイミー・ピアソンがなだめた。「聞いたことがあるぞ。少尉を殺害したら、かんかんになった将校連に、罰として丸々二週間、外出を禁止されるってな」

「自分も聞いたことがあります」ヴィンセントが言い添える。「加えて、中隊のボウリング大会に六カ月間参加できなくなるって」

　三人は目を丸くしてヴィンセントを凝視した。若い二等兵がM1戦車の乗員メンバーに加わってから、これほど長くしゃべるのを耳にしたのは三人とも初めてだ。リチャードソンのチームに入ってからこの六週間、戦車の新たな装填手ヴィンセントは、一度にひとこと以上発したことがなく、しゃべること自体がごくまれ。しかも口から出るのはほとんどが一音節から成る言葉だったからだ。

ヴィンセントの発言後、最初にわれに返ったのはリチャードソンだった。「ほらな、トニー。少尉を殺してもいいことはない」

「じゃあ、あきらめるか」ウォリックは言った。「殺しはしない。その代わり、見つけ出してぼこぼこにしてやる」

立たされている時間が長くなればなるほど惨めさが増し、少尉殺しもいい考えのように思えてきた。

中隊が並ぶ前に先任曹長が進み出た。決然と胸を張った歩き方は、先任曹長になると誰しも体得するものらしい。彼は集まっている兵士に視線を向けた。曹長が寒さを感じていたとしても、それを表に出すことは決してないのだろう。

「中隊、整列！」

兵士たちはさっと気をつけの姿勢を取った。顔をあげ、まっすぐ前方を見る。雪が顔に吹きつけるが、身じろぎする兵士はいない。まばたきする者もいなかった。どれほど不快であっても、一度気をつけの号令がかかると、「休め」の声がかかるまで彼らは微動だにしない。

「員数確認！」

四人の軍曹が回れ右をして自分の小隊に向き直る。第一小隊、グリーン二等軍曹は命令を復唱した。「員数確認」

　第一分隊の報告のあと、リチャードソンは声を張りあげた。「第二分隊、全員集合しております」グリーンに向かって敬礼し、相手が敬礼を返す。

　分隊がすべて報告を終えると、軍曹たちはふたたび回れ右をした。グリーンは先任曹長が自分のほうに目を向けるのを待った。

「第一小隊、欠員一名」グリーンはそう告げて、敬礼した。先任曹長は敬礼を返し、第二小隊へ移った。

　戦車中隊のうち六人が来ていなかった。四人は既婚者で、まだ兵舎に到着していない。残るふたりの戦車乗りは、遊び慣れたフロイラインを見つけていた。いま頃はふたりともヴュルツブルクの反対側で、分厚い羽毛布団にくるまっているのだろう。

　点呼が終わると、小隊の隊列のうしろから少尉たちが前に出た。敬礼を交わし、彼らと入れ替わりに隊の軍曹たちが列のうしろへ下がる。いま第一小隊の前には中隊の指揮を執るマロリー少尉が立っていた。

　中隊指揮官が進み出て先任曹長と向き合う。先任曹長は指揮官に報告した。その後、敬礼を交わすと、くるりと向きを変え、またもや胸を張って隊列のうしろへまわった。

「休め」中隊指揮官が命じる。そこで間を置き、自分の指揮下にある兵士たちの顔をじっと見つめた。適切な言葉を探しているのは見ればわかる。「諸君、このことはほかにどう言えばいいのか、わたしにはわからない。だからそのままを伝えよう。約一時間前、ソヴィエト軍の装甲部隊が大挙して攻め込んできた。ドイツ国境が侵略されたのだ。現在、われわれは戦時下にある」

吹雪のただ中でさえ、兵士たちの驚きは身ぶりに表れた。今夜多くの者たちがそうしたように、リチャードソンは自分にとってこれが何を意味するか考えた。あと何度日の出を見ることができるかとか、自分はどんな死に方をするかとか、そんなしんみりとした感慨が胸に迫ることはない。二三歳の若さでは、まだ怖いもの知らずだ。自分の死など理解の範疇になく、彼が考えたのははるかに現実的な事柄だった。真っ先に頭に浮かんだのは、いつも足が冷えることだ。予備の靴下を何足戦車に持ち込んでおこうか。

「戦闘計画と進軍命令を受け取るため、大隊指揮官が旅団へ行かれている。待つあいだ、各自兵舎へ戻って準備をするように。出撃の際にはふたたびここに整列してもらう。そのときまで、兵舎の中であたたかくしておくといい。食堂にコーヒーとドーナツを用意させよう」

規則ではこれから各小隊ごとに解散するのだが、中隊指揮官は兵士たちを一刻も早く屋内へ戻すため、儀礼は抜きにして、その場で中隊を解散させた。

戦車乗りたちは古い兵舎へ引き返した。それぞれ無言で自室へ戻り、ロッカーの上部から野戦用のフィールドバッグをおろす。荷造りはできており、リチャードソンはさらに予備の靴下を押し込んで、戸口に置いた。

兵士たちは自分を待ち受ける任務に対して心構えを始めた。三〇分が過ぎ、コーヒーとドーナツが到着する。押し殺した声で会話が交わされた。

戦車乗りたちは中隊指揮官の指示を、中隊指揮官は大隊指揮官を、大隊指揮官は旅団指揮官を、旅団指揮官は師団指揮官をそれぞれ待った。そして師団指揮官はハイデルベルクにある陸軍司令部の指示を待っていた。ハイデルベルクはシュトゥットガルトのアメリカ欧州軍司令部からの指示を待っていたが、ジョージ・オニールの奮闘のおかげで、司令部は国防総省と連絡を取ることができた。国防総省は大統領に事態を報告した。

さらに三〇分が経過する。リチャードソンは部屋へ戻り、ベッドの上に寝転がった。剝げかけた天井を見つめ、さらに待つ。

大統領はすべきことに対する許可を国防総省へ与え、ただち国防総省はシュトゥットガルトに連絡を取る。一〇回を超える失敗ののち、シュトゥットガルトはようやくハイデルベルクとつながった。それだけで、一時間が過ぎていた。時刻は午前三時。ソヴィエトの戦車隊は、すでにドイツへ雪崩れ込んでいた。そうとも知らず、リチャードソンはドーナツとコーヒーのおかわりを取りに一階へおりていた。

ハイデルベルクは師団の指揮官に指示を出した。師団の指揮官は旅団の指揮官三名を召集し、実行する戦闘計画を告げた。旅団の指揮官たちはそれぞれの旅団へ戻った。彼らは大隊指揮官を集め、戦闘計画の概要を伝えた。リチャードソンは二階の廊下で、壁に背中をくっつけ、両脚をまっすぐのばして座っていた。冴えないクリーム色をした反対側の壁を見つめる。同じ頃、大隊指揮官はそれぞれの大隊へ戻った。

大隊指揮官が中隊指揮官を集める。中隊指揮官は中隊へ戻り、小隊のリーダーへ戦闘計画を通達した。

先任曹長が中隊駐屯地を走って横切る。氷に覆われた段を駆けあがり、木製の重厚なドアをバンと開けた。

「全員外に整列！」声を張りあげる。

その声は三階建ての兵舎に響き渡った。

あらゆる方向から戦車乗りたちがばたばたと出てくる。彼らは自分の荷物をつかみ、九〇年近く前、ナチスの戦車乗りが使ったのと同じ階段を駆けおりた。はるか昔に死んだ兵士の亡霊たちは、アメリカ軍アルファ中隊がおのれの死地へとドアから走り出るのを薄暗がりの中から見送った。勇み立ったアメリカ兵たちが闇の中へ消えていく。

外気に再び触れたとき、リチャードソンが最初に気づいたのは、さらに寒さが増したということだ。吹き荒れる風に顔を叩かれながら、雪だまりの中を走る。ふたつ目に気づいたのは、雪がやんだことだ。重たいフィールドバッグを雪の上におろして列に並ぶ。

儀礼は省略された。軍における儀礼は平時のためのものだ。中隊指揮官が隊列の前に進み出る。
「諸君、出撃命令が下された。戦闘計画は、小隊リーダーに伝えてある。第三旅団はアウトバーンＡ７号線を通って南下し、防衛態勢を取る。これからトラックが諸君を戦車の駐車場へ搬送する。出発前にきみたちに会うのはこれが最後となるかもしれないので、ここで伝えておこう。きみたちの健闘と幸運を祈る。アメリカの兵士であることを忘れるな。諸君は世界で最も訓練された兵士であり、世界一の装備を有している。Ｍ１戦車の能力は全員が知ってのとおりだ。Ｍ１エイブラムスに太刀打ちできる戦車はこの世に存在しない。第三歩兵師団より優れた師団もだ。小隊リーダーは自分の隊を率い、戦闘準備をするように」

中隊指揮官と小隊リーダーが敬礼を交わす。中隊指揮官は中隊事務室へ戻り、大隊から追加の指示がないか確認した。トラックを待つあいだ、マロリー少尉は戦車小隊の一一名に、目標と到着後の任務を伝えた。師団の組織図では、各戦車小隊は戦車四両から構成される。だが第三歩兵師団内の多くの小隊に欠員があったように、マロリー隊も乗員がひとり欠けていた。

彼らはＭ１戦車三両のみで出撃せねばならない。

ヒトラーは反逆を恐れるあまり、ドイツじゅうにおびただしい数の小さな兵舎を建て、兵士が一箇所に固まらないようにした。第二次世界大戦終了時、アメリカはこれらの兵舎にそのまま移り住んだ。第三歩兵師団の一万五〇〇〇人は、ヴュルツブルク内と近隣にある八つの兵舎に居住している。

八箇所から、三、四両の戦車、それにほぼ同数のブラッドレー戦闘車が数分おきに出発した。

午前四時、リチャードソンが指揮する重量六二トンのM1A2が発進した。三両の戦車は駐車場を出て南へ折れ、アウトバーンA7号線にのる。数時間にわたり、装甲車両の轟きは町じゅうで聞かれた。

アメリカの組織的反撃がついに始まった。

第二二章

一月二八日午後一〇時〇〇分（東部標準時）
ボストン
ワールド《W》・ニュース《N》・ネットワーク《N》のスタジオ

イヴニングニュースのベテランアンカー、カール・スターンはコマーシャル中に手渡された紙を凝視した。これから自分が読みあげる言葉が、アメリカ国民にどれほど大きな影響を与えるだろう。テレビカメラの背後から声がかかった。「カール、あと一五秒です」

スターンはシルクのネクタイを整え、埃ひとつついていないジャケットを引っ張った。

「五……四……三……二……一」

「ただいま入ったニュースです」スターンは切り出した。「ホワイトハウス筋によりますと、今日の夕方、ドイツ国境でアメリカ軍部隊とワルシャワ条約機構とのあいだで武力衝突が発生し、双方に犠牲者が出ている模様です。それではＷＮＮの国防総省担当記者、パトリシア・ムーアに詳しいニュースを伝えてもらいましょう」

映像がダークグレーのブレザーとスカートをまとった、三〇代前半の魅力的な女性に切り替わる。彼女は国防総省の正門内側に立っていた。

「アメリカの前方部隊とソヴィエト軍が衝突した可能性があるという、ホワイトハウスからリークされたこの情報を、国防総省はこれまでのところ肯定も否定もしていません。しかし実際、夜のこの時間にしては国防総省内に慌ただしい動きが見られます。統合参謀本部メンバーはまだ全員残っているようです。国防総省の記者団の話では、一度帰宅した高官の多くが呼び戻されています。それらを除くと、政府筋からの情報はここにもまったく入ってきていません。数分前、国防総省は今夜臨時の記者会見を開く予定はないと発表しました。こちらからは以上です」

「ありがとう、パトリシア。次はホワイトハウスにいるスティーヴン・ディラードにきいてみましょう」映像は黄褐色のトレンチコート姿の男に替わった。黒髪がワシントンＤＣの寒風になぶられる。背後には明々と照らし出されたホワイトハウスが見えた。スターンは話を続けた。「スティーヴン、ホワイトハウスで何かわかったことは？」

「二〇分前、政権幹部筋から聞いた話では、ドイツ国境沿いでソヴィエト軍とアメリカの兵士が衝突しました。この匿名の消息筋は、現時点では詳細は不明だとしています。おそらく多くの方々がご存じのように、この二週間、ワルシャワ条約機構軍の軍事演習が行われており、五〇ものソヴィエトの戦闘師団が動員中でした。ホワイトハウス報道官のランドルフ・ウィルカーソンは、ワルシャワ軍と連合軍部隊が接近することにより、このような事態が生じる危険性があることを大統領は認識していたと話しています。匿名の消息筋とウィルカーソン報道官は、両軍に犠牲者が出ていることを認めました。しかしいまは、それ以上の詳細を伝えることはできない模様です」

ディラードが言葉を切ると、映像はボストンのスタジオにいるカール・スターンに切り替わった。「ありがとう、スティーヴン。このニュースに関しては続報が入り次第、スティーヴンとパトリシアがお伝えします」

画面が変わり、苦しげな顔で胃を押さえた男がピンク色の胃腸薬を持って現れる。

このときから戦争が終わるまで、ＷＮＮはアメリカで最も人気の高いテレビ局となった。

第二三章

一月二九日午前四時〇〇分
シルンディングの町の外
第四機甲連隊 第一大隊 デルタ中隊 第二小隊

ロバート・ジェンセンは手袋をした手で水筒のカップを包み込み、強いコーヒーをもうひと口飲んだ。ラミレズとスティールは数分前に湯気を立てるコーヒーを持って到着し、ジェンセンのシット野郎《クソ》リストから外された。永遠にそこにあるかのように見えるリンゴの木のそばで、ジェンセンは急ごしらえの雪の砦の前に膝をついた。四車線の国道から右に五メートルの位置。小隊の各射撃位置はすべて準備が整っている。木の枝を地面に刺してからしばらく経っていた。機甲部隊兵たちはソヴィエト軍をいまかいまかと待ち構える。

この一時間で天気は回復し、激しい雪は三日ぶりにやんでいた。雲が晴れていく。満月とまばらな星々が、厳しい寒さにおぼろな輝きを放ち、未明の夜空に顔をのぞかせた。生気のないリンゴ園のまわりで、世界は不気味なほど静まり返っている。もう三〇分も、谷のほうから爆発音ひとつあがっていない。四時間前にアメリカ兵たちが築いた炎のバリケードは、もはやソヴィエトの戦車隊を足止めしてはいなかった。

ジェンセンはコーヒーの苦みをふたたび味わおうと、金属製のカップを持ちあげた。そのとき谷間から二〇〇〇両の装甲車両の恐ろしい地響きがあがる。唇にカップをつけ、鼻腔には漆黒の液体の刺激的な芳香が広がった状態で、彼は凍りついた。すでに察していることを頭で理解するのに時間はかからなかった。谷からたしかに轟音が聞こえる。

それが意味するものはひとつだ――敵が前進している。ソヴィエトの装甲師団はドイツの懐深くへ突き進まんと、ふたたび西へ向かっていた。血塗られた谷から強力な装甲部隊が脱出するのを防ぐすべはもはやない。

ジェンセンはソヴィエト軍を谷底にとどめる方法を探そうとした。オースティンと何名かを偵察に出し、徒歩で谷へ戻らせもした。マーフィー大尉の戦車隊が待ち伏せできる場所を何がなんでも見つける必要がある。常緑樹に左右を阻まれた谷底から敵が脱出する前に、M1戦車が奇襲をかけることができれば、機甲部隊兵にはまだチャンスがあるだろう。圧倒的寡勢《かぜい》ではあるものの、狭い谷底なら、性能で勝るマーフィーの戦車隊が巨大な装甲部隊の前進をふたたびさえぎる可能性はじゅうぶんにあった。

だがその望みは打ち砕かれた。最後の奇跡を求めるジェンセンの必死の祈りは届かなかった。オースティンたちが谷にたどり着くと、森の中はソヴィエトの歩兵で埋め尽くされていた。アメリカ兵たちは命からがら脱出する。

オースティンは無事だったものの意気消沈し、悪い知らせばかりを持ち帰った。二等軍曹の報告は機甲部隊兵の命運が尽きたことを告げている。森の奥では、白い戦闘服姿の数百人が前進していた。うち数十人が戦車装甲を突き破る武器を携帯している——どんな戦車でも、無敵に近いM1ですら破壊できる武器を。ただでさえ少ないマーフィーの部隊を、そんな危険が待ち受ける谷へ行かせることはできない。

ソヴィエト軍が谷を脱出する前にもう一度奇襲をかける望みはこれで消えた。ジェンセンとマーフィー大尉は当初の計画を実行するしかない。それで敵に最大の被害を与えることはできるだろう。だが勝てる見込みは皆無に等しいことをふたりとも理解していた。それでも、圧倒的な大軍に対して取れる最善の策だ。

ソヴィエト軍がふたたび動き出した。大隊司令部と連絡を取れるなら、ジェンセンはなんでもしただろう。最後にもう一度アパッチをよこしてくれ。そう要請することができたらどれほどよかったか。しかし無理なものは仕方ない。大隊の無線回線はまだ妨害されているとジュールスキーは言っていたし、民間の電話回線を使って何時間も連絡を試みたが、それも埒があかなかった。ソヴィエトが攻めてくるまで残されたわずかばかりの時間では、アパッチに連絡の取りようはない。

孤軍奮闘するしかない。敵を迎え撃つアメリカ兵全員がそれを悟っていた。

のろのろと時間が経過する。ジェンセンは最後に残った熱いコーヒーをゆっくり口に流し入れた。視界の隅で何かをとらえる――東からの動きだ。国道が森を抜けて、開けた農地へ入る地点。暗視ゴーグルを顔に引きあげる。来た。ソヴィエトの装甲車の列が果てしなく続いている。先頭の戦車は森を抜けていた。列の最先端はリンゴ園まで三キロの位置まで来ている。

ジェンセンの気持ちは沈んだ。疲弊した肉体同様に気力も枯渇している。これが動かぬ現実だ。ミサイルを持った救い手が空から舞いおり、第二小隊を救ってくれる見込みはない。ふたたび奇跡が起きて、彼らがこの拠点から無事に撤退することはないのだ。

自分の直感が外れているよう祈ろう。だが祈っても無駄なのは心の奥底でわかっていた。

通信手段を絶たれて孤立したデヴィッド・タウンズ中佐は、この四時間、次はどう動くべきか考えをめぐらせていた。帰投した六機のアパッチがE48号線で勝利をおさめたのは歓迎すべき知らせだ。だが喜んだのもつかの間、午前二時には、大隊の最南端地区から伝令が届く。E50号線を守っていた部隊が撃破された。ソヴィエト軍は雪崩を打ってドイツに侵入している。タウンズは最後の予備軍を投入する代わりに、二時間前に南へ送り出した戦車大隊と支援のブラッドレー戦闘車が敵をどこまで足止めできるか見守ることにした。

午前二時三〇分、国境とニュルンベルクの中間地点となる人里離れた道路上で、アメリカ軍の機甲部隊は、五つの師団から成る敵装甲戦力に攻撃を仕掛けた。M1戦車一二両とブラッドレー戦闘車一六両が、ソヴィエトの装甲車両三〇〇〇両と対峙した。

午前二時四〇分、アメリカ兵は全員死亡。

機甲部隊兵はできる限りのことをした。優れた技能を駆使し、それぞれの車両が三両の敵を道連れにした。しかし彼らの犠牲もソヴィエト軍を足止めすることはなかった。総数が一〇〇両減りはしたが、大戦車隊はニュルンベルクへ向けて休むことなく前進を続けている。

午前四時、新たな偵察が南からの報告を携えて到着した。ソヴィエト軍はドイツ側へ八〇キロも進軍している。ニュルンベルクまでの道のりは残り三分の一。足止めされない限り、ソヴィエトは二時間後にはナチスと因縁の深いこの都市を制圧するだろう。

残るアパッチ全一五機が空へ飛び立った。予備隊所属のブラッドレー戦闘車六四両中、四八両が、大戦車隊の進軍を阻止すべく、すさまじい勢いで南へ向かう。

四時間前、アパッチがE48号線で食い止めたソヴィエトの戦車隊に関しては、その後なんの報告も入っていない。タウンズは最後のブラッドレー戦闘車一六両をE48へ送り出した。キャンプ・キニーから東へ五キロの地点で敵を待つよう指示を出す。

戦争開始から四時間が経ち、タウンズ中佐のもとには調理師、事務員、整備士が二〇〇人残るだけとなった。

ソヴィエトのT‐72戦車は森を抜けて農地へ出ると、扇形に展開した。キュルキュルと音を立てて、深い雪を突っ切る。重量で大地が振動した。戦車はとどまるところを知らないかのように前進する。

第二小隊は待ち構えた。あと六分でソヴィエト軍は冬木が並ぶリンゴ園にたどり着く。五両のブラッドレーは雪の砦に守られて、リンゴ園に身を潜めた。アメリカ兵たちはこちらとは比べものにならない数の敵が着々と近づくのを凝視した。心臓が打つ音が聞こえる。血潮が血管を駆けめぐるのが感じられる。すべての顔に恐怖が刻まれていた。ソヴィエト軍が襲いかかってくるまであと少しだ。

先頭車両から四〇〇メートル後方で、先頭師団を指揮する将軍は安堵のため息を漏らした。障害物だらけの谷間をようやく抜け出せた。T‐72戦車とBMP歩兵戦闘車の大隊のうち、二両が開けた場所に出ている。残りもすぐに続く。果てしなく続く車両の列も、一、二時間後にはこの狭苦しい森から完全に脱出しているだろう。

前方を進む戦車と人員輸送車は、平らな農地へ近づいていた。将軍は短い笑いを浮かべた。三つの師団を阻止できるものは、もはや地上に存在しない。敵にふたたび屈辱を味わされる恐れはないだろう。ここではアメリカの対戦車ヘリコプターも攻撃のために身をさらすことになる。二〇〇もの防空兵器を有する車両隊の前で、アパッチは格好の標的となるだろう。身を守る遮蔽物がないのはアメリカ軍の戦闘機も同じだ。西に進軍する大戦車隊への攻撃は二の足を踏まざるを得ない。ソヴィエトの戦力に立ち向かうものには死が待っている。

将軍の笑みが消えた。一時間前、彼は自分の人生は終わったと確信した。〝貴様の部下に銃殺隊をやらせて、その前に貴様を立たせてやる〟中央軍の指揮官がそう言ったのは、決して脅しではない。アメリカのヘリコプターにこっぴどくやられたあと、三つの師団は炎の壁に進路をさえぎられた。狭い道幅で方向転換をするには遅すぎ、前進することもできない。爆発する砲弾と灼熱の装甲のバリケードを前に、三万の軍勢はおよそ四時間にわたり身動きを封じられることになる。

この失態の非は彼ひとりにある。将軍は自分の失策を認めていた。防空ミサイルと高射砲を後方に配置してしまったのだ。本当に必要となるまでは守るつもりで。あの悪天候でアメリカが攻撃ヘリコプターを危険にさらすはずはないと思い込んでいた。ソヴィエトの指揮官でそんな大それた賭けに出る者はいない。しかし将軍の予想は外れた。そしてアメリカ軍機甲大隊指揮官の大胆な一手は、ソヴィエトに大きな打撃を与えた。彼の師団は敵の電撃作戦にしてやられた。もし再度襲われていたら、全車列に被害が及んでいた恐れがある。だが幸い、アパッチによる奇襲後、敵はなりを潜めていた。理由は不明だ。唯一考えられるのは、国境で彼らを待ち受けていた敵勢力は、こちらの想定以上に弱かったということだ。

そうであったとしても、戦車隊の進行は予定より四〇キロ遅れている。長さ一一キロに及ぶ車両の列を陽がのぼる前に森の外へ出すのなら、急がねばならない。それができなければ、弱かろうとそうでなかろうと、敵は戦闘機を送り、谷間の狭い道でまだまごまごしている部隊を見つけて破壊するだろう。

将軍はすでに一度油断した。中央軍の指揮官からは〝貴様がもう一度油断したら、わたしがじきじきに引き金を引いて貴様の一生を終わらせてやろう〟と言われている。二度と油断はできない。将軍はそれをはっきりと自覚していた。森を抜け出したら……この先は何にも行く手を阻ませはしない。


戦車とBMPはリンゴ園までおよそ三〇〇メートルにまで接近していた。深い雪の中を走行し、見捨てられた町へ向かう。彼らを待ち受けるわずかな勢力は、まだ発見されていない。ブラッドレー戦闘車の中では、TOWミサイルとブッシュマスターの砲手がそれぞれ狙いを定めた。アメリカ軍の存在に気づかぬまま、敵は前進を続けた。真実をさらす瞬間が訪れる。最後の死闘のときが来た。

ジェンセンはヘッドセットのボタンを押した。近づいてくる圧倒的な敵にもう一度目をやる。

「攻撃開始！」彼は怒鳴った。

一〇〇メートルずつの距離を空け、ＴＯＷミサイルが発射筒から飛び出す。ぼやけた影が飛翔して、平坦地を横切った。標的は何に攻撃されたのかも知ることはないだろう。すべてのミサイルはほぼ同時に目標に達した。弾頭に搭載されている爆薬が装甲に接触して炸裂する。同時に起きた五つの爆発が冬の夜を揺るがした。五〇キロ四方にわたり、耳をつんざく爆発音が夜明け前の静けさを破る。四〇〇メートル先の村では、すべてのガラス窓が割れた。

古びた町に入ってすぐのところで、鋭いガラスの破片がハンヴィーで小隊の後部を守るラミレズとスティールの上に降り注いだ。

四七トンの打ちあげ花火が五つ、一〇〇〇の月明かりのように空を照らす。否応なしに肉体を焼く熱波が全方向へ放出された。ソヴィエト軍の兵士一五名は一瞬のうちに死んだ。戦場の無残さがありのままにさらされる。

接近する装甲車めがけてブッシュマスターの機関砲が火を噴き、ＴＯＷの砲手は次の標的をすばやく選んだ。生き残ったＴ‐72戦車はよろめきながらも前進した。随伴する装甲人員輸送車が急停止する。五〇両のＢＭＰの後部から、白服の人影があらゆる方向へ走り出た。三〇〇を超えるソヴィエトの歩兵が開けた農地に散らばり、ライフルを撃ちながら突進する。アメリカ軍の歩兵はＭ４カービンで応戦した。突如として銃火が夜を埋め尽くす。

　ソヴィエトの師団指揮官は敵勢を調べた。一瞬もかからずに、彼の大戦車隊に嚙みついているのは取るに足りない弱小部隊にすぎないと判断する。装甲車両が片手で数えられるほど、それに支援の歩兵が少数。ただのつまらぬ障害物だ。しかしつまらなかろうとどうだろうと、いまは障害物を相手にしている気分ではなかった。戦車隊の進行は予定をはるかに遅れている。これ以上遅れが出れば、彼は頭に弾丸を食らうことになるだろう。

　五両のうち四両のブラッドレー戦闘車が二発目のＴＯＷミサイルを発射した。戦車三両とＢＭＰ一両が、数秒前に彼らの同胞を襲ったのと同じ悲惨な運命に見舞われた。鮮やかな火柱四本が加わり、恐ろしい夜を照らし出す。

　オースティンが乗る五番目のブラッドレーもミサイルを放った。だがミサイルは戦場を飛んで敵を撃破する代わりに、爆発もせずに発射筒から落下した。ごろごろと地面を転がり、一メートルほど先で停止する。

「ちくしょう！　不発だ！」

　信頼性の高いＴＯＷミサイルで、これが起きる可能性は五パーセントにすぎない。だが圧倒的に不利な形勢で戦う者にとっては災難でしかなかった。

　ブラッドレーの乗員たちはほぼいっせいに発射筒を引き下げ、ミサイルの再装填に取りかかった。これからの二分間はブッシュマスターのみで戦うことになる。

ソヴィエトの師団指揮官はこの機を見逃さなかった。

「全部隊、リンゴ園へ突進せよ。やつらを始末する。さっさと片づけて前進だ」

ソヴィエトの戦車五列がリンゴ園へ一直線に向かう。

最初の爆発が起きた瞬間、マーフィー隊のブラッドレー四両は町はずれの隠れ場所から飛び出した。二列で国道を疾駆する。リンゴ園の前までは三〇秒しかかからない。だが第二小隊の助けになるには長すぎる時間だ。わずか三〇秒のうちにジェンセンの部下は続けざまに排除された。

ジェンセンの右側一〇〇メートルのところで、リッチモンド三等軍曹は次のミサイルに手をのばした。T‐72戦車の一二五ミリ砲弾が、彼の前にある雪の壁を破って厚さ一八センチの前面装甲をうがち、操縦室の中で炸裂する。リッチモンドの戦闘車は爆発した。新たな炎の玉が薄れゆく夜陰を引き裂いた。

左端では、ルノワールの戦闘車を支援していた歩兵がAK‐47の弾を顔面に食らった。ルノワールがTOWミサイルを装填中、BMPの三〇ミリ機関砲弾数発が装甲の薄い砲塔を貫通した。どちらのアメリカ兵も即死だった。近くにいたT‐72戦車が主砲からの一発でブラッドレーにとどめを刺す。心臓が鼓動するごとに、炎の海が広がった。

オースティンの車両では、ブッシュマスターの砲手がやり返し、向かってくるBMPの操縦室に連射を浴びせた。装甲人員輸送車上部のハッチがぱかっと開き、噴煙をあげる車両から、死にものぐるいで兵士ふたりが這い出る。ジュールスキーのM4カービンからの連射が彼らをとらえた。ソヴィエトの兵士たちは開いたハッチから上体だけを外に出して、くずおれた。どちらも二度と動かなかった。

ジェンセンの銃火を浴びて、白服のソヴィエト兵四人がばたばたと倒れる。右側のどこかで歩兵が叫んだ。T‐72戦車の砲塔が旋回し、主砲が下がる。オースティンはミサイルを装填し終えたところだったが、その前にソヴィエトの戦車は至近距離から砲弾を発射した。オースティンのブラッドレーが爆裂して宙に吹き飛ぶ。炎をあげる金属の塊や人間のもろい体の断片が、四方八方へ飛散した。

巨大な拳大のアルミニウムが、腹這いになっていたジュールスキーの上に落下した。高温の鉄塊がパーカーを燃えあがらせる。肩甲骨のあいだのやわらかな皮膚がじりじりと焼け始めた。無線通信士は悲鳴をあげ、ライフルを落として仰向けに転がった。焼けつく金属片を半狂乱でかきむしる。アルミニウムは雪の中にぽとりと落ちた。

車外にいる第二小隊の歩兵たちはひとりずつ位置を特定され、攻撃を受けて排除された。マーフィー隊のブラッドレー四両がリンゴ園に走り込んできたときには、アメリカ軍の歩兵でまだ発砲し続けているのは、一四人中六人だけだった。

四両のブラッドレーは裸の並木を走り抜け、戦闘のまっただ中に躍り出た。右側の指揮車は一発も放つことはなかった。BMPのほうがわずかに早く、スパンドレルミサイルが戦闘車に激突して、車体を燃えあがらせる。鋼鉄製の履帯は変形し、もはや動くことはない。残りのブラッドレーは向かい来る戦車にTOWを放った。ミサイルが命中し、さらに三つの巨大な炎が新雪を溶かした。

フォスター三等軍曹は首をすくめそうになるのをこらえて、二発目のTOWを発射筒へ滑り込ませた。隣ではマルコーニがブッシュマスターを連射し続けている。フォスターが最後に耳にしたのは〝ああ、くそっ〟というマルコーニの力ない言葉だった。

若いマルコーニは、ソヴィエトの戦車の長い砲身が二〇〇メートル先でまっすぐこちらに向けられるのを見つめた。戦車の主砲から巨大な弾が発射される。〝ヒュッ〟という夜を切り裂く砲弾音を、フォスターとマルコーニが耳にすることはなかった。砲弾は燃えあがる雪原を一秒もかからずに横切って、戦闘車に直撃した。第二小隊のブラッドレー四両は猛火に包まれた。残るは一両のみだ。

ブラウンが再装填したTOWを撃ち放ち、ミサイルがT‐72戦車に命中する。

道路上のブラッドレーのうち一両が、驀進《まいしん》するBMPの餌食になった。アメリカ軍の車両の燃えあがる破片が、ジェンセンの右側二〇メートルのところにあるリンゴの木に叩きつけられる。古木はまたたく間に燃え出した。

マーフィー隊の残る二両が撃ったミサイルが、敵に打撃を与える。TOWの攻撃で、大地を揺るがすさらなる爆発が寒い夜を震わせた。ソヴィエト軍が国道を走る二両のブラッドレーに襲いかかる。T‐72戦車二両が砲火を放ち、マーフィー隊の三両目が排除される。最後の車両はミサイルの発射筒が空になっており、逃げようと必死でUターンした。だがじゅうぶんに離れる間もなく、敵の威力をその身で思い知らされる。砲弾の衝撃で原形をとどめないほど湾曲した鉄塊がまたひとつできあがった。

右端で、ブラウンは再装填したTOWの二発目を発射した。天へ帰ろうとする彗星のごとく、BMPの燃え盛る破片が明るい夜空を翔《かけ》る。それはブラウンがこの戦争で仕留めた六番目の獲物だった。そしてそれが最後となった。

すべての敵が、唯一生き残ったアメリカ軍車両に注意を振り向けた。一両のT‐72戦車がすばやく前に出ると、その絶大な威力を誇示して、第二小隊最後のブラッドレーを破壊した。

ジェンセンとジュールスキーはソヴィエト軍の銃火に応射し続けた。

安全な指揮車の中から、ソヴィエトの将軍は戦場をとくと眺めた。その顔にふたたび笑みが浮かぶ。短い交戦はまさに彼が望んだとおりに進んでいた。不意打ちを食らいはしたものの、部下は迅速に反応した。これで銃殺隊から救われた。多少の損害は出たが、戦争全体の中では些細な損失だ。この会敵は、前進する大戦車隊にとって、道路上の小さなくぼみ程度のものでしかない。先頭部隊は三分もかからずに、敵のちっぽけな戦力を片づけた。愚かなアメリカ人どもの脅威は消え去った。激しい小競り合いはもうすぐ終わる。あとは歩兵ふたりを始末するだけだ。それでソヴィエトの大戦車隊は前進を再開する。少なくとも、師団指揮官はそう信じた。

ソヴィエトは餌に食いついた。ジェンセンとマーフィー大尉が予期したとおり、リンゴ園からの攻撃とブラッドレー四両による戦闘のただ中への突進で、敵の注意は国道に引きつけられた。戦場の中央に集まり、ソヴィエトの戦車隊は側面が極めて脆弱になっている。ジェンセンは自分の小隊を犠牲にしたが、計画は彼が期待したとおりに進んだ。

アメリカが仕掛けた罠を発動させるときが来た。

絶好のタイミングで、リンゴ園の北と南から、それぞれM1戦車六両とブラッドレー戦闘車六両から成る、そっくり同じ部隊が出現する。装甲車両を支援する歩兵三二名は腰までである雪をかき分けた。

前進しながら攻撃し、アメリカはソヴィエト軍の脆弱な横腹を狙った。巨大な敵の無防備な側面に嚙みつく。あたり一面で爆発が起きる。四両……五両……六両のソヴィエトの戦車が最初の数秒で撃破された。アメリカ軍は戦いを仕掛けるべく、猛然と進んだ。戦場は混乱に陥った。M1戦車とブラッドレーが敵の車列の奥深くまで切り込む。ようやく朝を迎える空を、砲弾とTOWミサイルがうなりをあげて横切った。爆発に継ぐ爆発が休閑地を揺るがす。

M1戦車はソヴィエトのT‐72より一〇トン以上重い代わりに、性能もより優れている。前面の装甲を破ることはほぼ不可能とさえ言えた。アメリカ軍の戦車兵は世界一優秀だ。彼らは先頭師団の車両に大打撃を与えた。猛攻は途切れることなく続いた。アメリカ軍がいまの二倍の数なら、敵の前進を止めることができただろう。しかし、ソヴィエトの戦車とBMPは休む間もなく森から現れては、リンゴ園へ向かってきた。

結局、少数で覆すには敵の戦力はあまりに巨大だった。ソヴィエトの車両がひとつやられるたびに、一〇倍の数の車両が押し寄せてくる。アメリカの車両がひとつやられるたびに、残る車両はその分守りが薄くなった。

リンゴ園一帯で、丸々一五分激戦が続く。最後のM1戦車が包囲されて叩きつぶされた頃には、アメリカ軍が排除した敵の車両数は一四一にのぼっていた。機甲部隊兵はひとりにつき四人の敵を倒していた。

それでも戦闘が終わったとき、そこには必然の結果が待ち受けていた。アメリカの車両隊は全滅した。

マーフィー隊の突然の登場により、交戦の大部分はリンゴ園の中心部から側面へすばやく移った。ロバート・ジェンセンは雪の壁に身を隠し、国道から近づこうとする歩兵の集団を追い返した。換えの弾倉を出すあいだ、射撃を止める。装甲車両同士の戦闘音が轟く中、ソヴィエト兵は慎重に狙いを定めてAK‐47の引き金を引いた。銃弾は形ばかりの雪の砦を貫通し、ジェンセンの太腿に命中した。骨には当たらなかったが、腿の裏側に一ドル硬貨大の射出口が開く。激痛が脊椎を駆けあがり、脳の深部に到達する。果敢な努力にもかかわらず、ジェンセンは雪の中に倒れた。もう一度立ちあがろうともがく。

敵が倒れたのを目視し、ひとりのソヴィエト兵が走り出た。手榴弾のピンを抜いて、四〇メートルの距離から投擲する。手榴弾は届かず、一〇メートル手前で着地した。手榴弾が爆発し、破壊と殺傷を目的とする金属片が飛散する。爆風と死が冬の空を切り裂いた。親指の爪大の破片がジェンセンの左側側頭部を直撃し、こめかみのすぐ上の骨にめり込む。目からわずか一センチしかそれていない場所だ。ジェンセンは地面に倒れ、それ以上動かなかった。

ふたりのソヴィエト兵が道路を走り、負傷したアメリカ兵に接近した。執拗な敵を片づけるときが訪れた。ソヴィエト兵はライフルを持ちあげた。それぞれ狙いをつけて引き金をゆっくり引く。

戦場の中心に銃声がこだました。

第二四章

一月二九日午前四時一五分
シルンディングの町の外
第四機甲連隊 第一大隊 デルタ中隊 第二小隊

負傷した小隊軍曹の前で、二名のロシア人は深い雪だまりに崩れ落ちた。こと切れた体の下に赤い血だまりがどんどん広がる。彼らの仲間の反応は遅かった。目の前で起きたことに戸惑っているうちに、新たに短い連射を浴びて、さらにふたりが倒れる。混乱したソヴィエト兵たちは退却し、まずは遮蔽物を探すと、続いて予想外の攻撃元を見つけた。

アメリカ軍の第二歩兵分隊が第一陣の支援に走り出る。

国道の奥からハンヴィーが突っ込んできた。ハンドルを握るのはラミレズだ。スティールは機関銃の背後に立ち、次々と弾を放って、地面に倒れた第二小隊の隊長を掩護した。

ハンヴィーがリンゴ園の前に着くや、ラミレズは車から飛びおりた。軍曹のもとまで五メートルを突進する。スティールは射撃を続け、ソヴィエトの歩兵を追い払った。ラミレズはジェンセンの動かぬ体を見おろした。腰をかがめて抱えあげる。そのとき銃弾がラミレズの右肩を強打した。傷口から鮮血がほとばしる。呆然として銃創に目をやると、雪の中に顔面から突っ伏した。

スティールは倒れたふたりに視線を投げた。ジェンセンもラミレズも微動だにしない。

「くそったれが！　とっとと起きろ、ラミレズ！」

スティールは機関銃の引き金を引いてソヴィエト兵たちを再度退けた。

「頼むから起きてくれ！　こんなところにおれをひとりにするなよ！」

負傷した仲間を救うために自分が機関銃から離れれば、数秒のうちに全員が殺されるのはわかっている。

ラミレズは左腕をついてのろのろと体を起こした。うずく頭をぶるりと振り、信じがたい痛みをこらえようとする。吐き気が波のごとく襲いかかった。パーカーの右肩が濃い色味の赤に変わってゆく。それでも、よろよろと立ちあがった。ソヴィエト兵が放つ銃弾が飛び交っている。敵の歩兵はさらに増えてこちらへ迫っていた。銃弾がヒュッと音を立てて飛ぶのが聞こえた。ハンヴィーの装甲に跳ね返ったり、彼らのまわりの雪を叩いたりしている。

ラミレズはジェンセンの腕をつかんだ。激痛をこらえ、雪の上をハンヴィーへと引きずる。途中、銃弾がジェンセンの左足を貫いた。ブーツから血がどっと流出する。

ジェンセンを背中に担いで、ラミレズはアイドリングしているハンヴィーまで平地を横切った。緋色の筋がラミレズが歩いたあとを示す。自分よりはるかに大柄な軍曹を火事場の馬鹿力で持ちあげ、助手席に投げ込んだ。それから運転席へ駆け戻って這いあがると、左手をのばしてギアを入れた。アクセルを床まで踏みつけ、ハンドルを大きく左へ切る。硬いタイヤは空まわりして雪を掘ったあと、その下の凍土をとらえた。車体が尻を振って方向転換する。ラミレズは全速力でリンゴ園から脱出した。機関銃のうしろに立っていたスティールが、バランスを失って床に転倒する。

ふたりが振り返ることはなかった。

ハンヴィーは町を走り抜けた。キャンプ・キニーへ向けてE48号線をひた走る。肩から大量に出血している二等兵は、三箇所に重傷を負った瀕死の軍曹を助手席に乗せて、氷に覆われた道路をこれから二〇キロ近く片腕で運転しなければならなかった。

ハンヴィーがE48号線を疾走していたとき、アメリカ軍の最後の戦車がやられた。断続的に続く誘爆を別とすれば、リンゴ園に響く戦闘の音はほとんどなかった。敵の進軍を阻止する側で、発砲している兵士はひとりきりだ。オースティンと砲手の亡骸を腹に入れたまま炎上するブラッドレーの左側三〇メートルで、アーロン・ジュールスキーは最後のエイブラムス戦車が破壊されたあとも射撃を続けた。ソヴィエトの歩兵隊が接近し、雪の砦を取り囲む。さらに数百の兵士が彼めがけて走ってくる。

お手上げだ。ジュールスキーは武器を捨てて、両腕を頭上にあげた。ソヴィエト兵たちはひどい火傷を負ったアメリカ兵を雪の砦から引っ張り出した。炎が躍る戦車のあいだを縫って、アメリカ兵を歩かせる。怒れる神が手当たり次第にばらまいたかのように、二〇〇近い装甲車両の残骸が雪原に散らばっていた。

指揮車がこちらへ突進し、捕虜の目の前で止まった。師団指揮官は自分の車両からおりると、捕虜へ歩み寄った。ジュールスキーは顔をぐっとあげた。その目が服従することをはっきり拒絶する。将軍は誇り高きアメリカ兵を一瞥すると、腰から拳銃を引き抜き、頭部へ一発放って射殺した。

「少尉、われわれには捕虜の相手をしている時間はない」やむことのない二次爆発の轟音にかき消されまいと、将軍は大声で告げた。

それだけ言うと、師団指揮官は自分の戦車にさっさと戻った。装甲車両が走り去る。

リンゴ園で敵の奇襲に遭ったのは、この戦争における二度目の失態だ。中央軍指揮官が宣言したとおり、将軍もすぐに頭に銃弾を食らうことになる。谷間とシルンディングの外れでの失策により、将軍は日の出とともに、アーロン・ジュールスキーと同じ運命をたどるだろう。

「軍曹はまだ生きてるのか？」スティールは尋ねた。緊張した声に不安が滲む。

「あのなあ、おれは自分が生きてるのかどうかもわからないんだ」ラミレズは隣の席の折れ曲がった体にちらりと目をやった。「息さえしてるんだかどうだか」

「一刻も早くキャンプに運び込まないと」

「できる限り急いではいるんだ。雪がやんだのはいいが、今度は路面が凍結し出してる。それにおれは右腕が少しもあがらない」

「運転を代わるか？」

「いや、それはいい。ソヴィエト兵を見つけたら撃ち殺せるよう構えといてくれ」

「それならずっとやってるよ。リンゴ園ではクソ野郎どもを何人撃ち殺したと思う？」

「ああ、おまえはよくやった」

「おまえもな」スティールは言った。

「あれだけ活躍したんだ、おれたちふたりはヒーローだよ」

だがどちらも自分がヒーローだとは感じなかった。ラミレズを襲う強い痛みと、ふたりをわしづかみにしているしびれを別とすれば、何ひとつ感じられない。

重い沈黙に包まれて、ハンヴィーは走った。キャンプ・キニーに向かって恐ろしい闇を突き進む。行けども行けども終わりはなかった。ラミレズはほかのことはすべて頭から遮断して、いま、この場所に意識を集中させた。意志を振り絞って、西へ進み続ける。道路を見ていろ。氷と雪を見ているんだ。数キロうしろでこと切れて倒れている友たちのことは忘れろ。撃たれた肩の痛みは忘れろ。パーカーの下で血が背中をぐっしょり濡らしていることは忘れろ。忘れろ。すべてを忘れるんだ。

果てしなく続くように思えたドライブに、ようやく終わりが訪れた。キャンプ・キニーから五キロ手前にバリケードが張られており、ハンヴィーは停止するよう求められた。大隊最後のブラッドレー戦闘車一六両が国道を守っていた。気をもんでいたアメリカ兵たちがハンヴィーのまわりにわっと集まる。

「きみたちは?」少尉が問いかけた。

「自分たちはデルタ中隊、第二小隊であります」ラミレズは返した。

「隊の残りの者たちは?」

「いません。ここより東側は全滅です、少尉。道を通していただかないと、われわれの軍曹もじきに戦死者に加わってしまう。今夜は軍曹に何度も命を助けられてるんです。そのお返しをさせてください」

「もちろんだ。行く前にひとつだけ教えてくれ。ソヴィエト軍の規模と場所は?」

「十数キロ後方に、ソヴィエトの戦車が一〇〇〇両ほどいます」スティールが言った。「ご心配なく、少尉。すぐにご自分の目で確かめられる」

スティールの台詞が、意図したとおりの効果をもたらす。兵士たちは反射的に後退した。ハンヴィーがふたたび走り出す。今度は前方の闇の中に、一五世紀に築かれたマルクトレドヴィッツの尖塔が見えてきた。

キャンプ・キニーの正面ゲートに近づいた。ラミレズはスピードを落とさない。軍警察二名が出てきて道路をさえぎり、停車するよう合図した。だが次の瞬間、警察官たちは汚れた雪の中へ飛び込んだ。

ハンヴィーは気が触れたようにキャンプ内へ突進した。警察官たちは飛び起きると、ベレッタを引き抜き、闖入者たちに発砲しようと腕をあげた。しかしハンヴィー搭載の機関銃は彼らのほうを向いている。そのうしろに立つアフリカ系アメリカ人の冷めきった顔をひと目見れば、相手が本気なのはわかった。警察官たちの腕はあがったときと同じ速さで下げられた。

天であれ、地であれ、軍警察官であれ、ラミレズとスティールを引き留めるものは何もない。

殺風景な施設の裏側へラミレズは車両を走らせた。最後の最後にブレーキを踏み込む。車両は横滑りし、大隊の診療所として使われている陰気な灰色の建物前で停車した。隣接の指揮統制センターで、タウンズ中佐はハンヴィーの到着を目撃した。

タウンズは情報を求めて、大急ぎで車両を迎えに出た。E50号線でニュルンベルクを守る隊からの知らせであればいいが。もしくはE48号線上の東の空が燃え続けている理由を説明できる者か。だが中佐が見つけたのは悲惨な姿となった三人の兵士だった。

　タウンズは体を折り曲げて助手席におさまっている男を見つめた。知った顔だ。だが、いまは名前が出てこない。それからまだ幼さの残る二等兵ふたりに目を向ける。ああ、まだ子どもではないか。大隊指揮官は胸につぶやいた。いまこの瞬間も、まさに彼らと同じ数百ものアメリカ兵が、ドイツの雪上で孤独な死を遂げているのだ。

　ふたりが幼いと思ったのは、彼らの顔をまじまじと見るまでのことだった。取り憑かれたような表情が、タウンズを彼らの瞳の奥底へと引きずり込む。そこにいたのは、この五時間のうちに人生で見なくていいものを見てしまったふたりの老人だった。

「負傷者だ！　急いで担架を持ってこい！」タウンズは怒鳴った。

　ふたりの衛生兵が、緑色のキャンバス地が張られた担架を持って現れる。彼らは冷たい地面に担架を置いた。ロバート・ジェンセンの体は助手席から慎重に持ちあげられ、担架の上におろされた。

　年かさの衛生兵は聴診器を取り出すと、ジェンセンのパーカーをめくり、冷ややかな器具で胸板を探った。続いて手首を調べて脈を確認する。

「生きているのか？」大隊指揮官は尋ねた。

「はい、かろうじて。わずかに脈を打っています」

「まだ望みがあるな。中へ運べ。できることならこれ以上ひとりも兵を失いたくない」

衛生兵たちが担架を持ちあげ、診療室へ運んでゆく。疲弊したスティールはハンヴィーの後部からおりると、ラミレズが運転席から出ようとするのに手を貸した。ラミレズの背後の座席はべっとりと血がついていた。雪の中でふたりが立とうとしているあいだに、タウンズ中佐は座席の汚れに気がついた。

中佐はラミレズに向き直った。大隊指揮官の声には切実な悲しみが表れている。「すまなかった。頭の包帯は目に入っていたが、重傷者に気を取られて、きみがほかにも傷を負っているのに気づかなかった。診療所まで歩けるか？」

ラミレズは最後の空元気を出してみせた。「イースト・ロサンゼルスじゃ、通りを歩いているだけでもっとひどい目に遭ったものですよ」

実際には、スティールの支えなしでは、ラミレズはその場でくずおれていた。タウンズは負傷しているラミレズの肩を慎重に抱え込むと、ふたりの兵士が診療所のほうへ歩くのを手伝った。建物が近づき、ラミレズとスティールは雪上にずらりと並ぶ遺体に目をとめた。薄いビニールシートが一体一体を覆っているが、身を切る風がそれをまくりあげ、内側に隠されたむごい秘密をさらけ出す。

診療所の中はごった返し、騒然としていた。大隊の軍医とその助手、それに衛生兵六人で、二十数名の重傷者の命を救わんと奮闘している。緊張した短いやりとりが飛び交い、兵士があちこちへばたばたと走ってゆく。どこもかしこも鮮血で汚れていた。三人は戸口で固まり、凄惨な光景を凝視した。

軍医の助手、それに戦場で経験を重ねた衛生兵が、運び込まれてきたばかりの患者を急いで調べる。

「血液型は?」助手が尋ねる。

衛生兵はジェンセンの認識票《ドッグタグ》をつかんだ。二本の指のあいだに挟み、見間違いがないのを確認する。

「A型、Rhプラスです」

「A型、Rhプラスは残ってるか？」

「ありません。A型、Rhマイナスならいくつか残ってます」

「じゃあ、それを使おう。最低でも一リットルは輸血する」

衛生兵は冷蔵庫まで通れる場所を探して向かった。血液を待つあいだ、助手はジェンセンの血圧と心拍数を記録し、負傷箇所を調べた。真っ先に心配したのが頭部の傷だ。

「先生、手が空いたら、こっちも診てやってくれ」

タウンズ中佐が声をかけるなり、ラミレズは崩れ落ちた。血で汚れた床に膝をつく。タウンズはスティールを手伝い、唯一空いていた診察台へラミレズを引きずった。

衛生兵が駆け寄り、新たに長い列に加わった患者を診る。

「彼にも輸血が必要だ」助手が指示を出す。

「O型、Rhマイナス」タウンズはラミレズのドッグタグを見ながら教えた。

「ああ、くそっ」衛生兵がぼやく。「O型のRhマイナスはひとつしか残ってない」

「使いきれ。そのあと血漿《けっしょう》製剤を追加だ」助手が言った。

もうひとりの衛生兵が、血液の袋を抱えてジェンセンのもとへ駆け戻る。患者の腕を取ると、血管に長い針を射し入れ、テープで留めた。すぐに反対の腕にも同じことをし、確認したのちに、ラミレズの診療を手伝いに向かう。

「ここからはわれわれにお任せください、中佐」衛生兵は大隊指揮官を診察台からそっと遠ざけた。そうして慌ただしい部屋からの退室を暗に求める。

タウンズはそれを理解すると、スティールに向き直った。「ここを出よう。東の状況に関してきみに質問がある」

「了解しました」

ふたりはドアへ向かった。スティールはほっとした。これで仲間を見捨てたように思われることなく、陰惨な診察室をあとにできる。彼らは薄闇と容赦ない風が待つ屋外に出た。

「きみの所属部隊は？」

「デルタ中隊、第二小隊です」

「先ほどE48号線で騒音を立てていたのはきみたちか？」

「はい。第二小隊、それにマーフィー大尉と彼の戦車隊です」

「ほかの者たちはどうした?」

スティールはささやき声で返した。「全員死亡したものと思われます」

「思われる、と言ったな。確実に知っているのか?」

「いいえ。全員が死亡するところを目撃したわけではありません。ですが、ソヴィエト軍の前で壊滅したのはまず間違いないでしょう」

「ソヴィエト軍は現在どこにいる?」

「われわれの背後に迫っていました」

「キャンプ・キニーに到達する前に敵を阻止する者はいないのか?」

「町の外でわれわれの車両を停止させたブラッドレーのチームがいるだけです」

「それだけか?」

「それだけです」

タウンズが期待していた返答ではなかった。だがこれで少なくとも大隊が立たされている状況はのみ込めた。

「ありがとう。ここからあまり離れないように。あとでまたきくことがあるかもしれない」

スティールはうなずいた。大隊指揮官は踵を返し、指揮統制センターへ向かって歩いた。勝算のない最後の戦いの計画を立てるときが来た。

それは一方的な虐殺だった。平坦地では、キャンプ・キニーの五キロ手前を守る一六両のブラッドレー戦闘車に勝ち目はない。ソヴィエト軍は敵を発見するや、蟻の子一匹まで根絶する勢いで集中砲火を浴びせた。TOWミサイルの射程範囲外にとどまったまま、大戦車隊は敵を全滅させた。自分たちは大隊のブラッドレーから一発も被弾することなしに。アメリカ兵八六名の命をもって西側が得たものは、一〇分間という貴重な時間のみだ。

キャンプ・キニーの間近であがる戦闘音は、診療所内の緊迫した動きに拍車をかけた。

「負傷者をここから運び出そう」軍医が言った。

「ブラックホークのほかには、医療ヘリが一機。救急車は四台残っています」年かさの衛生兵が応じた。

「ではいますぐ移動を開始する。これ以上待っていたら手遅れになる」

軍医の助手はジェンセンの治療を続けていた。

「彼はどうします？　ヴュルツブルクまでヘリでの移動に耐えられるでしょうか？」助手は尋ねた。

「容態は？」

「出血は止まってます。太腿と足の傷は処置しました。ですが、頭部の傷はかなりひどい」

「ヘリで運ぶ必要がある者が乗りきれないときは、彼はここに置いていく」

その衛生兵は、三つの戦争を通して、負傷したアメリカ兵を置き去りにしたことは一度もなかった。今後もそんなことをするつもりはない。

「全員乗りきれます」彼は言った。

そう、絶対にヘリコプターに乗せるんだ。ジェンセンのかたわらで、ラミレズは自分自身に断言した。外まで這っていき、ハンヴィーの機関銃で軍医を射殺してでも、ジェンセン軍曹を必ずヘリに乗せる。

衛生兵は最も重傷を負った者たちを待機中の医療ヘリへ運び込んだ。ロバート・ジェンセンは、まだ意識不明で両腕に点滴の管をつけられたまま、運用されて二〇年以上になるUH-60ブラックホークに乗せられる手はずになっている。

緊急処置の必要のない負傷者は救急車にまわされた。最後の患者を搬入し終えると、救急車の運転手は正面ゲートから大急ぎで走り出た。

スティールの手を借り、ラミレズはヘリコプターまでゆっくり歩いた。互いを見て、長いことそこに立っていた気がする。どちらも何を言えばいいかわからなかった。やがて衛生兵が搭乗するようラミレズに合図した。ラミレズは無事なほうの腕でスティールの肩を叩いた。それから腕をのばしてヘリの機内へ衛生兵に引きあげられる。ラミレズはスティールに向かって親指を立ててみせた。医療ヘリは離陸した。西へ旋回し、ヴュルツブルクにある軍の病院へ向かう。闇の中、頭上へ上昇するヘリに、スティールはぼんやり手を振った。

大隊指揮官は飛び去る医療ヘリを見送った。最後の戦力を編成するときが訪れた。二〇〇名の男たちは、大隊の武器庫に残ったものすべてを与えられた――M４カービン、手榴弾、機関銃、それに肩撃ち式の軽量対戦車兵器。強大な敵を足止めする決め手は何ひとつなかった。だがそれはもとから彼らの使命ではない。彼らは命と引き替えに貴重な時間を稼ぐためにここにいる。

大隊最後の戦力が支度を整えていた最中、伝令が到着した。南へ送られたアパッチとブラッドレーは流れをせき止めるのに失敗し、全滅した。ニュルンベルクと五〇万の市民はソヴィエトの手に落ちた。総計五〇〇万のドイツ人が、すでに敵の前線後方にある。

最後の二〇〇名はキャンプ・キニーをあとにした。敵の足をもう少し遅らせるべく、東をめざす。大隊指揮官はアメリカ軍の忠実な足であったハンヴィーに乗り込んだ。彼の隣で、運転手は右側上部に大きな血痕のある座席に座っている。スティールは大隊指揮官のうしろに立ち、機関銃を構えた。数分後には、幼い顔と老いたまなざしを持つアフリカ系アメリカ人と、希望を見失った大隊指揮官は、ともに厳冬の夜明け前に命を散らすだろう。

国境を守るアメリカ兵たちが、二時間後にのぼる輝かしい朝陽を見ることはない。午前六時には、第一大隊所属の一五〇〇名中、生き残った者は五九名になっていた。うち無傷の者は二十数名にすぎない。

誇り高き機甲大隊は壊滅した。

その命をもって、彼らは西側に六時間をもたらし、難局に立ち向かう準備をさせた。春になれば、傷だらけの果樹園の木々にふたたびリンゴの花が咲くだろう。けれど第二小隊の兵士たちがここでそれを見ることはない。


ブラックホークは一時間に二〇〇キロの距離を移動する。八時少し前、半死半生のロバート・ジェンセン一等軍曹は大急ぎで手術室へ運び込まれた。ちょうど同じ頃、七〇〇〇キロ離れた場所で、尾翼に鷲のマークが入った767型機はサウスカロライナ州、チャールストンに着陸した。ミセス・ジェンセンは疲労困憊し、目が覚めきらないままタラップをおりると、チャールストン空軍基地航空機動軍団のターミナルへ入った。

あたたかなターミナルの中で、空軍軍曹にカードを三枚渡す。八時間前、自分たちの夫や父親たちは戦闘を開始したことを、そして血で汚れたドイツの雪の上で死んでいったことを、知る者はまだひとりもいない。

第二五章

一月二九日午前六時〇〇分
シュトゥットガルト
アメリカ陸軍飛行場

　側面にアメリカ陸軍《USアーミー》と記された緑色のバスがＣ‐17長距離輸送機のそばに停車した。巨大な機体にぶら下がった四つのエンジンはすでに動いている。乗客はバスをおり、機体後部のスロープへ歩いた。ジョージ・オニールは酷使されたバスを最後におりた。ＤＩＳＡの同僚五人のあとに重い足取りで続き、待機している輸送機へ向かう。

　オニールは機体後部の荷物の山にスーツケースを放り投げたあと、デニー・ドイルとシーブマン少佐のあいだにどさりと腰をおろす。欧州軍司令部のバックアップ・チーム四〇名も速やかに座席に着いた。やがて巨体を震わせた輸送機は滑走路を走行、闇へ消えた。

　オニールはさらに座席へ沈み込んだ。イギリスまでの飛行時間は二時間弱。一二〇分後には、キャシーとクリストファーから八〇〇キロ離れた場所にいる。

空中警戒管制機《AWACS》の空地戦闘管制官は、シュトゥットガルトから離陸したC‐17がライン川上空を旋回するのを確認した。アメリカが誇る指揮統制システム内で、AWACSのコンピューターが離陸した機体のデータを瞬時に処理する。

AWACSは将校と下士官の両方から成る最大乗員二九名を乗せていた。うち戦術部長を含む二三名が女性だ。この六時間、AWACSの管制官は東の空にミグ戦闘機が現れるのを待っていた。

しかし六時間はのろのろと過ぎ、空は静かなままだ。ソヴィエト軍は必ず空からも攻めてくる。それはわかっていたが、何時間経っても攻めてこない理由がわからなかった。ソヴィエト軍にとって、待つことはひとつも利点がない。待てば待つだけ、アメリカに戦闘準備をする時間を与えるのだから。AWACSの中で、管制官たちはぴりぴりしていた。機影はなくとも、敵は陽がのぼる前に攻撃を開始するに違いないと踏んでいる。

ボーイングが製造したAWACS機、E‐3セントリーは戦場のはるか後方から、東の空をレーダーで探索していた。敵機を発見次第、報告し、続いて連合軍戦闘機と防空システムがAWACSの正確な誘導システムを用いて、敵を攻撃・撃破する。AWACSの存在があるがゆえに、アメリカ軍は数の上で優勢なワルシャワ機構軍に打ち勝つことは可能だと固く信じていた。

敵の規模が三倍であれ、ＡＷＡＣＳがあれば制空権は西側のものだ。裏を返せば、ＡＷＡＣＳなしでは、地上戦力と航空戦力を緊密に連携させるアメリカ軍の空地戦闘《エアランド・バトル》計画は機能しない。

ロンドンから北へ一一二キロのところにあるミルデンホール空軍基地正面ゲートで、航空兵三人が古めかしいイギリスのタクシーからおり立った。彼らは空軍警備隊員に身分証明書をすばやく提示する。正面ゲートの空軍警備隊員は真夜中過ぎから途切れることなく何時間も、部隊に呼び出された航空兵が基地に到着するのを目にしていた。イギリスの冬の薄闇と霧の中、彼らはアメリカの基地内へ入る大勢のうちの三人にすぎなかった。

日中であれば、もしくはわずかでも猜疑心を持っていれば、ＩＤカードの写真と、自分が懐中電灯の光を向けた三つの顔が食い違っていることに気づいただろう。三人が着ている戦闘服の喉もとに、新しい血の痕があることにも。だが時刻はもう午前六時、航空兵三名を通した空軍警備隊員はすっかり疲れきっていたのだ。

空軍基地へ続く細い田舎道を数キロ戻ったところでは、ＩＤカードの写真の顔と一致する航空兵の遺体が、アスファルトから数百メートル離れた岩の多い野原に横たわっている。身につけているのは肌着のみだ。彼らの喉は耳から耳まで裂かれていた。

プロの仕業だ。

ゲートを入ると、三人の〝航空兵〟は正面の道路を四〇〇メートルほど歩いた。右へ曲がって静かな脇道に入り、通信塔へ向かう。霧がかかった薄闇の中でも高い塔は容易に見つかった。

基地の通信施設から一〇〇メートル離れた場所で、工作員たちはいまでは使われていない木造兵舎の陰に溶け込んだ。周囲を偵察して、誰もいないのを確認する。自分たちの存在に気づく者はいないことに満足し、うちふたりは腐りかけた兵舎の下に潜り込んだ。そこには機関銃三挺、同数の梱包爆薬、無線機一機が置かれている。危険はないと知らせる三人目の合図で、ふたりは荷物を回収して出てきた。霧と夜明け前のこぬか雨に隠れて、スペツナズは任務の最終準備に取りかかった。

武器の先端に消音器《サプレッサー》を取りつけると、再度周囲にさっと目を走らせ、基地の中央通信施設へ向かう。

この任務のため、数百時間もの訓練を重ねてきた。そして、ついに実行に移すときが来たのだ。

ドイツの常緑樹の深い森に隠された、もうひとつの人里離れた山頂が、ヨヴァノヴィチ将軍の攻撃目標リストでただひとつ残った場所だ。

闇の中をひそかに進む破壊工作員チームは、大幅に増強されていた。熟練の工作員二四名がシェーンフェルトの空軍通信施設へ向かう。ランガーコプフ、ドナースベルク、フェルトベルクへの先の攻撃とは異なり、今度はアメリカ側も警戒態勢を取っているのはわかっている。ミルデンホールの襲撃を準備している同志たちと同じく、彼らも失敗できないこともわかっている。どんなことをしてでも、攻撃目標を排除せねばならない。どんな犠牲を払おうとも、シェーンフェルトを破壊する。

頂上が近づき、隊長は無言で合図を出した。チームは六人ずつに分かれた。計画では、四方向から同時に施設を襲撃することになっている。

ソヴィエトが勝利をつかむチャンスは五分五分だ。

星が散らばる空を飛行するあいだ、オニールはひとことも発しなかった。自分の命よりも大切なふたりを置き去りにしてしまい、打ちのめされていた。キャシーとクリストファーは、これから敵の第一目標のひとつとなる場所にいる。ふたりを救いたくても、彼には何もできないのだ。家族の命を他人の手に預け、彼はバスに乗った。ジョージ・オニールは自分がなすべきことをした。

別れて一時間が経ついまも、これまで愛したただひとりの女性との未練に満ちた最後のキスは、濃い靄のように唇にまつわりついている。妻の唇の感触は残っているのに、触れることはもうできない。

アパートメントにたどり着いたときには、四時を少しまわっていた。オニールはドアを開け、すぐ内側に妻がクリストファーを抱いてたたずんでいるのを目にするなり、彼女は事態を察しているのだと気がついた。

「ミセス・ウィリアムズが言ってたことは本当なの？」キャシーが問いかける。「ソヴィエト軍が本当に攻撃を？」

げっそりとした夫の顔に浮かぶ表情が、彼女の問いに対してすべてを物語っていた。居住区を光の速さで駆け抜けた噂話は、流言ではなく、事実だったのだ。キャシーは寝ているわが子をさらに強く抱きしめた。

「一時間でＤＩＳＡに戻らなきゃならないんだ、キャス。ぼくは代替の司令センター設置のため、イギリスへ派遣される」

続く息苦しい沈黙の中、夫がすでにそうしたように、キャシーはゆっくりと事実をのみ込んだ。自分とクリストファーはもうすぐ戦争のまっただ中に取り残される。ふたりを守ってくれる夫なしに。

彼らは寝室へ向かった。オニールが荷造りを始める。キャシーはクリストファーを子ども部屋へ連れていき、霜に覆われた窓の隣にあるベビーベッドに寝かせた。出発の準備を続ける夫のそばへ戻り、彼の黒髪をそっと撫でる。オニールは両腕を妻の体にまわした。

ふたりの頬に涙がこぼれ落ちる。キャシーは彼の手を取り、ベッドへ導いた。

その朝、オニールは久しぶりに妻の素肌に触れた。


オニール一家は二階の踊り場に立った。彼の足もとにはスーツケースが置かれている。家族との別れに耐えられたのは、やるべきことを妻が理解しているか確かめねばならなかったからにすぎない。

「軍関係者の家族の退避は早急に行われる。うまくいけば、明日のこの時間には、きみは実家のキッチンに座っていて、お母さんは初めて顔を見る孫を甘やかし放題にしていることだろう。すぐに荷造りをするんだ。本当に必要なものだけ持っていけばいい。待っているあいだは、アパートメントにいるほかのご夫人たちと一緒にいるんだ。ソヴィエトが攻撃してきたら、ぐずぐずするな。クリストファーを連れて地下室に駆け込むんだ。いいね？　何があってもためらっちゃだめだ、地下室へ逃げろ」

大粒の涙が妻の頬をぽろぽろと流れる。「わかったわ」

オニールは妻のきれいな瞳を最後にもう一度見つめた。本当に伝わっただろうか。妻の命、ふたりの子どもの命が、彼女にかかっている。

オニールはうつらうつらしている息子を見おろして、最後に抱きしめた。妻に顔を向け、最後に長いキスをすると、それ以上何も言わずにスーツケースをつかみ、階段をおりて去った。夫がいなくなったあとも、キャシーはずっとドアを見つめ続けた。

アイフェル山地の上方、フランクフルトから北西へ八〇キロのところで、シェーンフェルトの四〇名の航空兵は待ち構えた。ランガーコプフ、ドナースベルク、フェルトベルクが破壊されてから六時間が経っていた。ツークシュピッツェは三時間前に襲撃されている。その後はアメリカ軍の通信施設が襲われたという報告はひとつも入っていない。だがシェーンフェルトを守る航空兵たちの胸に安心感は微塵もなかった。ランガーコプフとツークシュピッツェの航空兵たちは、自分たちは安全だと考えていた。そして彼らは全員死んだ。

分遣隊の航空兵のうち一〇名はM４カービンを構えて防護フェンスのそばを警護した。五名は鉄条網の内側を見まわり、残りの五名はフェンスの外で、凍てついた木の陰に身を潜める。自分たちが守る施設の価値を全員が胸に刻んでいた。

あと二時間でドイツの太陽が顔を出す。

ソヴィエトの工作員たちは雪の中をじりじりと匍匐前進し、施設の端へ接近した。四つのチームには狙撃銃を携えた者がひとりずついる。狙撃兵はスナイパーライフルにサプレッサーを取りつけた。森に守られ、工作員たちは腹這いのまま通信施設を観察した。フェンスの内側に潜む人影は瞬時に特定される。

施設の外にいる航空兵のひとりは、愚かにもタバコに火をつけた。ふたり目は咳をし、その位置が確認される。三人目は凍みるような寒さに足踏みをした。

だが残るふたりのアメリカ兵は森の中で気づかれずにいた。

六名の工作員が、フェンスの外に発見した航空兵三名を始末しに這い進む。六名の右手にはそれぞれ鋭いナイフが握られていた。何が起きたか気づく間も与えずに相手に襲いかかる。ほんの数秒で終わった。航空兵たちが喉から血を垂らし、こと切れてくずおれる。

スペツナズの隊長が合図を送ると、狙撃兵たちが速やかに発砲する。弾丸がフェンスの内側にいた航空兵四人に一瞬で死をもたらす。凍った大地に倒れ込みながら、アメリカ兵ふたりが声をあげ、ゲート近くにいた五番目の航空兵が物音に振り返る。そばの茂みからふたつの黒い人影が飛び出し、航空兵の背に二本のナイフを深々と突き立てた。彼は緊急事態を知らせることもできずに絶命した。

二四の黒い影がいっせいに前進する。西側の六人はゲートの奥へ駆け込んだ。ほかのチームはすばやく鉄条網を切断する。

森の中でふたりのアメリカ兵は攻撃のタイミングを見計らっていた。敵がフェンスを破ったところで発砲する。遮蔽物のない場所で襲われ、ロシア人ふたりが負傷して倒れた。三人目がすぐに続く。

銃声が建物の中にいた三〇人の航空兵に異変を知らせる。だがそれでもスペツナズの隊長は慌てる理由などないと判断した。建物に窓はなく、出入り口は二箇所のみだ。五挺の拳銃がそれぞれの戸口へ向けられている。森にいる見えない敵さえ排除すれば、この状況は収拾できる。

両方のドアが勢いよく開いた。どちらからも四人のアメリカ人が躍り出る。足が地に着く前に、彼らは射殺された。

フェンスの外からの攻撃に、工作員がさらにひとり倒れる。スペツナズの仲間は闇雲に森へ撃ち返して、アメリカ兵の動きを封じようとした。隊長は森の中に発火炎を認め、チームのひとつに合図した。彼らはゲートへあと戻りした。外にいるアメリカ兵ふたりを取り囲んで殺すのに手間はかからないだろうと隊長は考えた。工作員がもうひとり撃たれる。M4カービンから放たれた五・五六ミリ弾を顔面に食らい、左側はほとんど残っていない。

建物の中でアメリカ兵たちは身動きが取れず、緊急連絡が発信される。

「こちらシェーンフェルト。敵に攻撃されている。繰り返す、敵に攻撃されている。ラムシュタイン、大至急支援を要請する」

一〇〇キロ離れた場所から、ラムシュタインの通信施設が応答した。「了解した、シェーンフェルト。すぐに支援を向かわせる」

フェンスの外にいるふたりのアメリカ兵は、工作員六名に取り囲まれ、逃げ場を失っていた。それでも彼らは死ぬ前にさらに三人の敵を排除した。

シェーンフェルトを救うには、ヘリコプターによる近接支援が必要となるだろう。陸軍のブラックホーク四機が、ラムシュタインより十数キロ戦闘地に近いカイザースラウテルンから離陸した。機体はそれぞれ複数の機関銃、ロケット弾ポッド、歩兵六名を運んでいる。ブラックホークにはシェーンフェルトを襲撃している敵を倒すのに必要以上の火力があった。到着が間に合えばの話だが。

四機は最大出力で黒い虚空を飛行した。この距離では、山頂にたどり着くのに二〇分近くかかるだろう。それまで、建物の中で身動きが取れないアメリカ兵たちは祈るしかなかった。

スペッツナズの隊長はアメリカ兵の反撃の可能性を計算に入れていた。こちらの存在の発覚後、どれだけの時間が残されているかを正確に把握している。そして時間切れが近づきつつあった。工作員たちは施設を破壊するため、爆薬の設置を急いだ。必ず取り除かねばならない場所――ＡＷＡＣＳの地上管制所には隊長みずから爆薬を取りつける。

アメリカが最も恐れていたのは、非武装のＡＷＡＣＳがソヴィエトの航空機に撃墜されることだった。しかし、イギリスには換えのＡＷＡＣＳ一七機が待機しているため、ヨヴァノヴィチ将軍はもっと単純な解決策を見出した。ＡＷＡＣＳのデータがアメリカ軍の通信システムにインプットされる地上の二箇所を破壊しさえすればいい。地上管制所がなくなれば、アメリカはエアランド・バトル計画を実行することはできない。

それにはシェーンフェルトとミルデンホールを破壊する必要があった。

地上管制所なしでも、ＡＷＡＣＳチームはミグ戦闘機が滑走路を離れた瞬間に探知する。だがＡＷＡＣＳのコンピューターから地上へ詳細なデータや戦場の地図を送ることは、これによって大きく妨げられる。

ＡＷＡＣＳが完全なシステムとして機能しなければ、アメリカ軍の指揮統制は大打撃を食らうのだ。


ミルデンホールの破壊は簡単すぎるほどだった。空軍の防護フェンスのはるか内側にある通信施設の直近にはフェンスはない。施設は基地中央近くの脇道に平和な様子で立っていた。守衛はつけられていない。

工作員たちは梱包爆薬と機関銃を手に、灰色の朝の中を攻撃目標へと走った。ふたりが見張りに立ち、三人目がＡＷＡＣＳの地上管制所にプラスチック爆弾を設置する。それを終えると、基地の通信塔と建物に取りかかった。

爆破準備を整え、チームの隊長は腕時計を確認した。彼らの任務は指定の時間に実行されなければならない。爆破が早すぎれば、ドイツのＡＷＡＣＳ地上管制所に次の破壊工作の標的は自分たちだと教えることになる。彼は時限装置をセットした。工作員たちは道路を駆け戻ると、廃屋となっている兵舎の下に潜り込み、機関銃を構えて待った。

三人は廃屋の腐った床下に隠れ、目を光らせた。三分後には、時限装置が作動して強烈な爆発が起きる。そのとき、シェーンフェルトの航空兵が敵に攻撃されていることを通報した。ミルデンホールのシフト監督者は、この施設の周囲も急いで調べておくのが懸命だろうと判断した。スペッツナズは霧を透かし、通信施設のドアが開くのを見据えた。シフト監督者は雨に濡れた段をふたつおりたところで地面に転がった。あとに続いてドアを出た二名の航空兵は、彼が足を滑らせたと思ってどっと笑った。次の瞬間には、ふたりとも彼の隣に転がって絶命する。三人は頭部に一発ずつ撃ち込まれていた。

その少しあと、大きな爆発がミルデンホールのＡＷＡＣＳ地上管制所を吹き飛ばした。二番目の爆発がすぐに続き、通信塔がぐらりと横へ傾く。ねじれた塔は、爆裂した通信管制施設の上に崩れ落ちる。通信センターとともに、ミルデンホール空軍基地が外の世界と連携する能力は失われた。

陰鬱《いんうつ》なイギリスの朝の七時少し前、廃屋の下でスペッツナズの隊長はモールス信号を打電した。

Миссия завершена（に‐ん‐む‐か‐ん‐り‐ょ‐う）

工作員たちは腐りかけた床の下から這い出ると、爆発現場に続々と集まってくる航空兵たちに紛れた。空軍警察が野次馬を追い払ううちに、三人は霧の中へ消えた。

シェーンフェルトではそう簡単にはいかなかったが、任務はほぼ完了していた。爆薬はすべて設置された。工作員たちは森の中へ避難し、隊長ひとりが残った。時限装置を三〇秒後にセットする。それより長ければ、中にいるアメリカ兵が事態に気づいて爆破装置を解除する恐れが、ごくわずかだが出てくる。その可能性がどれほど低かろうと、危険を冒すことはできなかった。

最後の時限装置をセットすると、隊長は強力な脚でゲートへ向かって全力疾走した。しかし雪が積もる中をそれほど短い時間で遠くへ行くことはできない。最初から彼にチャンスはなかったのだ。ゲートにたどり着いたところで、爆風が襲いかかる。つぶれた体は空へ一〇メートル投げあげられた。山頂は平らにならされた。地面に横たわって最後の息を吐き出しながら、隊長の変形した顔に大きな笑みが広がる。任務は完全な成功をおさめた。シェーンフェルトは排除されたのだ。

勝利を告げるふたつ目の信号がヨヴァノヴィチ将軍へ送られた。

山頂到達まで残り五分のところで、ブラックホークは前方の闇の中に大爆発を認め、通信施設の支援に間に合わなかったことを悟った。

だがシェーンフェルトでの殺戮に対し、アメリカはすぐに復讐を遂げることになる。続く三時間、ヘリコプターはスペッナズの全メンバーを容赦なく追い詰めた。美しい冬の朝、一〇時になる頃には最後の黒い人影が特定され、抹殺される。

二番目の信号受信から数分のうちに、ミグ戦闘機が次々と基地から発進した。東ヨーロッパ全域から戦闘機が離陸し、轟音を立てて西へ向かう。最初の一五分で、一〇〇〇を超えるワルシャワ機構軍戦闘機が空へ飛び立った。三〇分後、ウクライナの奥深くから輸送機一七〇〇機と護衛戦闘機三〇〇機が滑走路を離れた。輸送機の中にはソヴィエトの空挺師団五個が搭乗している。

ＡＷＡＣＳの空地戦闘管制官たちは、滑走路を離陸する敵機をすべて目にしていたが、どうすることもできなかった。いったん離陸すれば、連合軍パイロットを誘導することはまだ可能だ。とはいえ、ＡＷＡＣＳのコンピューターが、広範囲に展開する陸上戦力と防空戦力と緊密につながり、詳細な距離や方向の情報を提供するすべは失われたも同然だった。

四五分後、ジョージ・オニールを運ぶＣ‐17輸送機はイギリス、アッパー・ヘイフォードに着陸した。タラップをおりるオニールの表情は、彼を迎えた寒く湿ったイギリスの朝のように陰鬱だ。

数で圧倒され、指揮統制を奪われたアメリカは窮地に立たされていた。

第二六章

一月二九日午前七時一五分
シュトゥットガルトの東端 人けのない駐車場
第四三防空砲兵連隊 第一 〝コブラ・ストライク〟 大隊 チャーリー砲兵中隊

六時を数分まわったところで、パトリオット高射隊の車両は大半が到着した。雪道を南へ移動するのに延々と五時間かかった。凍りついたアウトバーンを運転してきたので、ファウラーの両腕はがちがちにこわばっている。

最終的に中隊は、全員が目的地にたどり着いた。おおむね無事であり、暗がりの中、戦闘へ向けてミサイルの射撃準備に取りかかる。巨大な牽引トラクターのゆがんだフェンダーは、嵐との絶え間ない戦いを物語っていた。ガードレールにぶつかり、運転手たちは寿命が縮む思いを何度も味わった。レッカー車は雪山から車両を引っ張り出すのに忙しく、車両隊は雪に埋もれた仲間を待つのをやめた。八基あるミサイル発射装置の最後の一基は、レッカー車に牽かれて七時一五分前にようやく到着した。

「向こうの準備はすべてできているか？」ファウラーは尋ねた。

椅子に座ったまま振り返り、狭い通路に目をやる。およそ一メートル後方では左右に並ぶ電子装置に挟まれ、ジェフリー・ポールが射撃管制ステーションの低い天井に頭を押しつけて立っていた。

ポールがヘッドセットに向かってしゃべる。数秒後、ファウラーに目を向けた。

「通信車両は準備完了だそうです。最後の発射装置も据えつけが終わり、いつでも発射できます。ミサイル三二基、すべてネットワーク接続済み。連隊からの最新報告では、敵機は目撃されていませんが、警戒態勢を取るようにとのことです。ＡＷＡＣＳに何かトラブルがあったようです」

「どんなトラブルだ？」

「具体的なことはわかっていないようです。なんらかの理由で、ＡＷＡＣＳからのデータ受信が数分前に止まったとだけ言ってます」

ファウラーは窮屈な座席で彼の隣に座る美人少尉に顔を向けた。狭いスペースでふたりの体は密接し、彼女の体温を感じることができる。

「モーガン少尉、いつでも交戦準備に取りかかれます」

これから戦うことになるのかと思うと両手が震えたが、ファウラーは安心させるように微笑んだ。相手は不安の滲む笑みを返した。

「わかった。始めましょう」モーガンは言った。

一九カ月前、バーバラ・モーガンはオハイオ州立大学の壇上を歩いて学士号を授与された。卒業の日から二年も経たずに、自分がドイツで決死の戦いの渦中にいることになるとは、あのときは夢にも思わなかった。

だが人生は常に優しいわけではない。

卒業式のすぐあと、モーガンの結婚式が執り行われるはずだったその日、新郎は式に現れなかった。さらに二一日後、彼女は手厚い報酬が約束されていたウォール街での仕事を突然失った。三週間のうちに、二度の大打撃を食らう。不運に打ちのめされて、逃げ込める場所を必死で求め、自分を探しに出かけた。一カ月もせずに、陸軍が彼女に居場所を提供した。

モーガン少尉とファウラー三等軍曹は、横にふたつ並ぶレーダー画面の上部と両脇に配置された電子パネルに手をのばすと、無数の選択肢からボタンを選び、スイッチを入れた。射撃管制ステーションが起動する。ファウラーとモーガンそれぞれの前にあるモニターに同一の情報が映し出された。

レーダーが走査したときだけ標的が画面に表示される旧式のレーダーと異なり、パトリオットの高度なレーダーには空にあるものが常時画面に示される。

航空機を表す三〇個の小さな三角形が、ふたりの見ている画面のさまざまな位置に現れた。ほとんどはドイツの東寄り、チェコとの国境付近にある。三角形の動きにははっきりとしたパターンはない。ファウラーとモーガンは夜明け前の空での活動を見つめた。三〇のうち六個は東へ向かっている。

その六機はドイツ中央部にあるアメリカの空軍基地から離陸したばかりのように見えた。別の六機が、国境の位置を離れて西へ動く。

「あそこはわたしたちの担当区域ではないし、あれは味方機でしょうけど、システムに問題がないか確認のためにも、西へ向かっている機体に応答を求めてみるわ」

「いい考えです、少尉」

バーバラ・モーガンは敵味方識別装置《IFF》を作動させると、先頭の機体を目標として捕捉した。ミサイル・システムのコンピューターが国籍不明の戦闘機に向かって電波を発射し、返信を要求する。先頭のF‐16戦闘機の機首部分が電波を受け取り、規定のコードを送り返してきた。

適切なコードを受信し、ミサイル・システムのコンピューターが画面上の三角形の横に味方のマークをつけた。システムは正常に動いている。自分を落ち着かせるためだけに、少尉は編隊のほかの機体にも誰何《すいか》を続けた。ほんの数秒で、六つすべての三角形の横に味方のマークが表示される。

それから四時間のあいだのモーガンの仕事は、接近するすべての航空機の国籍確認となる。識別マークは三種類しかない。味方、敵、国籍不明。味方および敵への対応は簡単だ。味方なら防空網を通過させる。敵であればファウラーに引き継ぎ、パトリオットミサイルで撃墜する。

モーガンにとって最も難しいのが国籍不明の場合だ。飛行する航空機から何キロも離れた窓のない世界の奥深くにいるミサイル操作員が、国籍不明機にミサイルを発射するかどうかを決定するのは容易ではない。味方機の応答装置が故障したり、機体が戦闘で傷つき、返信できなくなったりする可能性は常にある。防空システムが敵のミグ戦闘機の侵入を許すわけにはいかない一方で、味方機を撃墜するのはもってのほかだ。

味方機であることを伝える方法がない場合、パイロットは空中動作でそれを示す責任がある。事前に決められたエアコリドーがレーダー画面上に表示され、パイロットが狭い空路に進入し、その境界の中で適切なターンをしたなら、モーガンはそのまま通過させる。パイロットは空中の見えない通路内にとどまりさえすれば、無事に帰投できるのだ。

だから眠かろうとパイロットたちは早朝の任務概要《ミッション・ブリーフ》でしっかり注意を払う。不注意の代償は自分たちの命なのだから。

F‐16戦闘機はそこから北西へ二五〇キロ離れたシュパングダーレムに着陸し、モーガンとファウラーは味方機の三角形がレーダー画面から消えるのを見つめた。

「システムに問題はないようだ」ファウラーが声をかける。

モーガンは返事をしようと口を開けた。すると、レーダー画面の東端が、次から次へと波のように押し寄せる三角形で埋め尽くされた。数百もの三角形が不意に出現し、そのすべてが高速で西へ移動する。

ソヴィエト軍による空の攻撃がついに始まった。

ＡＷＡＣＳの誘導で連合軍戦闘機は大挙していっせいに飛び立ち、チェコ国境近くで敵を迎え撃つ。アメリカの戦闘計画ではそうなるはずだった。だがＡＷＡＣＳの地上管制所が失われたため、空軍基地の対応は遅れた。

同数の戦闘機でソヴィエトに応じる代わりに、アメリカはシュパングダーレム空軍基地所属のＦ‐16戦闘機二四機に相手をさせた。Ｆ‐16はワルシャワ機構軍の攻撃に備えて、国境で上空待機していたのだ。二四機に対し、現れた敵の数は一〇〇〇機。

計画は単純だ。二四機が敵を足止めしているあいだに、アメリカ、イギリス、ドイツの戦闘機が緊急発進する。ＡＷＡＣＳを用い、ＮＡＴＯ空軍は極めて緊密に連携して敵の侵入を阻止。その後ＡＷＡＣＳの誘導で、アメリカとドイツの防空システムが運よく戦闘機の壁をくぐり抜けてきた侵入者を撃墜する。

だがＡＷＡＣＳの地上管制所が破壊され、これらの対応はどれも取られなかった。ＡＷＡＣＳはシェーンフェルト、もしくはミルデンホールを経由して、ドイツにある九つの連合軍戦闘機基地とイギリスの六つの基地に所属する全航空団に、ソヴィエトの攻撃データを瞬時に送れるようになっている。これらの基地ではただちに緊急発進がかかり、数分で連合軍機が空を埋めて防衛に当たる。しかし攻撃データなしでは実現できない。AWACSの女性指揮官にできるのは、ラムシュタイン空軍基地の司令センターにヘッドセットを使って口頭で伝えることだけだった。

「ラムシュタイン、こちらはハワード大佐、セントリー・ワンの技術部長です。こちらの通信特技兵にも説明がつかない理由から、地上との通信回線がどれもつながりません。ソヴィエトは大規模な航空攻撃を開始。およそ一〇〇〇機の攻撃機が0‐7‐20に侵入。すべて西へ向かっています。利用可能な戦闘機は全機、すべての基地から発進し、迎撃するように。離陸後はAWACSが戦闘機に指示を出します。繰り返します。全戦闘機をただちに発進させるように。いいですか、ラムシュタイン？」

「了解、セントリー・ワン」基地の作戦指揮を預かるコールマン少佐は言った。「わかりました。ラムシュタインの航空団と残りの連合軍基地にはすぐにこちらから知らせます」

AWACSの女性指揮官は、緊急事態を知らせるために精いっぱいのことをした。アメリカ、イギリス、ドイツの戦闘機を待つあいだ、いま現在利用できる戦力に注意を向ける――二四機のF‐16戦闘機に。

ラムシュタインでは、少佐が三人の軍曹に向き直った。

「セントリー・ワンからの報告は聞いたな。出撃できる機体はすべて出撃させる。わたしはラムシュタインの戦闘航空団に知らせる。ブレナン軍曹はシュパングダーレム空軍基地に連絡し、この情報を伝えるように。そのあとはミルデンホールとレイクンヒースに駐留しているアメリカ空軍に知らせ、一刻も早く彼らの戦闘機にイギリス海峡を越えさせ、敵を迎え撃つよう指示するんだ。それが終わったらわたしに知らせてくれ。これからやることがどんどん増えてくるはずだ」

「さっそく取りかかります、コールマン少佐」軍曹は受話器をつかんでシュパングダーレムを呼び出し、最初の仕事に着手した。

「ロジャーズ軍曹、きみにはドイツの空軍基地を頼もう。至急ひとつひとつに連絡してくれ」コールマンは言った。

「了解しました、少佐」ブレナン軍曹と同じく、彼女もすぐに受話器を取った。

「ミッチェル軍曹、きみにはまず在独イギリス空軍への連絡を任せる。そのあとイギリス本国へ連絡だ」

「わかりました、少佐」

部下たちの仕事に満足すると、少佐はラムシュタイン内の航空団にそれぞれ電話を入れ、セントリー・ワンからの指示を伝えた。ラムシュタインの全戦闘機に緊急発進を知らせるには、七分近くかかった。

パイロットと支援搭乗員が次から次へと格納庫の暗がりや、凍てついた舗装路の上で待つ航空機へ急いだ。

ブレナン軍曹は四度目の電話でシュパングダーレムにつながった。だが一分もせずに第二基地の司令センターはパイロットに出動命令を伝える。

ミグ戦闘機は時速一六〇〇キロを超えるスピードで空を飛んでいる。

ブレナンはイギリスにあるアメリカの戦闘機基地と連絡を取ろうとした。最初にミルデンホールに電話をする。スペツナズがミルデンホールの通信施設を破壊したことは知る由もなく、軍曹は八度やってみても基地と連絡がつかずに断念した。次はレイクンヒースの番だ。しかしここでも運に見放された。ドイツ−イギリス間の電話回線は足りておらず、何度やっても聞こえるのは話し中の音だけだ。

ソヴィエトの戦闘機は六〇秒間に三〇キロに迫る勢いで接近している。

スペツナズが成功をおさめる前から、アメリカがNATO加盟国と連絡を取るのは至難の業だった。アメリカとNATOの通信システムは別々であり、回線網同士が接続されている箇所は極端に少ない。バート・クロイツナハのNATO施設とシェーンフェルトのアメリカ軍施設間のマイクロ波中継が最も主要な相互接続だ。

そのシェーンフェルトはいまや煙が立ちのぼる焼け跡と化した。

ほかのふたりの軍曹はそれぞれドイツとイギリスの北半分にある空軍基地に知らせよう

とした。だがシェーンフェルトなしでは、電話は通じるはずもない。

ミグ戦闘機が接近する。

「少佐、だめです。シュパングダーレムの司令センターには知らせましたが、何度やってもミルデンホールとレイクンヒースには連絡がつきません」

「わたしはどこことも連絡が取れないままです」ロジャーズが加わる。「ドイツの戦闘機基地はどこも警報が届いていません」

コールマン少佐は最後のひとりに目を向けた。ミッチェルは首を横に振り、自分もどことも連絡がつかなかったことを示した。

「どうしますか、少佐」ロジャーズが尋ねる。「任務を完遂するには、何か別のやり方が必要です」

コールマンはロジャーズとミッチェルを見つめ、すばやく頭を働かせた。「ドイツの一般電話回線を使って連絡を続けろ。基地内の回線よりましかどうかわからないが、どれだけ時間がかかろうとあきらめるな。われわれはドイツとイギリスに連絡する必要がある」

ふたりは返事もせずに電話に飛びつき、外部の回線につなげようとした。だがすぐに民間の電話回線はパンクしているのが判明した。容量をはるかに超える数百万の市民がいっせいに電話をかけようとしていた。そのため、必死で電話をかけるふたりの耳に届くのはいらだたしい話し中の音だけだ。

外では、アメリカの何十機ものF‐16、F‐22、F‐35がうなりをあげ、滑走路へ向かうのが聞こえた。ごく一部ではあるものの迎撃準備が始まっている。

大混乱に陥っているドイツ内から、一般回線でイギリスへ連絡を取るのは不可能だ。コールマンにもそれはわかっているが、まだひとつ試せる方法が残っていた。

「ブレナン軍曹、レイクンヒースかミルデンホールに友人はいないか？」

「たくさんおります、少佐」

「携帯電話の番号はわかるか？」

「ミルデンホールにいる何名かとは親しい仲です。それにレイクンヒースにも自分の携帯電話に番号を登録している知り合いがいます」

「わたしもだ。きみはミルデンホールにかけてくれ。わたしはレイクンヒースの友人に連絡する。誰かつかまえられたら、状況を説明し、基地の司令センターにただちに連絡させろ」

「わかりました」

軍曹と少佐はすぐさま携帯電話を取り出した。同じくふたりを迎えた話し中の音にいらだちながら、必死になってかけ直し続ける。

コールマン少佐の携帯電話がレイクンヒースにいる旧友とつながったのは一時間後のことだった。その頃にはドイツ全域の空で繰り広げられた戦闘に、レイクンヒースの戦闘機が影響を及ぼすには遅すぎた。だが、もっと悪いことに、ミルデンホールに連絡が行くことはなかった。

二四機のF‐16はドイツ国境でソヴィエト機と対峙した。ジェンセンと彼の小隊の雪に覆われた地上での絶望的な抵抗と同様に、パイロットたちはここでの目的はひとつだと覚悟していた――貴重な時間を稼ぐこと。夜明け前の深い闇の中、二四機は一〇〇〇の敵機に立ち向かう。戦闘が開始された。

アメリカの戦闘機は敵よりも明らかに優れていた。とはいえ、ばかばかしいほどの数の差を覆せるほどではない。

F‐16のパイロットたちは、アメリカ、イギリス、ドイツの戦闘機がすぐにも自分たちの背後の空を埋め尽くすものと期待していた。そうはならない。アメリカは緊急出動要請に応じてラムシュタインから戦闘機が発進し、数分後にはシュパングダーレムからも飛び立った。だがイギリスとドイツは、有効な指揮統制システムなしでは、新たな戦争における最初の空戦で活躍するのに間に合うことはなかった。ミルデンホールでは、アメリカ空軍戦力は地上を離れずじまい。連合軍の反応はもたつき、ソヴィエト軍はドイツの制空権を一時的に奪える状況にある。さしあたって、彼らが求めるのはそれだけだ。ヨヴァノヴィチ将軍から命じられたのは、ドイツの制空権を一時間握ることのみ。

ソヴィエトの戦闘機の大多数は、行く手を阻むＦ‐16が存在さえしないかのように突き進んだ。ドイツ領空内にミグ戦闘機一〇〇〇機が侵入している。アメリカの戦闘機は、最終的には二〇〇機がばらばらに東へ向かって敵に挑んだ。人類の空戦史において古典的な対決として記録されることになるこの戦闘で、世界最高の航空機はもうすぐ来る朝を覆い尽くす大群と相対した。中央ヨーロッパ上空、アメリカの優秀なパイロットたちがＭｉＧ《ミグ》‐29戦闘機とＳｕ《スホーイ》‐35戦闘機と死闘を繰り広げる。

それは第二次世界大戦中、パイロットたちの祖父が同じ空で経験した空戦からはかけ離れたものだった。八三年前にはパイロットたちの勝敗は間近で決せられ、胸をえぐるような感情に満ちていた。しかし時が流れてテクノロジーが飛躍すると、空戦での死は生々しさを失い、感情をともなわなくさえなった。機関銃が火を噴き、敵の血まみれの顔に敗北の恐怖が浮かぶのが見えるほどの至近距離で戦う代わりに、アメリカとソヴィエトのパイロットたちは遠距離から攻撃し合う。

アメリカのサイドワインダーミサイルとスパローミサイル、ソヴィエトのＲ‐73短距離ミサイル――アーチャー、Ｒ‐60短距離ミサイル――エイフィドが最大で六〇キロ離れた距離から敵を狙う。アメリカの機体が中距離空対空ミサイルＡＩＭ‐１２０アムラームを搭載している場合、射程距離はさらにその三倍近く長くなる。

ファウラーとモーガンは画面の前に座り、激化する空戦を見つめた。一分ごとに交戦箇所が倍加していく。東西からの三角形が攻撃し合っていた。それを目撃する彼らの反応は、引き込まれる気持ちが半分、恐怖が半分だ。死が空を覆い、天上に値しない者たちを排除していく。

最も近い交戦からでも二〇〇キロ近く離れているが、飛翔する空対空ミサイルが画像に小さく表示される。被弾した三角形はばらばらになり、画面から消えて、痕跡は何も残らない。どちらかがはっきりと優勢になることもなく、戦闘は三〇分続いていた。西からよりも東から現れる三角形のほうが消える数が多くとも、アメリカが五倍の戦力差を逆転するにはほど遠い。画面上で、ソヴィエト軍がロードローラーのごとくじりじりと進むのをふたりは魅入られたように見つめた。西側の三角形が押し返され始める。

ここぞとばかりにソヴィエトは攻め込んだ。複数の箇所でアメリカの戦闘機の防御にほころびが現れる。数で圧し、ミグ戦闘機はついに防空網を突破した。ソヴィエトの航空機がドイツの心臓部に襲来する。

アメリカ空軍戦力の後方では、防空部隊が攻撃に備えていた。前線近くでは、肩撃ち式スティンガーミサイルとそのほかの短距離ミサイル・システムが地上部隊の支援に当たっている。だが、これらの武器には高空飛行するソヴィエトの戦闘機を食い止める力はない。

それらに対抗しうるのは広域防空用の地対空ミサイル――ＭＩＭ‐１０４パトリオットとＭＩＭ‐23ホークだ。長い射程距離を持つこれらのミサイルの役目は、空軍基地、指揮統制センター、サポート・システムの防衛だ。肩撃ち式および車載式スティンガー地対空ミサイルも同じく防御に当たるが、射程は最大でも八キロのため、ホークとパトリオットが撃ち落とし損ねた敵機が防衛陣地へ迫るのを防ぐことが役目となる。

パトリオットとホークのみが、向かい来る敵によってアメリカの戦略設備が完全に破壊されるのを防ぐことができる。〈砂漠の嵐《デザート・ストーム》〉作戦、その後の第二次イラク戦争でアメリカがイラクに対してそうしたように、ソヴィエトの一大航空戦力が最初にめざすのは、壊せるものはすべて壊すことだ。パトリオットとホークのミサイルチームも、その標的となっていることは言うまでもない。

一九九〇年代初頭、アメリカとドイツは、アメリカのパトリオット大隊七個、ドイツのそれを四個、ドイツ連邦共和国内に常駐させる共同提言を発表した。当初の計画が実行されていたら、一月のこの朝にドイツを襲ったソヴィエトの戦闘機は、四四個の大隊に行く手を阻まれただろう。各大隊は三二基のミサイルを再装填なしに発射することができた。無事に国境を突破した七〇〇機のミグは、その倍の数のパトリオットミサイルに迎え撃たれたのだ。

だが一大隊につき一〇億ドルという支出は、平和時においては政治的に支持できるものではなかった。そのため、戦略上、要となる西側の設備を防衛し、夜明けの空から接近する脅威を排除する任務を託されたのは、ドイツとアメリカのパトリオット大隊二個ずつだけだ。当初の計画にあった大隊のひとつは、ドイツからサウジアラビアへ移されている。別のひとつは〈デザート・ストーム〉作戦の協定の一部として、イスラエルに譲渡。さらに三つの大隊がドイツから日本へ売却されていた。

ゆうべ到着したファウラー所属の大隊を加え、現在西側はドイツ国内に砲兵中隊二〇個とミサイル六〇〇基弱を有している。あいにく、そのうち四個の大隊と彼らが所有する一〇〇基を超えるミサイルは、来る戦闘の役に立つことができなかった。

テキサス大隊隷下のデルタ砲兵中隊は、ドイツから脱出できずに、パニックに陥った市民が殺到し、ライン＝マイン空軍基地で身動きが取れなくなっている。彼らにはそのままライン＝マインで射撃システムを展開するよう指示が出されたところだ。一発目のミサイル発射準備ができるのは一時間後になるだろう。精密なパトリオット中隊のうち三個は——アメリカの中隊がふたつにドイツのものがひとつ——目下、整備上の問題のため使用できず、この戦争に参加することはない。

四個の中隊を抜きにし、残る一六個のパトリオット中隊は、五〇〇基をやや下まわるミサイルで、七〇〇のミグ戦闘機を相手取らなければならない。そして真っ先に敵の標的となるのは、自分たちだとわかっていた。

もっとも、パトリオットミサイルの射撃ユニットは攻撃しづらい標的である。破壊すること自体は可能だが、空から発見するのが困難なのだ。受動レーダー・システムを使うため、みずからはいっさい電波を放出せず、敵に追跡されることがない。だがソヴィエト側もじゅうぶんな時間をかければ、射撃ユニットが発するシグナルを探知するだろう。いったんシグナルを発見したら、次はミグがミサイル・システムの息の根を止めに行く。

巨大なパトリオットミサイル・システムは、発射ボタンを押してから実際の発射まで、九秒の時間差がある。標的が接近しすぎた場合には対処できず、敵機から自分を守るすべがない。そこまで近づけばミグはアメリカのミサイル・システムをあと一歩で破壊できる。空対地ミサイルを一発、射撃管制ステーションへ投下しさえすれば、発射機にあと何発ミサイルが残っていようと、そのユニットは永遠に戦闘から排除される。その理由から、パトリオット中隊は、戦時には同じ場所に八時間以上とどまることはない。状況が許せば四時間で移動することもある。

最初の攻撃後、射撃ユニットの四分の一近くはシステムを停止して移動、再初期化するため、利用できなくなる。

21世紀初頭、アメリカ陸軍はホークミサイル・システムの使用を段階的に廃止した。しかし、東側の情勢がふたたび不穏になり、パトリオット中隊の一〇分の一のコストで運用できるホーク中隊は、主に予算上の理由から、ドイツ軍とアメリカ軍によってヨーロッパに再配備が進められた。

それぞれ一六基のミサイルを搭載する旧式のホーク・システム七つは、より攻撃しやすい標的だ。三つのレーダーは強烈なシグナルを発信し、ソヴィエトはそれをビーコン代わりにして攻撃目標にたどり着ける。ホーク中隊はパトリオット中隊より三〇キロから五〇キロ前方に配備されるため、ソヴィエトの戦闘機の第一波と交戦するのはホークとなる。

ミグが接近する。

アメリカ兵たちは待った。ミサイルの発射準備はできている。迫り来る攻撃に心を引き締めるホークとパトリオット両中隊は、ソヴィエトの戦闘機に自分たちの位置を把握されているのを知らずにいた。

戦争開始と同時に、ソヴィエト側が予想したとおり、アメリカ防空部隊は基地から射撃位置へと移動した。ソヴィエトの諜報員は敵の中隊が新たな位置へ移るのをすべて監視していたのだ。

深夜を少しまわった頃、ライン＝マイン空軍基地が一望できる遠い丘の上に、古びた車が止まっていた。中にいる三人の男たちは、着古したコートに身を包み、暗視装置を使って、新たなパトリオット大隊が基地に到着したのを確認する。三つの中隊の車両が基地の主要ゲートを出た瞬間から目的地に着くまで、彼らの姿は大きく広がったソヴィエトのスパイ網の監視から片時も逃れなかった。

ソヴィエトの一大航空戦力が出撃する三〇分前、アメリカ軍とドイツ軍の防空システムに関する最新情報が彼らのもとへ送られた。ドイツ領空へ侵入したミグは、ホークとパトリオットの正確な位置をすべてつかんでいた。

ホークミサイルの射撃ユニット七つが——アメリカ軍のユニットが三つにドイツ軍のものが四つ——発射準備をする。通常はぎりぎりまでレーダーは切っておき、ここぞというタイミングでAWACSがシステムを作動させるよう指示を出すのだが、AWACSの地上管制所が破壊されたため、ホーク中隊は単独だった。AWACSなしでは、敵の発見に自身のレーダーを使うしかない。

ソヴィエトの戦闘機がドイツの奥深くへ突き進み、ホーク中隊はシステムを作動させた。レーダーが大きなシグナルを発信し始める。自分たちがみずからの死刑執行令状にサインしたことにはどのユニットも気づいていた。レーダーが放出する強力な電波は、敵をまっすぐこちらへ呼び寄せるだろう。だが、ほかに選択肢はない。

ホークの防空網は外側から打ち破られた。最初に敗れたのはヴュルツブルクに配置されたアメリカの中隊だ。隊員たちはミサイルを二発放ち——二機の撃墜に成功——その後飛来したＭｉＧ‐29がホークの射撃管制センターにロケット弾を発射した。ロケット弾はホークのレーダーが発する電波を目標にして、まっすぐ突っ込んだ。

一〇〇キロ以上北部のクックスハーフェンでは、ＭｉＧ‐29一二機がドイツの中隊を一掃。ホークミサイルは一発も発射されなかった。その後ミグは南へ目を転じ、フライジングにいたドイツの中隊に襲いかかる。一機、さらにもう一機、ついには三機目のミグが、ドイツの中隊の断固たる決意のもとにミサイルで空から撃ち落とされた。だが、数で勝るソヴィエトの戦闘機はホークの攻撃の中を突き進んだ。空対地ミサイルの雨にさらされ、中隊は全滅する。

残るホーク中隊四個が戦闘にとどまった。少なくともいまは。

ソヴィエトの航空戦力はドイツの奥深くへ侵攻した。いよいよパトリオットの迎撃能力に挑むときだ。

西へ向かう数十個の三角形が標的へ接近する。

第二七章

一月二九日午前八時一一分
シュトゥットガルトの東端 人けのない駐車場
第四三防空砲兵連隊 第一〝コブラ・ストライク〟大隊 チャーリー砲兵中隊

ひしめく三角形の中から六つが飛び出した。南西に向かってスピードをあげる。制止されない限り、彼らは五分以内に目標へ到達するだろう。

「来たわ！」モーガン少尉は声をあげた。「応答要求を開始」

「敵だとわかり次第、目標を捕捉《ロックオン》します」ファウラーは言った。「ポール、ミグがわれわれのほうへ向かっているのかどうかまだわからないが、念のため、三つのスティンガー・チームに撃退準備をするよう連絡だ。それから全員発射機から離れて避難するよう通信車両に指示を出させろ」

「了解」

「最初の二機は敵機と判別」モーガンは告げた。「八〇キロ以内に入ったところで交戦許可」べたつく汗の玉が背筋を伝うのを初めて感じた。

「了解、少尉。こちらの画面でも確認。最初の二機は敵機。標的の情報を取得する。敵機までおよそ一三〇キロ。こっちへ接近中。ロックオンします」ファウラーは前にあるキーボードを叩いた。「射程に入るのと同時に迎撃します」

あと五〇キロで敵の戦闘機はパトリオットミサイルの射程に入る。現在の速度と針路ならぴったり九〇秒後だ。

「了解」少尉が返す。「これより最初の二機の交戦手順を検証。残る四機も敵機と判明。四機との交戦を許可」

「四機の座標をロックオン。射程に入るのと同時に交戦するようコンピューターに指示しました」口が干あがり、唇が歯にくっついて邪魔をする。ファウラーは不安の滲む言葉をなんとか発した。

「四機のロックオンを確認、交戦手順を開始」モーガンは画面に映るマークを見据えて言った。

「ポール、六つの敵機との交戦手順を処理中と連隊に報告しろ」

「了解。交戦処理中を報告」

それ以上は何もすることがなかった。そこからはコンピューターの仕事になり、ミサイルを自動的に選んで、標的がパトリオットから八〇キロ以内に入ったところで発射する。

標的までの距離がこれほど長くては、パトリオットの極めて高い命中率も多少下がると考えられる。だが、いまの防空部隊に不安はなかった。それよりも気になるのは別の問題だ。アメリカ軍のパトリオット防空システムのほとんどは、一〇年以上前にソフトウェアが更新されている。現在では射撃管制ステーションひとつにつき、同時に九機まで交戦できた。あいにく、ファウラーとモーガンが操作に当たっているミサイル・システムは、数カ月前に日本から買い戻されたものだ。システムは一度もソフトウェアの更新をしていない。大隊が所有する四つの射撃管制ステーションはどれも二カ月以内に更新される予定だったが、いまはそんなことはなんの慰めにもならない。この戦争で彼らが操作するパトリオットのコンピューターは、一度に五つの標的までしか処理できないのだ。そして六機がこちらへ向かっている。どう考えても、ひとつ目が撃墜されるまでは、急速に近づく航空機のうち一機が放置される。

一機目の撃墜が遅れたら、最後の一機にやられる可能性が高くなる。そんな危険を冒すことはできなかった。

ファウラーとモーガンは画面をにらんだ。一刻一刻と過ぎていく。三角形は明けゆく空を止まることなく横切っていた。一秒ごとにふたりの中隊へ接近する。ミグがミサイルの射撃地点にどんどん近づく。アメリカ兵たちは彼らの命を終わらせようとする死神が飛んでくるのを、ただ見ていることしかできなかった。

だが、事態はさらに悪化する。最初のグループから六〇秒遅れて、新たな六つの三角形が不意に現れたのだ。さらに二機、そのうしろに最後の一機と続く。すべて最初のグループと同じ飛行経路をたどっている。パトリオット・チームへ向かって飛んでいるのはまず間違いなかった。

モーガンは瞬時に反応した。こちらへ迫る新たな九つの三角形の先頭に応答を要請する。

「わかりましたか、少尉?」

「いま受信したところ」彼女は言った。「第一小隊の先頭は敵機。交戦を許可」

「先頭機は敵機と確認」ファウラーは復唱した。「交戦手順を開始する」

「二機目と三機目も敵機と判明」モーガンは言った。「二機目と三機目の交戦を許可」

「了解。二機目と三機目の……」ファウラーの言葉が途切れた。画面には新たな情報が表示されている。

後続の小隊のデータをシステムに入力しているあいだも、コンピューターとレーダーは最初の標的を捕捉している。新たな機体を追跡して標的とするコマンドをファウラーがタイプしている最中に、コンピューターは一機目のミグが射撃地点に達したのを認めた。

六番発射機が選ばれて発射のコマンドが送られる。発射機の左端上段の弾筒から地獄の炎が噴きあがり、全長が五メートルを超える流線形のミサイルは途方もないスピードで空へ飛翔していく。ミサイル発射と同時に、九八パーセントの確率で敵機は撃破される。ミグのパイロットはすでに死人も同然だ。自分の人生が終わったことに本人がまだ気づいていないだけで。

「一番ミサイル発射を……」ファウラーは腕時計にさっと目を落とした。「〇八時一四分に確認。ポール、一発目の発射を連隊へ報告だ」

「了解。現地時間〇八時一四分に一発目を発射したことを連隊に報告します」

ここで作業を中断し、音速の四倍近いスピードで空へ上昇するミサイルの軌道を目で追いたいところだった。時速三二〇〇キロで飛翔するパトリオットは、飛来する敵機に四五秒で到達する。だが明日も生きていたいのなら、その四五秒を無駄にすることはできない。まだ一四機が彼らをめざし、曙光を背に浴びて凍える空を突進していた。敵機のゴールはただひとつ――パトリオット・チームの排除だ。

ファウラーとモーガンは戦闘に戻った。

「第二小隊の二番目と三番目の戦闘機を攻撃目標に設定」ファウラーは言った。

コンピューターが二番発射機からミサイルを空へ放り投げる。二秒後、三番目のミサイルが今度は八番発射機から射出される。画面に三つのミサイルが表示された。それぞれ標的を見つけて破壊すべく、空へ駆けあがる。さらにふたりのパイロットの命が、本人が知らないうちに残り一分を切った。

発射機には、ドイツの空に破壊をもたらすミサイルが二九基残っている。

「同じく〇八時一四分に二発目と三発目の発射を確認」ファウラーは言った。「追加の発射を連隊へ報告しろ」

「報告を開始します」ポールが返す。

「第二小隊、四機目、五機目および六機目も敵機と判明」モーガンが声をあげる。

「了解」ファウラーは応じた。「第二小隊の四機目、五機目および六機目を攻撃目標に設定」

五五キロ離れた空では、先頭機に搭載されたレーダーが猛スピードで接近するミサイルを発見した。回避行動を取るよう機体のシステムが警報を鳴らす。先頭の三角形は一団から離れ、高度一〇キロほどから地面めがけて急降下した。地面からの反射波に紛れて接近するミサイルをまこうとしたのだ。しかしパイロットが取った必死の回避機動もむなしいだけだ。パトリオットの高性能コンピューターが瞬時にミサイルの軌道を調整する。ミサイルは戦闘機の動きをぴったり追った。仮に奇跡が起きてパイロットが地上にたどり着き、反射波の中に身を隠したとしても、パトリオット・システムの鋭い目をごまかすことはできない。スピードは戦闘機の二倍、機敏さでも勝るミサイルは、容赦なくミグを追尾し、一秒ごとに距離を縮めるだろう。

パトリオットのコンピューターはふたたび六番発射機から、四発目のミサイルを撃った。間を置かず、五発目のミサイルが一番発射機から轟音をあげて飛び出す。これで同時に交戦可能な最大数に達した。ミサイルのひとつが標的を撃破する、もしくはそれに失敗するまで、これ以上の発射は行われない。

先頭の六機のうち、最後尾の一機以外はすべて巨大な猛禽に追い詰められていた。ひたひたと迫り来る死に警報が鳴り響き、鳩たちは思い思いの方向へ散った。最後の戦闘機だけは、世界最強の地対空ミサイル・システムを破壊すべくなおも突き進んだ。

先頭の小隊から二五キロ後方に、第二小隊が続いている。じゅうぶんな時間があれば、パトリオットはそのすべてに対処できるだろう。

唯一の問題はじゅうぶんな時間があるかどうかだ。

「〇八時一五分にさらに二発の発射を確認」ファウラーは言った。

「ポール、スティンガー・チームへ標的のロックオン準備をするよう伝えて」モーガンが声をあげる。「これから必要になるかもしれない」

「スティンガー・チームへ連絡します。ミサイル発射、連隊へ報告しました」

モーガンは最後の三機に応答を求める作業に入った。

「第三小隊の二機、敵機と確認。ロックオンを開始するよう伝えて」彼女が命じる。

「了解。第三小隊の二機、敵機と確認」ファウラーは繰り返した。その目は画面から離れない。

一発目のミサイルが鋭い鉤爪を突き出し、逃げ惑う獲物をつかんだ。ＭｉＧ‐29は爆発し、ゆっくりと明るむ空から蒸気のように消えていく。三角形の上に小さなしるしが現れて点滅した。数秒後、破壊された戦闘機の破片は大空から落下し、画面上のしるしも消えた。

ファウラーはふたたび腕時計にさっと目を落とした。「〇八時一五分に最初の撃墜を確認」

「了解」モーガンが復唱する。「〇八時一五分に撃墜を確認」

六番目のミサイルが発射機から飛び出した。第一小隊の最後の一機めがけて突き進む。五基のミサイルが空中、八機の戦闘機が捕捉済み、敵機を一機撃破、未確認の機体が一機。パトリオット・チームに残された時間は刻々と過ぎていく。いまミスを犯せば、どんな些細なものであれ、致命的となる。

逃げまわっていた三角形の上に新たな撃墜のしるしが表示される。これでソヴィエト軍の二機目も消えた。

「〇八時一六分に二番目の撃破」ファウラーは告げた。事務的な声が彼の中で一秒ごとに増しているパニックを押し隠す。

「〇八時一六分に二番目の撃破を確認」少尉が復唱し、椅子の上で軽く振り返った。「ポール、連隊へ報告して。〇八時一六分に二番目の撃破を確認」

「了解。〇八時一六分に二番目の撃破を確認」

ミサイルに追われる四つの三角形は、中隊の位置から遠ざかっていた。だがほかの九機は猛スピードで接近している。第二小隊の六機に向けてはまだミサイルを発射していない。ここまであと五〇キロ、敵はどんどん近づいている。ミグは時速一六〇〇キロでパトリオット・チームへ向かっている。

敵を食い止めなければ、あと一分もしないうちにファウラーとモーガンの人生は終わる。

二機目を破壊し、次のミサイルが発射される。二番発射機の底から爆炎が噴き出した。新たなミサイルが、朝陽に薄れゆく闇にその長い輪郭を浮かびあがらせ、発射筒から飛び出す。これで第二小隊の先頭を飛ぶパイロットが今日という日を目にすることはなくなった。

「〇八時一六分に七発目のミサイル発射を確認」ファウラーは言った。画面に映る映像を見つめながら、不安は膨れあがり続ける。対処すべき敵はいまだ数多く残っているのに、時間がほとんどない。

「了解。発射を確認」

画面の上に三つ目のしるしが点滅する。夜明けを迎えたドイツ南部の空のどこかで、パイロットの命がまたひとつ終わった。

「三番目の撃破を記録」ファウラーは言った。

「三番目の撃破を確認」

　ポールは〝連隊へ報告〟の指示を待たずに、新たな発射と撃墜の情報を伝えた。

　第二小隊から一六キロ後方を、敵機二機がパトリオット中隊めがけて飛んでいた。その数キロうしろに単独の機体が続く。

　モーガンは最後の機体の識別を開始した。パトリオットのコンピューターがレーダーに命じて、識別コードを要求させる。アメリカのF‐16戦闘機の機首はこれを受信し、適切なコードを送り返した。最後尾の三角形の横に味方のマークが現れる。

「最後の機体は味方よ。標的にしないように」モーガンは告げた。「繰り返す。最後の機体は標的にしないように。味方機と判明」

「了解」ファウラーは言った。「最後の機体は味方とこちらの画面でも確認」

　第二小隊はパトリオット中隊に迫り続けた。止めなければ、ファウラーとモーガンは四五秒後に空対地ミサイルによって爆死する。

　コンピューターは次のミサイルを空へ放りあげた。第二小隊の二番目の機体が次の餌食だ。高空を飛行するロシア人が、自分が追う者から追われる者にいきなり変わったのを知るのはもう数秒あとになるが。

　第一小隊の四番機と五番機のエンジンは持てる限りの力を振り絞った。だがそれでもじゅうぶんではない。追いかけっこでは、とても敵わぬ相手だったのだ。ミサイルは標的にぐんぐん近づいた。ファウラーとモーガンの画面にさらにふたつのしるしが表示される。早朝の空からさらにふたつのミグが消えた。

ふたたびパトリオットの発射が可能になった。五番と六番発射機がうなりをあげて作動する。マッハ三・九で二基のミサイルが空へと死を運ぶ。標的までの距離はたったの二四キロ。ミサイルがその距離を飛ぶのに三〇秒もかからない。

管制できる最大数となる、五発のミサイルをコンピューターとレーダーが誘導するあいだ、パトリオット・チームはふたたび画面を見つめているしかなかった。

第二小隊の最初の四機が別々の方向へ逃げる。助かる方法があるはずだと、パイロットたちは必死で期待にすがった。同小隊の残る二機は、防空中隊にたどり着くべく決然と飛翔し続ける。一五秒が過ぎた。二機のミグは標的から一六キロにまで接近する。そのなめらかな翼と膨れた腹の下で、ソヴィエトのミサイルが朝のまぶしい光を反射した。

ファウラーとモーガンはふたつの三角形が自分たちの位置へ近づくのを凝視した。その一五キロうしろにはさらに二機、敵機がいる。時間はほとんど残されていなかった。

「ポール、スティンガーに攻撃準備を」モーガンは声をあげた。「標的は北北東」

ポールがヘッドセットに向かって指示を出す。

「これはかなり近くになるぞ」ファウラーはつぶやいた。

最初の二機は急降下に入り、パイロットたちは空対地ミサイルの発射準備をした。スティンガー・チームの射手は肩にのせた防空兵器を空へ向けた。小型ミサイルは八キロの射距離しかなく、アメリカ兵たちは地上で待つことしかできなかった。空に見える黒点がだんだん大きくなろうと、彼らには何もできない。接近する戦闘機の後方では、のぼる太陽を背に、新たな三つの点がごく近くまで迫っていた。

およそ五キロの地点に達するのと同時に、ミグはミサイルを発射するだろう。それだけ近ければ標的に命中する可能性は高く、また、それだけ離れていればスティンガーがミグを捕捉し、ミサイルを発射して攻撃を阻止するのを避けられる。加えて、その距離ではパトリオットミサイルにとっても近すぎ、自分がやられる前に、ミサイルを作動してミグを撃破する時間はない。

あと一五秒で、ファウラー、モーガン、ポールの命の火は吹き消される。

第一小隊の最後の機体にパトリオットが激突した。画面にしるしが現れる。

急降下してくる最初の一機めがけて、コンピューターは即座にミサイルを発射した。ミグまで一三キロ。ミグのほうはミサイル発射地点まで残り八キロを突き進んだ。パイロットはパトリオットミサイルが発射されるのを目撃した。だがこれほどの至近距離では、ミサイルにやられる前に、パトリオットのコンピューターを破壊するしか逃れるチャンスはないとわかっている。彼はパトリオットよりも先に、五キロ地点にたどり着かねばならないのだから。

結局、パイロットがミサイルを発射することはなかった。ミグの倍の速度で、パトリオットは空を駆けあがり、五キロ近い余裕を持って敵機を空から摘み取った。ミグは射撃管制ステーションまで一〇キロのところで爆発した。アメリカの中隊から東へ数百メートルの地面に火だるまが転げ落ちる。

同胞の末路にひるむことなく、第二小隊最後のパイロットは歯がガチがち音を立てるほどの急降下を続けた。スティンガー・チームは待ち構えた。照準器に顔を押しつけ、突っ込んでくる戦闘機を捕捉する。発射可能を知らせるブザーが鳴るのを、射手全員が待ちわびた。ミグはミサイル発射地点にほぼ達していた。あと二キロも行かずに必殺のミサイル数発を撃ち込める。パトリオットもスティンガーも迎撃するには遅すぎた。

ファウラー、モーガン、ポールの命は残り八秒となった。

彼らは画面を凝視した。嘘だという思いがそれぞれの顔に広がる。ファウラーはコンピューターのキーボードを力いっぱい握りしめた。両腕の産毛がまっすぐ逆立つのを感じる。

急降下するミグ戦闘機の中で、機体が捕捉されたことを告げる警報が突如として鳴り響く。パイロットは動転した。どういうことか理解できない。僚機がパトリオットに撃破されるのは目撃していたが、そのあと敵のミサイルは発射されていないはずだ。いずれにしても、彼が気づいたときにはもう遅かった。機体を捕捉しているミサイルは地上からではなく、背後から迫っていたのだ。

F‐16ファイティング・ファルコンは急降下するミグの二〇キロうしろにいた。女性パイロットの前方を飛ぶ二機のミグは、パトリオット中隊が攻撃されている場所まで彼女をまっすぐ導いた。スパローミサイルが敵を追うさまが画面に映るのを彼女は見つめた。ロシア人パイロットはこの新たな脅威から逃れるべく反応した。急降下をやめて、驚異的なスピードで上昇する。だが女性パイロットはスパローが追尾できるよう、レーダー波を敵機へ照射し続けた。短くも楽しい狩りだった。スパローが激突し、ファルコンの前方で火の玉が破裂する。

ミグが領空に侵入したとき、AWACSの指揮官が、ソヴィエトの狙いが何かを察するのに時間はかからなかった。防空部隊に直接警告することはできなくなったため、AWACSは自分にできる最善のことをした。セントリー・ワンの指揮官は利用可能なすべての航空機へ向けて、ロシアの戦闘機を迎撃するよう緊急命令を発していたのだ。

通信を受けたF‐16の女性パイロットは、このとき僚機を撃墜されたばかりだった。チャーリー中隊を破壊するためにドイツの空を百数十キロ横断する一四機のミグを、復讐鬼となった彼女が追う。一四機すべてを止められないのはわかっている。だからチャンスをうかがった。レーダーを消して自分の存在を敵機に隠し、パトリオットが敵を一機ずつ片づけるのを見守った。そしてファウラー、モーガン、ポールに残された時間が一〇秒を切ったとき、F‐16は敵に襲いかかった。

最後に残った二機が急降下を始めたとき、機体と機体のあいだをスパローが突進し、数キロ前方にいたミグを撃破した。ロシア人パイロットたちは、ほかの戦闘機の存在にそこで初めて気がついた。二機は急激な回避行動を開始した。

四発のパトリオットミサイルが、逃げようとする第二小隊の戦闘機をひとつまたひとつと破壊する。パトリオットのコンピューターは最後のミグ二機に向けてミサイルを発射した。二発が飛び出すのを目にし、F‐16は遠くへ離れて、パトリオットが仕事を片づけるのを待った。

二機のミグもパトリオットの発射を目撃した。ミサイルとその獲物のあいだには十数キロの距離しかなく、逃げられる見込みは皆無だ。数秒後には彼らの上に撃墜のしるしが表示される。

予定どおり、二機は立て続けに爆破された。

最後のミグが撃墜されると、F‐16は北へ変針して、ラムシュタイン空軍基地へ帰投した。

最後の三角形が点滅するしるしに覆われ、狭い車両の中でアメリカ兵たちの顔に血の気が戻った。安堵のあたたかな波が彼らの胸に押し寄せる。

九死に一生を得たあとで、誰も言葉ひとつ発する力がなかった。全員が一分近く沈黙する。

「ミサイル一三発の発射を確認、一三機の撃墜を記録」ようやくモーガンが声をあげた。

「了解」ファウラーは返した。「一三発の発射と一三機の撃墜を確認。ポール、連隊に報告だ」

「一三発の発射と一三機の撃墜を連隊へ報告」

三人は生の喜びを嚙みしめた。だが祝福している時間はない。画面の映像から気をそらしていたら、自分たちの命に関わるかもしれないのだ。彼らは目の前の任務に戻った。西側は引き続き迎撃し、数百の三角形は先刻よりいっそう散らばっている。

パトリオット中隊から一二〇キロ以内には何もない。三人はほっとした。次の攻撃が間近に迫っている兆しは皆無だ。生き残った三角形が、血に染まったドイツの空で戦って散るのを眺めるほかは、さしあたりすることはなかった。


報告が入ったのは三〇分後のことだ。

「ちょっ、嘘でしょう！」ポールはヘッドセットに向かって口走った。「それ、たしかなんですか？」

何事だという表情で彼を見あげるふたつの顔をまっすぐ見返す。「連隊からの報告で、パトリオット中隊一六個のうち七個、それにホークの発射部隊はすべて、敵機に破壊されたそうです。アルファとブラヴォーの両中隊もやられました」

パトリオットのコミュニティは小さい。ファウラーとモーガンは大きく見開かれた目を見交わし、この澄み渡った冬の朝に、どちらも多くの友人を失ったことを理解した。そしてF・16パイロットの機転がなければ、自分たちがそのリストに加わっていたであろうことも。

長い沈黙が狭い空間をふたたび押し包む。それを破ったのはファウラーだった。

「くそっ！　画面を観てください！」

三角形がまたも画面を埋め尽くしていた。チェコとの国境から三角形がひっきりなしに流れ込む。

やがては二〇〇〇の敵機が一センチの隙も残さず画面を埋めることだろう。

ソヴィエトの空挺師団五個を運ぶ輸送機一七〇〇機、および護衛戦闘機三〇〇機がドイツの懐深くへ向かっている。

ヨヴァノヴィチ将軍の計画は、すでに次の段階へ進められようとしていた。

第二八章

一月二九日午前一二時三一分（東部標準時）
ボストン
WNNのスタジオ

コマーシャルのあいだ、女性アンカーはデスクのうしろに座り、メーキャップ・アーティストがその前に身を乗り出した。

「あと一〇秒だ、ボニー」ディレクターが告げる。

世界中の何百万という家庭で、テレビ画面はピカピカの新車のハンドルを握る幸せそうな男の姿から、アメリカとソヴィエトの国旗が交差し、下に〝ドイツを賭けた戦い〟とキャプションの入った絵に切り替わった。主にトランペットと打楽器から成る戦争のテーマ曲が高らかに鳴る。曲が終わると、画面は微笑を浮かべる女性アンカーに切り替わった。

「ボストンにあるWNNのニュースデスクから、引き続きボニー・ロイドがお伝えします。ベルリン特派員スチュワート・ターナーからただいま入った速報です。ベルリンがソヴィエト軍によって陥落しました。ベルリンにいるWNN特派員、スチュワート・ターナーのレポートです」

映像はドイツの首都中央で、雪が積もった屋上に立つ二〇代後半の好男子に切り替わった。ターナーは手袋をした手にマイクを握っている。分厚いオーバーコートとマフラーが、彼を厳しい寒さから守っていた。発話のたびに吐く息が見える。

「ベルリン中心街にあるシェラトン・ホテルの屋上からお伝えします。いまは現地時間では朝の八時三〇分、わたしのうしろでは朝陽が完全に顔を出しています。ここ数日ヨーロッパを襲った冬の嵐はゆうべ遅くにおさまりました。今朝は快晴ですが、気温は低いです。ドイツ統合の象徴であるこの古い街をソヴィエトが占拠したのは、われわれの目にも明らかです。街のいたるところにソヴィエトの戦車の姿があり、市内の主要な交差点に陣地を築いています。これまでのところ、ベルリン市民による抵抗運動はほとんど見られません。ときおり遠くで銃声と爆撃の音があがる程度です」

カメラはターナーから屋上の端へとパンした。広い大通りを上から下へとゆっくり映す。

「ソヴィエトの戦車が動いている以外、通りは無人です。奥にブランデンブルク門が見えるのがおわかりいただけるでしょうか」

カメラはドイツの歴史に彩られた巨大な門をアップで映した。大きなアーチの下に一〇両以上の戦車が止まっているのが確認できる。

カメラはスチュワート・ターナーに戻った。「夜間の攻撃に完全に不意を打たれたこの街は静かな冬の朝を迎え、そのほかの動きはありません」

「スチュワート」ボニー・ロイドが呼びかけた。「たしかな情報源から入手した話ですが、かつて東ドイツだった地域はいまやそのほとんどがソヴィエトの支配下にあるとか……。これは本当でしょうか？」

「ここベルリンでも記者団のあいだで同様の話が出まわっていますが、これまでのところ噂の域を出ていません……はい？」ターナーは眉根を寄せてカメラマンへ視線を向けた。「少々お待ちください。下の通りで何か騒ぎが起きているようです。われわれも移動して見てみましょう」

ホテルの屋上の横側をカメラがのぞき込む。ロシア人兵士五名が、通りの向かいの建物から民間人らしき服装の男二名を引きずり出している。男たちは壁にどんと放られた。数百万の視聴者の前で、ソヴィエト兵が自動小銃を撃ち放つ。ふたりは即死し、地面に転がった。兵士たちは向きを変えて歩み去った。ふたりの民間人の体は路上にそのまま横たわっている。

ベルリンとボストンの両方で水を打ったような静寂が五秒間続いた。プロデューサーはベルリンからの中継を止めると、ボニー・ロイドに合図した。

「ベルリンからの映像が途切れた模様です」彼女は言った。「コマーシャルのあとは、ホワイトハウス担当記者スティーヴン・ディラードからの報告に戻り、その後、軍事アナリストで元陸軍大佐のフィリップ・マクファーソンに話をうかがいます」

画面はすでにおなじみになっているアメリカとソヴィエトの国旗が交差し、その下に〝ドイツを賭けた戦い〟と太字で記された絵になった。数秒間戦争のテーマ曲が流れる。

それから魅力的な男女がビーチでたわむれてお気に入りのビールを楽しむ映像に切り替わった。

第二九章

一月二九日午前八時四〇分
ラムシュタイン空軍基地
東側フェンス

アルトゥーロ・リオスは砂嚢で囲まれた防衛陣地の中で一夜を過ごした。両手は凍りついている。五〇口径機関銃のグリップを握り、フェンスの向こう側で雪に押しつぶされそうな常緑樹をじっと見つめた。ゆっくりとのぼる太陽が心も明るくする。輝く木々の隙間から差し込む光の筋が彼のいる場所へとのびてきた。冬の日射しは一見あたたかそうに見えても、そこにぬくもりはない。日の出から二〇分経ち、夜はようやく終わったのだとリオスは実感した。この七時間は、自分が永遠に夜に閉じ込められた気になっていた。

七時間。闇の中にうずくまり、凍ったフェンスの奥にある不気味な木々をにらんでいたその時間は一生に思えた。

寒い朝だが快晴だ。雪は何時間か前にやんでいた。冬の嵐のあとはいつもそうだが、明るい青空には雲ひとつ見えない。リオスは広い世界を見たくてマイアミをあとにした。ずっと見たかったもののひとつが雪だ。けれど猛吹雪の中、吹きさらしの場所でひと晩過ごし、もう一生分の雪を見たなと結論する。

手足の感覚はとっくになくなっていたが、幸いなことに、一時間前に到着したトラックがたっぷりの朝食を置いていってくれた。だから空腹はもう感じない。だが、別のものを強烈に感じていた。

恥だ。自分を恥じていた。

情けないことに、夜のあいだはすっかり疑心暗鬼に陥ってしまった。フェンスの向こう側でたしかに何かが動いたと思い込み、自分の心が作り出した敵影に向かって、二度引き金を引いた。二回とも、銃声を聞いて四方から増援が駆けつけた。もちろん、フェンスの向こう側には何もなかった。あったのは風と雪、それにありもしないものを見せる彼の心だけだ。彼だけではない。五〇口径機関銃だけで東端の守りについていた者はほぼ全員、終わりのない夜のどこかの時点で同じ錯覚の餌食になっていたが、そんな事実もリオスの気休めにはならなかった。たび重なる発砲に、夜が終わる頃には増援部隊もいちいち反応するのをやめた。

高度三五〇メートルほどで飛行し、Ａｎ‐12輸送機アントノフの大群は目的地へ近づいた。各機体の内部で、六〇名のソヴィエトの精鋭が立ちあがり、開いたドアへ向かう。吹き込む寒風が彼らを迎えた。兵士たちは淡青色のベレー帽を頭から取ってポケットにしまうと、代わりにヘルメットをかぶる。重装備を背負い、ランプが緑になって降下の合図を告げるのを待つ。彼らは第一〇五空挺師団、第三連隊のエリート落下傘兵だ。師団の兵士全員が無限の誇りに胸を膨らませている。

第一〇五空挺師団は最も誇り高き役目を授けられていた。隷属の連隊三個は何より重要な標的の破壊を任じられた。ラムシュタイン、シュパングダーレム、ライン＝マインのアメリカ空軍基地が彼らの標的だ。師団の第三連隊には中でも最大の獲物、ラムシュタイン――在欧アメリカ空軍司令部――が与えられている。

ドイツにある六つの戦闘機基地――ミュンヘン近郊の南東に二箇所、北西に四箇所――の攻撃には、ほかに空挺師団二個が選ばれている。さらに別の師団はライン川南部の橋の占拠が任じられているが、それが達成できなかった場合は爆破することになっていた。

最後の師団、第一〇三空挺師団は、二番目に誇らしい役目を任じられた。隷属の連隊のひとつはドイツ北部にあるイギリス空軍基地の破壊に送り込まれる。ふたつ目の連隊はカイザースラウテルン近くに事前集積されているアメリカ師団の装甲装備の破壊。残る最後の連隊はウクライナ西部の陸上で待機。同胞が目標の排除に失敗したとの知らせが入り次第、予備連隊は殲滅と破壊のために空へ飛ぶ。

ソヴィエトは大きな賭けに出ていた――報酬に見合うリスクではある。空挺兵をドイツの奥深くへ送り込むため、軍事輸送航空軍が所有する輸送機はほぼすべてが駆りだされた。ソヴィエトの精鋭三万六〇〇〇人と彼らを支援する何トンもの装備が、危険な空の旅路にある。敵の領空へ侵入した各An‐12輸送機は、三十分のあいだに、ドイツのさらに奥へと兵士六〇名を運んだ。

ワルシャワ機構軍の攻撃は、ドイツ心臓部へと多数の空路を開いた。加えて、ミグ三〇〇機が輸送機の護衛につく。だがそれでも飛行速度の遅い輸送機は、連合軍の戦闘機に発見されれば格好の標的となる。それにアメリカのF‐35、F‐22、F‐16が搭載する多種多様なミサイルは、護衛のミグをよけて輸送機を撃破することがじゅうぶんにできる。

先にソヴィエトの戦闘機に敵を排除させてはいるが、ヨヴァノヴィチ将軍はかなりの損失が出るものと見積もっていた。そして、その計算は正しかった。アメリカの執拗な攻撃で、のろのろと進む輸送機は三〇〇機以上が撃墜。ソヴィエトの輸送機が降下地点にたどり着いたときには、落下傘兵のうち二割が死体となってドイツじゅうの休閑地に散らばっていた。戦闘車両のうち二割が破壊された。輸送機のうち五分の一がNATOの戦闘機か防空ミサイルに撃たれて、地上に墜落するか、青空で爆散した。

朝鮮戦争以来、師団レベルの空挺降下を行っていないアメリカとは異なり、ソヴィエトは空挺攻撃を重視していた。空挺師団はソヴィエト軍とソヴィエト民の誇りである。アメリカは空挺戦力を空挺師団ひとつと空中攻撃師団ひとつにまで減らし、主に軽装備の機動戦闘部隊として運用。一方、ソヴィエトは空挺師団八個を保持した。ソヴィエトの空挺師団では、戦闘車両をはじめとして戦いに必要なものはすべて、師団の兵士とともにパラシュートで投下する。

空挺部隊の運用において、両国間には際立った考え方の違いがあった。それは主に許容可能な損失レベルの受け止め方に基づく。空挺作戦の死傷率は並外れて高く、アメリカでは世論からの批判を考慮し、大規模な作戦はずいぶん前から実施されていない。しかしソヴィエトの場合は、軍のやり方を問題視するマスコミや市民団体は存在せず、死傷率が八〇パーセントともなれば遺憾ではあるものの、それで任務が達成できるのであれば、やむを得なしと受け止められる。公益は常に個々人の命に勝るのである。

空挺戦力の運用法には著しい違いがありながらも、アメリカとソヴィエトの空挺兵は共通するひとつの特徴を持っていた。第八二空挺師団所属の兵士と同様に、ソヴィエトの空挺兵にも守るべき輝かしい戦歴がある。ワインレッドのベレー帽をかぶったアメリカの空挺兵と、淡青色のベレー帽をかぶったソヴィエトの空挺は、どちらも自分たちを世界屈指のエリート戦闘員と考えており、その自負は正しかった。

先頭の輸送機の中でランプが赤から緑に変わった。空挺兵六〇名の途切れない流れが、冷気だけしかない空間へ次々と落下する。彼らは眼下の凍土へ向けて突進した。

その後方で、連隊の兵士たちも続々と降下する。

朝陽を楽しむアルトゥーロ・リオスから二〇キロと離れていないところで、二〇〇〇近いソヴィエトの精鋭たちが篠突く雨のように空から降っていた。

西ドイツ全土に白いパラシュートの雨が降り出した——立ちはだかるものはすべて排除する豪雨が。

ドイツの空で輸送機の一部を失いはしても、三〇〇両もの歩兵戦闘車両が航空機から滝のように流れ落ちた。車両は巨大な三つのパラシュートの先にぶら下がり、空挺兵たちとともにラムシュタイン北東の農耕地帯に落下する。

戦闘中の空挺降下に事故はつきものだ。悪いタイミングでの風向きの変化。パイロットによる降下地点の見誤り。装備や兵士の森林地帯への落下。パラシュート自体の事故。一面の銀世界へ落下したため、多くの兵士が着地地点を錯覚した。足首をねんざする者、脚を骨折する者、膝頭が割れた者。ひとりは常緑樹の梢にパラシュートを引っかけ、首を折った。ふたりはパラシュートが絡まり、墜落死した。

無事に投下された人員と装備のうち、さらに一割は戦闘に参加することがないのをヨヴァノヴィチ将軍は理解していた。

第三連隊の空挺兵が雪上に身を起こしたとき、部隊の戦力は当初の七割に減っていた。これより一七〇〇の精鋭と二五〇両の戦闘車両がラムシュタインへ向かう。彼らの目的はアメリカ空軍基地の完全破壊だ。

彼らに立ち向かうのは軽装備の航空兵四〇〇〇名だ。アメリカはその手から制空権を奪い取られようとしていた。


アルトゥーロ・リオスは滑走路の端に座り込み、故郷のあたたかな風を夢想して心地よさそうに微笑した。彼のうしろで二両のハンヴィーがタイヤをきしらせて停車し、そんな夢想を破る。車内はM4カービンを抱えた不安顔の航空兵たちでいっぱいだ。

「よし、全員おりろ」先頭車両のハンドルを握る空軍警備隊員が命じた。

航空兵たちが下車する。

「ライト、グッドマン、マイケルズ、ウィートリー、ウィルソン、ヴェラスケス。きみたちはこの防衛陣地と、ここから各方向一〇〇メートル以内を支援すること。ここにいるリオスは……きみはリオスだったな?」

「はい。そうです、軍曹」

「リオスはきみたちの中で唯一戦闘訓練を受けている。階級はこの中で最も低いが、この区域の防衛に関しては彼の指示を仰ぐように。それで文句はないな?」

落ち着かない様子の航空兵たちは、自分たちが戦いの門外漢だと承知している。誰もひとことも発しない。

「よし。さっさと砂嚢を車からおろそう」警備隊員は言った。「いますぐ掩蔽壕を増やさなきゃならないんだ。もうすぐソヴィエト軍が攻めてくるぞ」

その言葉にリオスの夢想は吹き飛び、遠い思い出と化した。何が起きているのかわからず、いっそう強く機関銃を握る。五〇口径機関銃が配置された各拠点を支援するため、長いフェンスに沿って、ほかのハンヴィーが航空兵と砂嚢を吐き出していた。

キューバ系アメリカ人の航空兵が、敵の気配はないかと不気味な森をにらんでいるあいだ、彼の同胞は新たな拠点の準備に急いだ。五〇メートル左側に小さな掩蔽壕があっという間にできあがる。右側にも同じものがすぐに作られた。完成すると、警備隊員は最後の物資を取りにハンヴィーへ戻り、それからリオスのところへやってきた。

「これから必要になるだろう」警備隊員は追加の弾薬箱をふたつ、機関銃の隣の地面に置いた。その連れは砂嚢の上に手榴弾を一〇個ほどおろす。

リオスが反応するよりも先に、ふたりは急いで車両へ戻ると、走り去った。新たにやってきた空挺兵たちは掩蔽壕のまわりに集まり、リオスが取り仕切るのを待っている。

六人の中でリオスの見知った顔はひとつしかない。「グッドマン、いったいぜんたい何が起きてるんだ？」

「聞いてないのか？　ついさっき、ここからほんの数キロ先でソヴィエトの空挺兵が何千人って規模で降下してきたんだ。ラムシュタインを壊滅しに来るぞって空軍警備隊は言ってる」

「なあ、これのどっちをロシア人に向けるんだ?」ウィートリーは自分のM4カービンをしげしげと見ながら言った。

「それぞれの役割を決めたほうがいいんじゃないか?」グッドマンが尋ねる。

「おれたちは何をすればいい?」ほかのひとりが問いかける。

　空軍に入ってからの短い期間、リオスは命令を受けてばかりだった。与える側になったことはまだ一度もない。

「そうだな、まず一箇所にみんなで固まっていてはまずいだろう。新しい掩蔽壕にふたりずつ行ってもらおうか。残りのふたりはおれとここを守る」リオスはウィートリーとヴェラスケスを指さした。「きみたちはあっちを頼む」

　航空兵たちはライフルを抱え、手榴弾をいくつかつかむと左側の掩蔽壕へ走った。

　リオスはマイケルズとライトに指を向けた。「きみときみはあっちだ」

　彼らもライフルと手榴弾を手に、右側へ駆けていく。

「グッドマン、あとはきみと……」

「ウィルソンだ」ふっくらした顔の航空兵は大きな笑みをたたえた。

「きみとウィルソンはおれと一緒だ」

第三〇章

一月二九日午前八時四八分
ラムシュタイン空軍基地から北東へ一六キロ
第一〇五空挺師団 第三連隊

際限なく繰り返された訓練どおり、第三連隊の空挺兵たちは地面から立ちあがるが早いか、車両に向かって走り出した。二分で降下地点の安全は確保され、一〇分後には航空兵一七〇〇名が車両に乗り込み凍結した道路をめざしていた。北と西にある空軍基地の正面ゲートふたつが彼らの第一攻撃目標となる。だだっ広い雪原を抜けたところで、連隊のトップ一四〇名から成る空挺中隊が車列から分かれた。彼らは全速力で走り、自分たちの標的——基地の東側に広がる森へまっすぐ向かった。

空軍基地は南西一六キロのところにある。巨大な施設の北側と西側は開けた場所に面し、南側と東側は深い森の端に当たる。攻撃計画は単純だ。空挺中隊一個が東の森へ送られる。彼らの目的は強烈な陽動作戦の展開だ。徒歩で移動した一四〇名が東側フェンスを襲撃し、そこがソヴィエトの主要攻撃目標であるよう敵に思わせる。アメリカがそれに反応して東側の防衛に向かうのと同時に、主戦力は装甲車両を用いて基地の北側と西側を突破する。

ソヴィエトの攻撃の第一陣、東側フェンスの陽動組が向かう先には、アルトゥーロ・リオスと数名の仲間がいた。

ここまでは、すべて計画どおりだ。ドイツの土に触れてから三〇分後、一四〇人の精鋭は空軍基地東端に広がる森へ進入した。常緑樹が分厚く包み込む中を縫うように進む。攻撃目標に到達するまであと少しだ。

だが、ソヴィエトの連隊が着陸した瞬間から、アメリカ軍の偵察はすべての動向を監視していた。小規模の歩兵隊が東の森へ進入するのも、大規模な車両隊が基地の北と西へまっすぐ向かっていくのも目撃していた。ラムシュタイン空軍基地の指揮官はソヴィエトの陽動作戦にだまされなかった。東側フェンスに向かう歩兵隊はどうにかしなければならないが、車両隊の阻止が優先なのはわかっている。

現在、空軍基地の指揮官のアセットは極めて限られていた。ほとんどすべての戦闘機は、いまも交戦中か、ミグに撃墜されたか、給油と再武装のために帰投したばかりだ。ヨヴァノヴィチ将軍の計画は、アメリカ側がこうなるタイミングを見越していた。

ソヴィエト軍が間近に迫る中、ラムシュタインの指揮官のもとにあるのは、対地攻撃機

A‐10サンダーボルトⅡが五機と救助ヘリコプター六機だけだ。彼はA‐10とヘリコプターに、出動して敵の車両隊を攻撃するよう命じた。

無駄にする時間はない。敵の落下傘連隊は空軍基地から八キロの位置にあり、急速に接近している。このまま行けばあと一〇分で両方のゲートにぶち当たるだろう。A‐10が轟音をあげ、リオスの防衛陣地に向かって滑走路を走る。機体は敵連隊の迎撃のために、北へ向かって飛び立った。

無骨なサンダーボルトⅡは低空を飛行し、車両隊を捜索した。歩兵を引き連れた敵を発見するのに時間はかからなかった。基地の北東にある雪原は、見渡す限りソヴィエトの車両に埋め尽くされている。アメリカ人パイロットたちの眼前に広がるのは死を運ぶ原野だ。機体は押し寄せる連隊めがけて急降下した。七砲身の機関砲が火を噴く。先頭の装甲車両隊が爆発炎上する。後続の車両隊も間を置かずそれに続いた。噴きあがる火と煙が澄み切った空を汚す。

ラムシュタインを賭けた戦いが始まった。

A‐10が車両隊先端に機関砲を叩き込んだまさにそのとき、森の中にいた空挺中隊が東側フェンスへの総攻撃を開始した。手榴弾、迫撃砲、銃弾の雨がアメリカ兵たちに襲いかかる。続いて、淡青色のベレー帽をポケットにしまい込んだ兵士たちがフェンスに突進した。

「来るぞ！」リオスは叫んだ。機関銃の引き金を引き、鉄条網の向こう側の雪をかぶった木々に次々と弾を放つ。

彼の同胞のM4カービンもすぐに加わった。

エリート師団のふたつ目の連隊はこれより小規模なアメリカ軍戦闘機基地へ向けて雪原を移動していた。ラムシュタインの北西八〇キロ、シュパングダーレムと三〇〇〇の航空兵は、すでにソヴィエト軍を迎撃する準備を整えていた。

兵装を搭載し、戦闘準備の整ったサンダーボルトⅡが次々と空軍基地を飛び立ち、広範囲に展開するソヴィエトの装甲車両数百の足止めに向かう。世界屈指の対装甲兵器であるA‐10が敵の連隊に襲いかかる。死をまき散らす強力な機関砲と五〇〇ポンド爆弾四基を持つA‐10は空挺部隊にまっすぐ突進した。機体が一度目に通過したあと、広い空はたなびく黒煙に埋め尽くされた。戦闘の音がどこまでも広がる。ソヴィエトの軽装甲車は激しい航空攻撃のもとで勢いを失った。

サンダーボルトⅡはとりわけ中央ヨーロッパでの戦争を念頭に開発された。アパッチ・ヘリコプターと同様に、奇襲攻撃に優れている。低速飛行の機体にとって、ドイツの広大な森林は何よりの味方だ。しかしシュパングダーレム周辺はやや地形が開けていた。A‐10が姿を隠せるものはほとんどない。一方、ソヴィエトの落下傘連隊には防空兵器という味方があった。

アメリカの攻撃が開始された直後に、一機目のサンダーボルトⅡが撃破された。肩撃ち式防空ミサイルの餌食となり、燃えあがる残骸が地上に落下する。

だがA-10のパイロットたちはひるまない。無骨な機体は何度も何度も攻撃した。ソヴィエトの車両隊めがけてまっすぐ突っ込み、爆弾を投下する。機首の下から突き出すガトリング砲は毎分およそ四〇〇〇発の三〇ミリ徹甲弾を放ち、軽装甲の空挺車両の上部と側面を引き裂いた。アメリカ空軍のパイロットたちは持てる力を振り絞り、敵に食らいつく。彼らの妻子はまだ基地の居住区にとどまっているのを全員が知っていた。

これは神や国のための戦いではない。シュパングダーレムのパイロットと航空兵にとって、これは個人的な戦いだ。彼らの家族の命が危険にさらされているのだ。

機関砲が短く連射されるたび、ソヴィエトの装甲車両が二両、ときには三両かそれ以上、叩きつぶされた。A-10が通過するたび、一〇……一五……二〇人のソヴィエト兵が倒れる。サンダーボルトⅡが襲いかかるたび、敵の車両隊は阿鼻叫喚《あびきょうかん》の巷《ちまた》と化した。

そして攻撃を仕掛けるたびに、速度の遅いA-10はまた一機、ソヴィエトの防空ミサイルと高射砲を浴びて墜落した。残った機体はそれでも戦い続ける。

どちらも一歩も譲ろうとしなかった。まわりに広がる生き地獄を黙殺し、ソヴィエトの空挺兵は進撃した。車両隊も燃え盛る炎の中をじりじりと進む。一秒ごとに、彼らは目標へ近づいた。

シュパングダーレムで、航空兵たちは朝の空が煙に覆われるのを見つめた。黒煙はどんどん近づいていた。戦闘の騒音がはっきりと聞こえ出す。新たな爆発のたびに、ソヴィエトがそこまで迫っているのが明白になった。

二機のA‐10が出撃する。シュパングダーレム所属のほかのサンダーボルトⅡは前線で任務飛行中か、戦闘に戻る準備中かだ。空軍基地にある戦闘機はいまのところ戦争から外されていた。A‐10のうしろで、ドアに機関銃を固定した空軍ヘリコプター四機が青空へ浮上する。四機は救助ヘリコプターで、自己防衛を超えた戦闘任務は目的とされていない。しかし空軍基地の指揮官に残された手段はそれだけだった。

A‐10は襲撃を繰り返し、敵の車両隊に大損害を与えた。ソヴィエトは対空砲火の幕で応戦。ソヴィエトの空挺兵が数十人単位で絶命する。一機また一機と、煙のくすぶる空からサンダーボルトⅡが落下する。自殺行為ではあったが、最後のA‐10が墜落すると、四機のヘリコプターは突撃した。機関銃を撃ちながら、ソヴィエト軍めがけて急降下する。

針山のように空に向けられたソヴィエトの防空兵器にとって、救助ヘリコプターはたやすい餌食だ。一度通過したあとには、かろうじて見分けのつく各機体の残骸が雪の上でくすぶっていた。乗員は残らず死亡。

ソヴィエト軍は甚大な損害をこうむった。しかしそれで彼らの歩みが止まるわけではない。

シュパングダーレムでの陽動作戦はなしだ。

ソヴィエトの空挺兵の主要装甲車両はＢＭＤ‐４空挺戦闘車だ。重量一三トン、恐ろしく強力なＢＭＤは小型戦車と装甲人員輸送車を掛け合わせたような車両で、乗員三名のほかに歩兵五名を運べる。並外れた攻撃力を持つ多様な武器を備え、主力戦車にさえ著しい損害を与えることが可能だ。ＢＭＤには小さなサソリのように致命的なひと刺しがある。Ａ‐10の攻撃を生きのびた連隊のＢＭＤはおよそ五〇両。それらを先頭に、一五〇を超える戦闘車両が一二〇〇名の兵士を乗せ、シュパングダーレムの正面ゲートへ向かう。

ソヴィエト軍は空軍基地に正面から体当たりした。アメリカ側は手当たり次第なんでも用いて応戦する。空軍警備隊には軽対戦車兵器《LAW》である使い捨てロケット弾が三ダースに、五〇口径機関銃を搭載した装甲車両が六両あった。ＢＭＤの装甲は、前面は頑丈だが、後部と側面は空中輸送と投下を容易にするため厚さが三センチもない。Ｍ４カービンでは歯が立たずとも、ロケット弾なら容易に貫くことができる。重機関銃であればＢＭＤの薄い側面の装甲を簡単に貫通することができた。

最初のＢＭＤが空軍基地の正面ゲートを突破し、空軍警備隊員はＬＡＷを担いで発射した。ＢＭＤが炎を噴きあげて炸裂する。燃える装甲車両がシュパングダーレムに攻め入る敵の行く手をふさぐ。そのうしろから別のＢＭＤが全速力で突進し、壊れた車両を正面ゲートからゆっくりと押しのけた。ＢＭＤが作った突破口からほかの車両が次々に突入する。アメリカ側は対装甲兵器を撃ち放った。ＢＭＤは一〇〇ミリ滑空砲、対戦車ミサイル、三〇ミリ機関砲、機関銃を使い、敵を蹴散らして突き進む。

虐殺が開始された。総勢一二〇〇人の殺しのプロは、すべての方向を攻撃している。戦闘経験のない航空兵たちが相手取るにはあまりに多すぎた。ＬＡＷと装甲車両が最初は敵の前進を遅らせたものの、数分のうちにソヴィエトの車両はフライトラインを疾走していた。滑走路に走り込んだ車両は、そのまま攻撃目標へ驀進する。

ソヴィエトが兵士をひとり失うごとに、五人の航空兵が倒れる。アメリカはまたも危機にあった。ソヴィエトの空挺兵が梱包爆薬を手に格納庫と強化掩蔽壕に駆け込むと、整備中のＡ‐10、Ｆ‐22、Ｆ‐35、Ｆ‐16に向けて投げつけた。すさまじい爆発が朝の空を満たし、無数の戦闘機が雪に覆われたシュパングダーレムの大地で鉄くずとなる。空軍基地をめぐる熾烈な戦いの勢いは止まらない。激しい接近戦が建物から建物へ、部屋から部屋へと野火のごとく広がる。

戦闘のさなか、基地の弾薬集積所に一発の一〇〇ミリ砲弾が弧を描いて落下した。数千のミサイル、ロケット弾、爆弾の爆発は、小型の核爆発装置並に強烈だ。膨れあがる火の玉は一キロほど上昇した。基地の建物の三分の二が衝撃波を受けて崩壊。両軍で数百人が爆風を浴びて即死した。爆発音は一二〇キロ先まで届いた。

戦闘開始から一時間が経ち、すべてを失ったことは、空軍基地の指揮官には明らかだった。彼は自分にできる唯一の命令を下した。全員撤退し、居住区から動けないでいる六〇〇〇人の女性と子どもたちを守ること。南に出るふたつのゲートはまだアメリカの掌中にある。いまのうちに兵たちの家族を逃がさねばならない。

航空兵たちは死にものぐるいで家族を守ろうとした。おびえた女性たちや子どもをめいっぱいに乗せた車両が次々とシュパングダーレムを出発する。彼らは曲がりくねった道路を走り、南東六〇キロにあるカイザースラウテルンの軍事施設をめざした。恐怖に目を見開く子どもたちの前で、父親が殺されてゆく。攻撃のあいだに、三二人の女性と一九人の子どもが命を落とし、負傷者は二〇〇人を超えた。四〇〇〇人の女性と子どもたちがソヴィエト軍の手を逃れることができたが、残る二〇〇〇人は最後の退路を空挺兵が制圧したとき、囚われの身となった。

一五〇〇人のアメリカ兵がシュパングダーレムの汚れた雪原に死体となって横たわり、ひと握りの航空兵が逃げのびた。空軍基地の防衛に当たっていた残りの者たちは、ドイツ国境から三二〇キロ内側で捕虜となった。

シュパングダーレムは戦闘機の四分の一をソヴィエト軍の航空攻撃時に失い、二分の一は空挺兵に破壊された。残る四分の一は空中戦に参加している最中か、前線での戦闘支援に行っているかのどちらかだ。いまだ空にいる機体がシュパングダーレムに戻ることはない。彼らはイギリス海峡を越えてレイクンヒースに帰投することになる。

彼らは復讐の一念を胸に刻み、ドイツをめぐる戦いをイギリスから続行するだろう。

シュパングダーレムは排除された。

到着したばかりの第八二空挺師団から送り出された大隊は、ハンヴィーとトラックに乗り込み、シュパングダーレムへ急行していた。しかし逃げ惑うドイツ市民が渋滞を引き起こす中では間に合いようがない。彼らが到着する頃には建物はおろか、航空機一機でさえも無事に残ってはいないだろう。

シュパングダーレムでは敗残兵の処刑が始まろうとしていた。


四〇メートル先で、ひとりの空挺兵が大木のうしろから一歩踏み出した。高いフェンスの内側へ手榴弾を投じる。手榴弾は掩蔽壕まで三メートルのところに落下した。リオスは空挺兵に向かって引き金を引いた。五〇口径弾がロシア人の胸板を横切り、大きな穴をうがつ。ソヴィエト兵の体は絡み合った枝の中へ倒れた。

「伏せろ！」リオスは叫んだ。

七人のアメリカ人は冷たい地面にしゃがみ込んだ。手榴弾が炸裂する。鋭利な金属片が四方八方へ飛散する。砂嚢に囲まれた中で、ヒュンという音を立てて死が通り過ぎていく。手榴弾の破片は砂嚢の奥深くへ突き刺さり、そこで止まる。分厚い砂の層に阻まれ、うずくまる航空兵たちのところまでは一片たりとも届かなかった。

さらに四機のA - 10が戦闘に加わる準備を整えた。轟音をあげて滑走路を走り、ラムシュタインの北方五キロの平坦地にいる敵に向けて飛び立つ。

東側フェンスを攻めるソヴィエト軍は、少数のアメリカ兵相手に全力で攻撃した。しゃにむに前進を試みる空挺兵を、フェンスに沿って広がるアメリカ兵が必死で押しとどめる。遠くのフェンスを守る彼らのもとへこれ以上増援がよこされることはないだろう。空軍基地の指揮官に選択肢はなかった。

基地の東端の防衛にまわせる戦力はもはやない。指揮官は予備隊を手もとに残し、間もなく開始される正面ゲートへの攻撃に備えるしかなかった。そして、東端の決死の防御が破られることのないようただ祈りながら。


「撃て!」リオスは叫んだ。

体を引き起こして膝立ちになり、木立へもう一度銃弾を叩き込む。腹に響く機関銃の音に、M4カービンのタタタッという音が重なった。ソヴィエトの優れた空挺兵を相手に、アメリカの航空兵たちは踏みとどまろうとした。東側フェンスは端から端まで、自動小銃の攻撃にさらされている。敵の第一目標は強力な機関銃が配備された掩蔽壕の排除だ。アメリカ兵たちは敵の火力に押されまいとあがいた。

開けた場所でわずかな砂嚢に囲まれた六〇名の航空兵は、深い森に身を守られた一四〇名の殺しのプロと戦った。激しい銃声は途切れることがなく、フェンス一帯で内からも外からも断末魔の叫びがあがる。

リオスの五〇メートル右側でマイケルズが顔面に銃弾を食らった。射入口の大きさはせいぜい一〇セント硬貨ほどだが、後頭部の射出口は航空兵の拳ほどもあった。

リオスのチームは六人に減った。

第三二章

一月二九日午前九時〇五分
ライン＝マイン空軍基地
航空機動軍団

ライン＝マインは在欧米軍が縮小された際にドイツへ返還された最後の主要軍事施設だった。アメリカがヨーロッパでの戦力を徐々に再構築する過程で真っ先に取り戻した施設のひとつでもある。ライン＝マイン空軍基地はアメリカの手に戻って一八カ月を少し過ぎたばかりで、ようやく全面的な稼働状態に達しようとしていた。

この巨大な空輸基地で、アメリカ兵たちはソヴィエトの猛攻撃に必死で持ちこたえている。ライン＝マイン空軍基地には、出撃して施設を守る攻撃機はない。しかし基地は深い森に囲まれ、戦略的な優位性がある。森に阻まれ、ソヴィエトは攻撃を数箇所に集中せざるを得ないため、雪をかぶる木々に隠された裏手の小さなゲートを強襲した。アメリカは全力を尽くして錆びついたゲートにしがみつく。ＬＡＷと重機関銃三挺で武装したひと握りの空軍警備隊員は、二〇〇両を擁する装甲車両部隊から一五分にわたって狭いゲートを守り抜いた。

正面ゲートでは、これより小規模な攻撃の撃退にひとまず成功した。

ソヴィエト側の指揮官は森の中に隠れ、残りの空挺兵を送り出し、防護フェンスの弱点を探らせた。

弱点はいくつもあった。

特に南側と西側のフェンスの守りは薄い。反撃する敵はたちどころに排除され、ソヴィエト軍は両方のフェンスを突破した。空挺兵三〇〇人が南側フェンスから雪崩れ込み、フライトラインへ押し寄せる。西側からは一〇〇人が突入した。

裏手のゲートでは、空軍警備隊が苦戦している。第八二空挺師団の兵士一八〇人は、ライン＝マインへの攻撃が始まる一五分前に民間機で到着した。装備は機内に持ち込んだM4カービンのみで、裏手のゲートへ急いだ。

第一〝コブラ・ストライク〟防空砲兵大隊、デルタ中隊は七三名のうち六五名の男女が第八二空挺師団の掩護に向かった。

女性と子どもが乗り終わると、二機の民間機が滑走路を走行した。管制塔から離陸許可がおりるのを待たずに加速して飛び立つ。眼下はどこもかしこも敵兵だらけだと、二機の機長は口をそろえて報告した。ターマック舗装路上では、三つ目の民間機がまだ給油を受けている。乗客名簿に載った二百数十名は、人があふれるターミナルから待機中の機体に大急ぎで乗り込んでいる。

ターミナルビルではさらに数千人が、まわりで激しい戦いの音があがる中で、集団パニックに陥りかけていた。そこへ空軍警備隊員六名が飛び込んでくる。彼らはターミナルの中にいた四人の航空兵にM4カービンを投げ渡した。

「伏せろ！　全員伏せていろ！」空軍警備隊員は怒鳴る。彼らは防衛態勢を取るために外へ駆け戻った。

広いターマック舗装路では、ソヴィエトの空挺兵がミサイル発射機を肩へ持ちあげると、給油中のC‐17輸送機に向かって発射した。機体は爆発炎上した。輸送機の隣に止まっていたタンクローリーが大きくなる火炎にすぐにのみ込まれていく。トラックの爆発音は数キロ四方に轟いた。舗装路の端まで紅蓮の舌が舐めるように広がり、有毒な黒煙があたりを覆う。ふたり目のソヴィエト兵は隣に駐機していた超大型輸送機C‐5に狙いを定めてミサイルを放った。巨大な機体が爆発し、舗装路の火災はたちどころに収拾がつかなくなる。

基地の居住区では激しいストリート・ファイトが繰り広げられた。女性と子どもは屋内に身を縮め、空挺兵と航空兵が家から家へと移動しながら戦う。だがアメリカ兵は数と戦闘スキルで勝る敵に歯が立たなかった。仕方なく、家族をできるだけ多く引き連れて後退する。

フライトラインの状況はもはや末期的だ。一帯を制圧したソヴィエト軍は、駐機していた八つの機体を順に破壊。最後に残った給油中の民間機を、肩撃ち式ミサイルでばらばらにした。搭乗していた女性と子ども全員が命を落とした。

裏手のゲートでは、軽武装の第八二空挺師団の兵士が勇を鼓して戦った。ソヴィエト軍に全力で反撃し、防衛陣地を死守する。圧倒的な敵の戦力に勝てるはずがないのを、アメリカ兵たちは知っていた。しかし敵の攻撃は情け容赦なく激化した。

ワインレッドのベレー帽を踏みつぶし、ＢＭＤが前進する。木々に覆われた道路を空挺戦闘車は突き進んだ。パトリオット中隊所属のスティンガー・チーム三個が道路中央に立ちはだかる。ミサイルの射手は迫り来るＢＭＤにいっせいに撃ち放った。ミグを撃破する防空ミサイルの威力は装甲車両に対しても同じだった。ソヴィエトの車両隊の先頭に火柱が噴きあがる。

だが、スティンガーミサイルの攻撃は空挺兵の歩みを鈍らせすらしなかった。後続の数台が、火だるまになった車体と焼け死ぬ同志を森へ押しのける。スティンガー・チームは急いで二発目を準備したが、それより早くＢＭＤの機関銃が火を噴いた。

ライン＝マインから北へ五キロ、フランクフルト国際空港を守るドイツの臨時編成警護大隊の指揮官は、朝の空に濃い煙が立ちのぼるのを見つめた。アメリカの空軍基地から大きな爆発音が次々とあがる。ドイツ人指揮官は遠くの戦闘音にじっと耳を傾けた。ドイツ連邦軍の部隊はフランクフルト空港への攻撃に備えて待機させてある。すでに四五分が経つが、フランクフルトへの攻撃はなく、敵の姿も見えない。ドイツの指揮官は賭けに出た。ライン＝マインを守るアメリカ軍の増援に、手持ちの戦力の半分、装甲部隊の中隊二個を南へやるよう命じる。

それは戦闘の流れを変え得る決断だった。アメリカはライン＝マイン空軍基地のいたるところで敵に押されている。敗れるのは時間の問題だ。しかし、極めて強力なレオパルト2戦車一六両と、それらを支援する機械化歩兵中隊が彼らのもとへ出発した。あと一五分で、ライン＝マインの正面ゲートに増援が到着する。

フライトラインを制圧したソヴィエトの空挺兵三二〇人が乗客ターミナルへ移動した。ターミナルビルを防衛する空軍警備隊員六人が発砲する。最初のいっせい射撃で敵の三分の一が倒れた。だがそれでもソヴィエト兵は足を止めなかった。

ソヴィエト兵はビルを守る空軍警備隊員をひとりずつ排除した。流れ弾がビルの南側の厚板ガラスすべてをほぼ同時に粉砕する。無数の鋭いガラス片が飛び散り、ターミナルの床に固まるおびえた集団を切り裂いた。人々がひしめき合うビルに一〇〇〇もの悲鳴が重なる。鋭利なガラス片が頭に降り注ぎ、大人八人と子ども四人が瀕死の重傷を負った。傷ついた人々の流す血が、冷たいタイルにしたたり落ちる。

やがて外にいた最後のアメリカ兵が倒れると、空挺兵ふたりがターミナル内へ走った。それぞれの汗ばむ手のひらには破片手榴弾が握られている。ターミナルのドアを開けるのと同時に、ふたりは投擲の姿勢を取る。

それはスローモーションのような場面だった。それでいて一瞬の出来事だ。ターミナルドアから躍り込んだひとり目のソヴィエト兵が手榴弾からピンを抜き、部屋の中央へ高々と放り投げた。だが、ふたり目は躊躇した。自分たちがどこへ飛び込んだのか瞬時に悟ったからだ。仲間のあとに続き、無防備な民間人を攻撃することはできない。ピンの抜かれた手榴弾は彼の手に握られたままだった。ふたりはくるりと向きを変え、ドアへ突進した。ターミナル内にいた航空兵たちは逃げる敵に向かって、女性や子どもたちの頭上で発砲した。ソヴィエト兵たちはガラスドアに叩きつけられ、体に砕け散った破片が突き刺さった。

ピンの抜かれた手榴弾は、一〇時間前にリンダ・ジェンセンと娘たちが座っていた場所から三、四メートル先に転がった。

手榴弾から一番近い場所にいた航空兵はライフルを床へ放り投げると、泣き叫ぶ人の群れを押し分け、手榴弾に向かって走り出した。爆発の前に投げ捨てなければならない。だが、彼の位置からでも、手榴弾からは一〇メートルは離れていた。

突き出した手が手榴弾をつかもうとした次の瞬間、信管に点火して五秒が経過し、起爆装置が発動する。爆発した手榴弾は航空兵を無数の破片に切り刻んだ。殺傷力の高い金属片がビル内に飛び散り、三〇メートル四方にいた者たちは、死の天使のキスを浴びた。


裏手のゲートでは、最後に残ったスティンガー・チームが三発目のミサイルを発射していた。だが、一両のＢＭＤが鉄くずになっただけで、炎上する車両の背後から新たな戦闘車が現れる。パトリオット中隊の兵士たちは陣営を立て直そうとしたが、怒濤のように押し寄せる敵の車両隊を防ぎとめるすべはない。やがて、裏手のゲートが突破された。

ソヴィエトの空挺戦闘車が続々とゲートを通過していく。敵のあがきに終止符を打ち、ライン＝マイン破壊の総仕上げをするときが来たのだ。裏手のゲートで勝利をおさめ、ソヴィエトの指揮官は確信した。彼の連隊が成功裏に任務を終えるのを邪魔することは何者にもできない。数分後、アメリカの空軍基地は跡形もなく破壊される。

同じ頃、ドイツの戦車が正面ゲートから猛スピードで突入していた。ドイツ軍の歩兵を乗せた装甲人員輸送車をすぐうしろにしたがえて、レオパルト2は滑走路に防衛線を展開。裏手から侵入したソヴィエトの車両隊の前にドイツの主力戦車一六両が立ちふさがった。

砲弾がソヴィエトの車両を引き裂く。しかし、空挺兵はひるむことなく真正面から仇敵に突っ込んだ。空挺兵たちは狂人のごとく前進を続けたのだ。ドイツの戦車の圧倒的な威力に対し、対戦車ミサイル数発と一〇〇ミリ滑空砲でわずかばかりの反撃をする。レオパルトは彼らの母国を蹂躙した数百人の侵入者を喜んで殺戮した。

装甲人員輸送車に乗ったドイツの歩兵が、ソヴィエト兵の残党を狩り出した。生き残ったアメリカ兵もすぐに加わる。ソヴィエト軍が後退する。ついに敗北を認め、空挺兵二〇〇名は基地の南側と西側の深い森に紛れて姿を消した。

アメリカは甚大な死傷者を出した。残る一五〇〇名の同志はそれほど幸運ではなかった。だが今度はソヴィエトの空挺兵が追われる側だ。敗走が始まった。だが血にまみれてぼろぼろになりながらも、ライン＝マインは残った。

リオスの左側三〇メートルで、四人のソヴィエト兵が鉄条網へ突進してしゃがみ込んだ。大急ぎで鉄条網を切断する。

「あいつらを止めろ！」リオスは怒鳴った。

左にいるウィートリーとヴェラスケスが任せろと合図を返した。ヴェラスケスが掩護射撃をする。ウィートリーは横向きに転がって手榴弾のピンを引き抜くと、すばやく飛び起きて放り投げた。手榴弾はフェンスを飛び越えて転がり、空挺兵のすぐそばで止まった。

まぶしい閃光とともに、ソヴィエト兵が引き裂かれる。

振り返ると、ウィートリーは真っ赤な雪の上で仰向けに横たわっていた。投擲が成功したのを彼が知ることはない。手榴弾を投げた直後、遮蔽物から身をさらした航空兵は十数発の銃弾を浴びたのだ。

これでリオスのチームは五人になった。

ラムシュタインの北部で、A‐10攻撃機は地獄の底からかき集めた憤怒をソヴィエトの軽装甲車両に叩きつけた。車両隊の上を何度も通過し、機関砲を浴びせる。アメリカは敵の鼻をへし折ってやった。死臭をはらんだ煙が天まで届く。

一機また一機と、ソヴィエトの防空兵器がサンダーボルトⅡを撃ち落とす。アメリカの主要空軍基地から数キロ先で繰り広げられる死闘で、両者はともに一歩も譲らなかった。刻一刻と言いしれぬ不安が高まる。

A‐10による攻撃開始から一一分後、ソヴィエトの軽装甲車一〇〇両がラムシュタインの外で燃えていた。空挺兵四〇〇名が死亡。一方、A‐10全機のねじれた残骸が雪の上で煙をあげている。救助ヘリコプター六機がサンダーボルトⅡの成功に続こうとするが、シュパングダーレムのときと同じで、さっさと空から払いのけられた。

ソヴィエトの戦闘車一五〇両が攻撃目標へ向けて前進した。

リオスの右手で、ふたつの掩蔽壕がほとんど同時に吹き飛ばされた。これでアメリカは五〇口径機関銃二挺を失った。鉄条網が二〇〇メートルにわたって大きく破れていた。ソヴィエト兵が突進する。彼らは排除された防衛陣地の前でフェンスをくぐった。またたく間に空挺兵三〇人が侵入する。彼らは散開し、東側フェンスの最後の抵抗を叩きつぶしにかかった。

迫撃砲の雨が残ったアメリカ兵に降り注ぎ、滑走路の東端をあばた面のごとく大きな穴だらけにしていく。ヴェラスケスの掩蔽壕も破壊され、チームは残り四人となった。

第三二章

一月二九日午前九時〇五分
ライン川渓谷
ソヴィエト軍第一〇二空挺師団

ライン川渓谷は地上において最も美しい地域のひとつだ。深い渓谷は黒い森に覆われ、底を切り分ける雄大な川はスイスから大西洋へとのんびり曲がりくねりながら数百キロの旅をする。その南部では、川がフランスとドイツを線引きした。北部では、見事な眺めを見せながら、ドイツの大都市を通過して海へたどり着く。

そのライン川にかかる橋を制圧するために、ソヴィエトの第一〇二空挺師団がドイツに侵入していた。だが六四〇〇名では、北部へ通じる人口密集地域の橋を占拠するには足りない。やってみるつもりもない。彼らの任務はひとつだけ。南部の大きな橋を破壊し、フランスとドイツを隔絶するのだ。

二国を結ぶ橋は合わせて二〇ある。計画の要となるのはそのうち六つの主要な橋だ。なんとしてでも、この六つの橋を制圧しておく必要がある。だが、戦況がもつれた場合は、六つの橋はすべて破壊する。さらに、これより小さい橋もできる限り多くを占拠。確保できなかった橋は破壊し、敵の移動ルートを断つ。

事前の想定ではライン川東部からはドイツの、西端からはフランスの激しい抵抗を受けると考えられていた。実際には、戦争勃発による混乱によって、最初の数時間は最も重要な橋でさえひと握りのドイツ臨時警護隊に守られているだけだった。

ソヴィエトの空挺兵は、モンゴル軍のごとくライン渓谷に襲来した。各主要な橋を六〇〇人が急襲し、わずかばかりの守りを圧倒した。ものの数分でドイツの警備隊が一掃され、主要な橋の東側がソヴィエトの手に落ちた。空挺兵たちはさらに進軍を続け、幅広い橋を渡り始める。フランス側で何が待ち受けているかはわからない。彼らは慎重に前進した。

淡青色のベレー帽たちは欄干《らんかん》の支柱から支柱へと走り込み、橋の終わりに接近する。だが彼らが到達する前に、ライン川の西側は放棄されていた。各国境検問所に三人ずついた税関職員が最初の銃声を聞いて逃げ出していたのだ。容易に橋を制したソヴィエト軍は両側に堡塁を築いていく。爆破チームはいつでも橋を破壊できるよう急ぎ準備する。

同じ頃、複数の隊に分かれた二〇〇名は一四の小さな橋を襲っていた。三〇分のうちに、一二の橋がソヴィエト軍のものになり、最後のふたつは破壊された。

ドイツの大地におり立ってから九〇分後に、ソヴィエトの空挺兵はライン川の南半分を制圧していた。拠点の要塞化が速やかに実行される。フランスにこれらの橋を渡らせることは二度とない。もちろん、ドイツの手に返すことも。戦争の火蓋が切られて一〇時間足らずで、フランス軍による東側への直接攻撃の道は断たれた。

フランス軍の強力な装甲師団五個がライン川沿いに到達したのは、戦争初日の太陽が高々と空にのぼった頃。彼らはソヴィエト軍を攻撃しなかった。橋の占拠も、いまだ連合軍の手の内にある区域への北上も阻止しようとはせず、その代わり、ライン川西岸に巨大な防衛陣地を築き始める。明らかに、フランスは東側で繰り広げられる激しい戦闘に参加するのを躊躇している。ドイツを守るために、とりわけナチスに傾倒したドイツのために、フランスは自国の若者の血を一滴たりとも流す気にはなれなかったのだ。

イギリスとアメリカからの懸命な訴えと大きな政治的圧力にもかかわらず、フランスが参戦することはなかった。

機関銃の弾三発に上体をえぐられ、ソヴィエトの空挺兵は顔面をゆがめて歯を剥いた。その朝リオスが仕留めた五人目が雪の上に倒れる。

フェンス内にいる侵入者の数は膨らみ続けていた。東端の防衛にまわされた航空兵六〇名は半分が絶命。フェンス中央付近で、アメリカ側の機関銃は一挺しか残っていない。空挺兵二〇名はリオスの防衛陣地に火力を集中させ、アメリカ兵の動きを封じた。敵の防衛陣地を包囲すべく、淡青色のベレー帽が滑走路に駆け込む。

「リオス、敵が掩蔽壕の背後にまわり込むぞ！」グッドマンが叫んだ。「森への射撃を続けろ。フェンス内にいるやつは自分が食い止める」

リオスは機関銃に手をのばした。煙をあげる銃身を腕に抱えあげ、右から近づく敵を狙えるよう向きを変える。高温の銃身が衣服越しに皮膚を焼き、前腕が悲鳴をあげた。彼は機関銃を新たな位置に勢いよくおろした。

ＢＭＤ空挺戦闘車がラムシュタインの北側と南側のゲートを同時に突き破った。敵が基地に近づく前に止めねばと、空軍警備隊は持てる戦力を総動員する。

対戦車ロケット弾が空を駆け、機関銃の掃射が空挺兵を引き裂く。重なる爆発音が空に満ちた。それでもシュパングダーレムでそうだったように、アメリカの戦力では基地を守りきることができなかった。ソヴィエトの兵士たちがひるむことはなかったのだ。彼らはとめどなく押し寄せる津波のように、空軍警備隊に激烈な圧力をかけ続けた。

壮絶な八分間の攻防戦ののち、両方のゲートの守りが崩れた。空挺兵がラムシュタインに雪崩れ込む。

リオスの右側の掩蔽壕でひとり戦っていたライトの足もとに、手榴弾が落下した。

これで残りは三人になった。

同胞がNATOの空軍基地の破壊に取りかかったのと同じとき、カイザースラウテルンの数キロ先では別の落下傘連隊がアメリカの最後の要所へ接近していた。巨大な補給基地内部には師団二個分の装甲装備が保管されている。五〇〇両を超えるM1戦車、それと同数のブラッドレー戦闘車が、アメリカ本国から到着する軍部隊を待っていた。機関銃やTOWミサイルを搭載したハンヴィーが一〇〇〇両。どこまでも続くトラックの列。雪の上に並ぶアパッチ・ヘリコプター一四四機の横には、その倍の数のブラックホークと観測・偵察ヘリコプター、OH-6の姿があった。大砲類と防空兵器もずらりと収蔵され、いつでも持ち出せるようになっていた。どれも完璧に整備され、いますぐ使用できる状態にあった。

総勢二〇〇人に満たない軍警察の中隊は、補給基地の防衛に当たっていた。早朝の空に飛びおりるソヴィエトの落下傘連隊は、これから遭遇する障害物はそれで全部だと想定していた。だが、軍情報部がこれを確認したのは五時間前のことだ。彼らがウクライナを出発したのとほとんど入れ違いに、第八二空挺師団の大隊一個と、それに随伴する第二四歩兵師団の中隊二個が、装備をそろえるため補給基地に到着していたことは、ソヴィエト側は知る由もない。八時間の大西洋横断に耐えたあとで、ライン=マイン空軍基地からカイザースラウテルンまで一〇〇キロの道のりに三時間もかかり、アメリカ兵たちのいらだちはピークに達していた。憂さを晴らせるなら、誰であろうと相手をしてやる。

一七〇〇人のソヴィエト兵は装甲装備の事前集積所へ向かった。この先には少勢の軍警察官がいるだけで、せいぜいハンヴィーで抵抗してくるぐらいだろう。だが彼らを待ち受けているのは、軍警察官二〇〇名、TOWミサイルと機関銃で武装したアメリカ軍空挺兵一一〇〇名、加えて補給基地から出たばかりのブラッドレー戦闘車に乗り込んだ四〇〇名の第二四歩兵師団の兵士たちだ。

もはや風前の灯火となりつつあるアメリカは形成の逆転を賭け、一七〇〇人が一七〇〇人と相対する。

補給基地のすぐ外に広がる深い森には、第二四歩兵師団がブラッドレー四〇両とともに身を隠し、ソヴィエト連隊を待ち受ける。さらに、第八二空挺師団がその三倍の数のハンヴィーで支援に当たっていた。

ソヴィエトの空挺兵は攻撃目標へ押し寄せた。想定をはるかにうわまわる敵勢力が潜んでいるとは考えもせず、連隊指揮官は戦闘計画を実行に移した。空挺兵六〇〇名が補給基地を取り囲む森へ進入。徒歩でひそかに前進、基地を包囲する。

三〇分前に敵襲の警告を受けていたアメリカ軍大隊の指揮官は、この動きを予測していた。ソヴィエトの策略に対する反撃はすでに始まっていたのだ。森の中ではアメリカ軍の空挺兵数百名がひそかに敵を待ち構えている。

恐れ知らずのソヴィエトの連隊指揮官は、チェニンコが東ヨーロッパで仕掛けた内乱では伝説的な活躍を見せた。彼は森に忍び込ませた兵士が軍警察と交戦を開始したら、補給基地に通じる主要道路から正面攻撃を仕掛けるつもりでいた。軍警察を全滅させるのには数分もかからないだろう。その後はアメリカ軍の装備の破壊に取りかかる。いまから二時間後には、補給基地内には敵の戦闘車両ひとつ残っていないはずだ。

森の中でソヴィエト兵たちはじりじりと前進した。軍警察への攻撃は四方から同時に行うことになっている。敵の首にロープの輪をかけて一気に絞め、こちらの車両隊が正面突破するのを待つ。包囲された軍警察官は全員あと少しの命だ。深い森は薄暗い霧に包まれ、ソヴィエト兵は足音を殺して進んだ。

だが、奇襲をかけるのはアメリカの番だった。第八二空挺師団のワインレッドのベレー帽が朝靄に身を隠して、目を光らせる。敵は木立のあいだを警戒しながら進んでくる。一歩一歩、一刻一刻、ソヴィエト兵が罠に近づく。

連射音が一度聞こえた。別のライフルが続き、すぐに三つ目の連射音があがる。雪深い森のいたるところで銃撃ははじまり、すさまじい激戦が開始された。アメリカ兵は意表を突かれた敵を取り囲み、猛攻を加えた。暗い森の中、ライフル、手榴弾、ナイフ、拳で、どちらかが死ぬか殺すかするまで攻撃し合う。

不意を襲われたソヴィエト兵に勝ち目はない。彼らは自分たちの犯した間違いのために大きな代償を払わされた。

ソヴィエトの連隊指揮官は、森から聞こえた銃声をアメリカ軍警察への攻撃開始の合図と受け取り、ＢＭＤの車両隊に前進命令を出した。曲がりくねった道路を補給基地へ向かって突進する。最後の曲がり角の手前に、軍警察のハンヴィー四両が止まっていた。それぞれＴＯＷミサイルを一基ずつ搭載している。ソヴィエト側は軍警察の車両を発見した連隊指揮官が、指揮車の中で大きな笑みを浮かべる。まさに予想したとおりの戦力が、目の前に立ちふさがっていたからだ。猛スピードでハンヴィーへ突っ込んでくるソヴィエト軍に向けて、ＴＯＷがすべて発射され、車両隊の最前部が破壊される。

それでも、空挺兵はほとんど減速しなかった。繰り返し訓練したとおり、炎上する同志の車両を押しのけて突き進む。

ハンヴィーはまるで恐れをなしたように道路の両脇へ退くと、そのまま森の中に消えた。連隊指揮官は二度目の笑みを浮かべた。考えていたよりもさらにたやすそうだ。ＢＭＤは勢い込んで補給基地をめざした。

もう終わったも同然だ。アメリカの装甲装備はすべて破壊され、ソヴィエトの勝利が約束される。次の角を曲がればそこに獲物がある。車両隊は最後の角をまわった。

しかし、彼らを出迎えたのは、ブラッドレー戦闘車二〇両だった。別の二〇両が後方から走り込み、退路を塞ぐ。さらに第八二空挺師団のハンヴィーが側面から現れ、ソヴィエトの車両隊は完全に包囲された。

待ち伏せだ。最初のハンヴィー四両は囮だったのだ。

数限りないTOWミサイルがブラッドレーとハンヴィーから発射され、宙を裂く。ブッシュマスター機関砲が張る死の弾幕に、この世のどんなものも持ちこたえることはできない。ソヴィエトの車両隊の半分は最初の三〇秒で消滅。連隊指揮官は、指揮下にある勇敢なソヴィエト兵が、自分の誤算により命を奪われることに気づいた直後、絶命した。

ブラッドレーは敵にとどめを刺しにかかった。ソヴィエトの車両隊は崩れた態勢を整えて反撃する。圧倒的な敵の数、それに増える一方の被害を考えると勝ち目はないが、そんなことはどうでもいい。

BMD空挺戦闘車の重量はブラッドレーの半分だ。側面と上部の装甲はブラッドレーの七分の一。とはいえ、BMDは一方的にやられてなどいなかった。最初の攻撃を生きのびた者たちは、ただちにコンクールス対戦車ミサイルと一〇〇ミリ砲弾で応酬した。コンクールス――世界で最も強力な対戦車兵器のひとつは、多数のブラッドレーとその乗員を葬ってアメリカに打撃を与えた。しかし一〇〇ミリ砲弾のほうは、自軍の車両隊を壊滅させんとする敵の脅威に対して、効果は低い。ブラッドレーの前面に損傷を与えはしても、分厚い装甲を貫通することも、敵の戦闘車の攻撃を食い止めることもできないのだ。

何度命中させても、BMDの砲弾はブラッドレーの車体表面を傷つけるだけで、層状《ラミネート》装甲の上に爆発反応装甲《リアクティヴ・アーマー》を取りつけた防御を貫くことはなかった。結局、ＢＭＤはブラッドレーによってすみやかに掃討された。

同じ頃、シュパングダーレムではソヴィエト軍の虐殺が進行していた。しかし、ここカイザースラウテルンでは、アメリカ軍のほうが敵を情け容赦なく殺戮した。

戦闘は一〇分で終了。

無数の車両が道路上で燃える中、ソヴィエトの副指揮官は生き残った兵たちに総退却を命じた。ほかにできることは何もない。

アメリカ軍はドイツの雪原を横切り、撤退する落下傘連隊を追った。ワインレッドのベレー帽は、敵をソヴィエトまででも追いかけるし、任務遂行のためなら、地獄へもついていくだろう。軍警察にあとを任せ、アメリカ兵は散り散りになった残兵狩りを始めた。

最終的に、アメリカの勝利は圧倒的だった。アメリカ兵は五三人が戦死。八七人が負傷。ブラッドレー戦闘車七両、ハンヴィー二三両が破壊された。ソヴィエト兵は一六〇〇人以上が戦死。最後の数十名は敵国領土の奥深くを逃げまわっている最中だ。これから数日のうちにほぼ全員が追い詰められ、ドイツの地域部隊によって処刑されるか、激高する群衆につかまるかするだろう。

群衆の手にとらわれたソヴィエト兵の末路は悲惨だ。何人かは文字どおり体をばらばらにされた。ほかの者たちは射殺されるか、古都の街角に吊るされる。死体は放置され、腐ったり、鼠に食われたりした。ごくわずかな数だけが生き残り、晴れた朝にカイザースラウテルン郊外で起きたことを語り伝えた。

結局、ソヴィエト軍が補給基地で破壊できたのは、戦車が一両、自走榴弾砲が一両。M1戦車一両とアヴェンジャー防空ミサイル・システムひとつに留まった。

一時的にしてもソヴィエト軍を退けることはできた。これで、今後到着する第八二空挺師団と第二四歩兵師団の増援部隊は、カイザースラウテルン郊外で必要な装備を引き続き調達できるだろう。

これから一四日のあいだ、今日のように持ちこたえることができれば、増援部隊が到着する。無数のアメリカ兵がドイツの平野で血を流し続け、死にかけていたとしても、二週間後には戦況は変わる。この戦争でアメリカはほぼ確実に勝利できるはずだ。

ただしそれは、アメリカ軍が制空権を握っていればの話だ。そのためには、中央ヨーロッパの要となるラムシュタイン空軍基地を絶対に維持していなければならない。

だが、圧倒的な敵の攻撃にさらされたラムシュタインの存立は風前の灯火で、絶望的な状況にあった。

（下巻へ続く）

ザ・レッド・ライン 第三次欧州大戦　上
THE RED LINE
２０１８年９月２９日　初版第一刷発行

著……………………………………… ウォルト・グラッグ
訳…………………………………………………… 北川由子
装丁…………………………………… 金井久幸（TwoThree）

発行人……………………………………………… 後藤明信
発行所………………………………………… 株式会社竹書房
〒102-0072　東京都千代田区飯田橋２－７－３
電話　03-3264-1576（代表）
03-3234-6301（編集）
http://www.takeshobo.co.jp
印刷・製本……………………………… 中央精版印刷株式会社

ISBN978-4-8019-1611-1　C0197
Printed in JAPAN